改訂 漱石の初恋

荻原雄一

未知谷
Publisher Michitani

1　若き漱石が机に飾っておいた絵葉書（プロマイド）のおゑん

2　左から二人目がおゑん

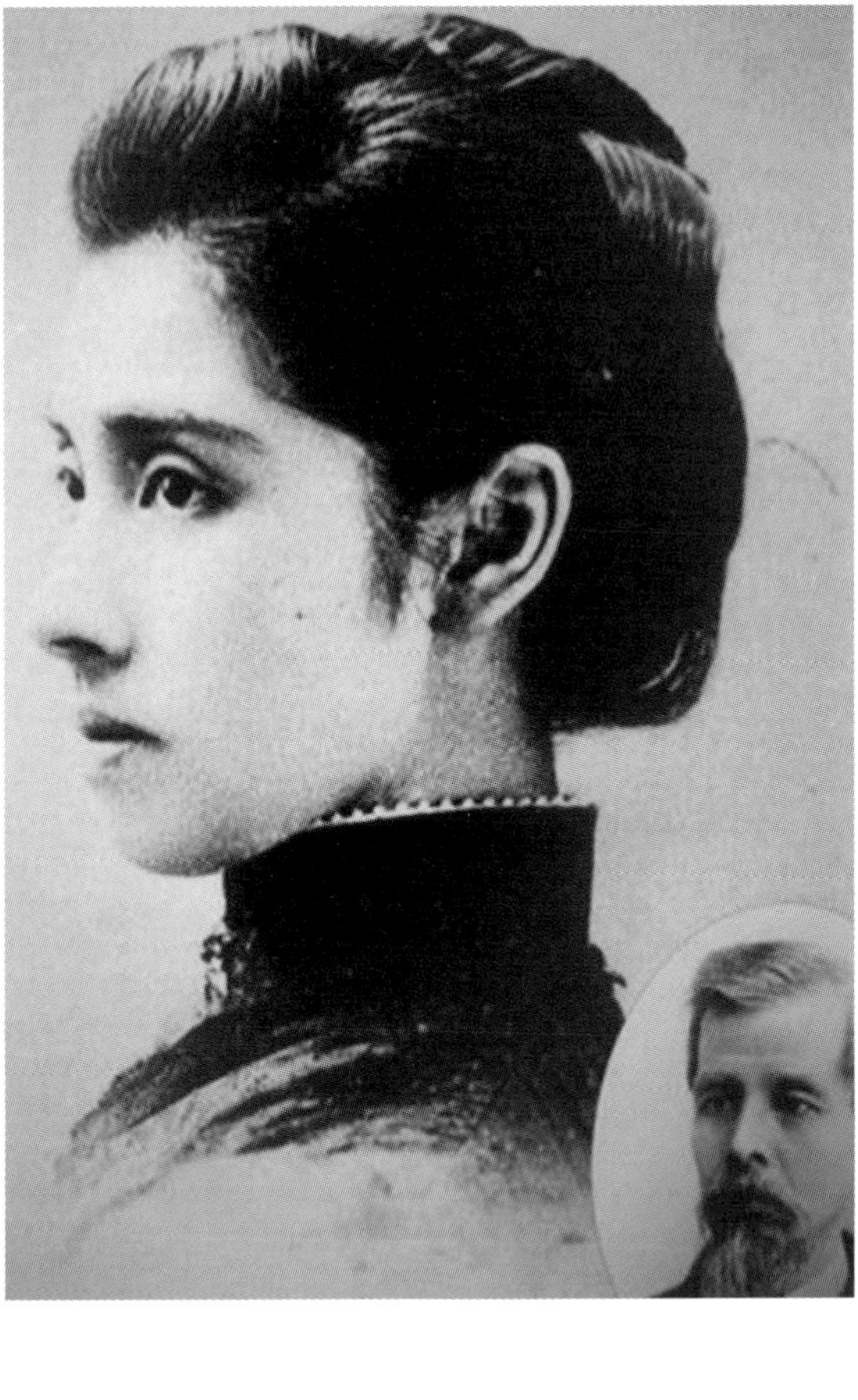

3　陸奥亮子（明治21～22年駐米公使夫人時代）撮影：ワシントン
右下は夫の陸奥宗光。二人は兄妹のように似ていると言われた。

4　陸奥亮子

5　陸奥亮子

6　陸奥夫妻と長男広吉（明治29年頃）

7　夭折した養女の冬子

8　陸奥宗光
（カミソリ大臣の異名を持つ）

9　幕末の陸奥宗光

10　六歳の陸奥清子（後藤又衛門氏提供）

11　九歳の陸奥清子（後藤又衛門氏提供）

12　イサベラ・プリンス（姉）左　明治20年1月来日（英語・家事）
13　メリー・プリンス（妹）右　明治19年11月来日（英語）
ともにお茶の水女子大所有

14　陸奥夫妻と長男広吉（明治29年頃）

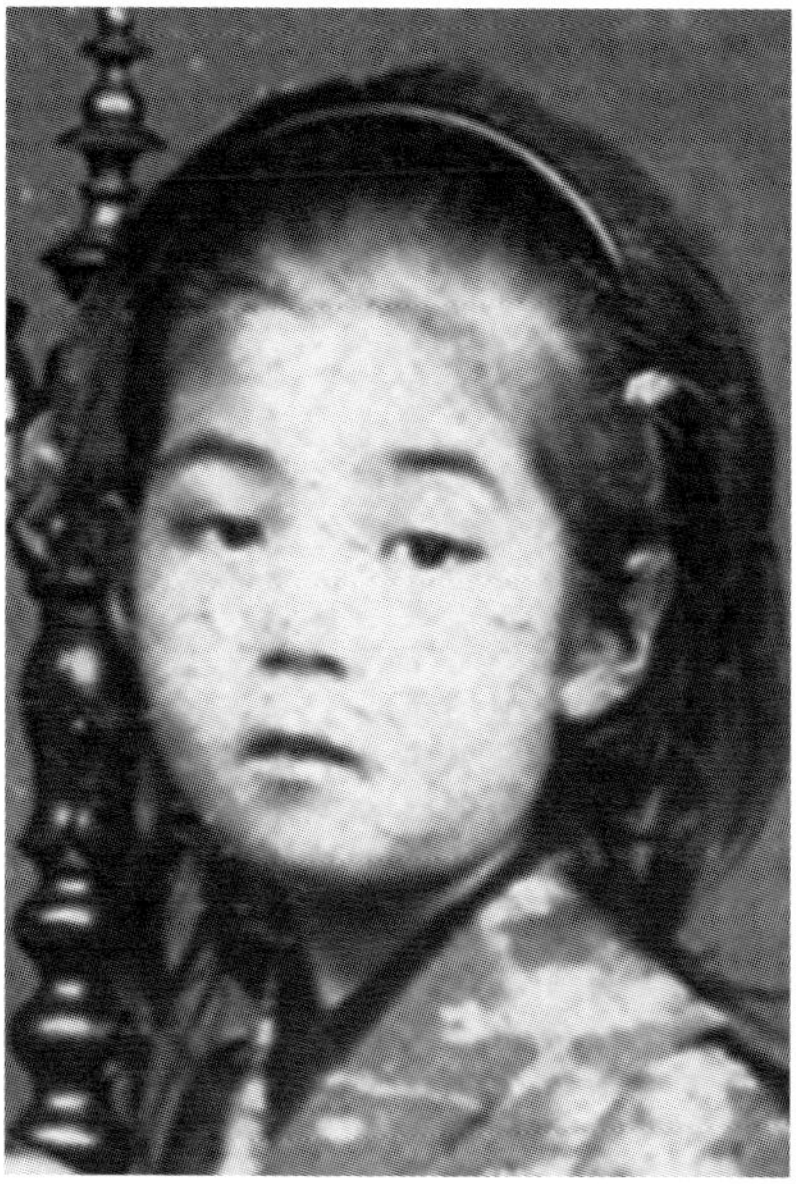

15　六歳の清子の顔写真アップ（左頬に二つの黒子）

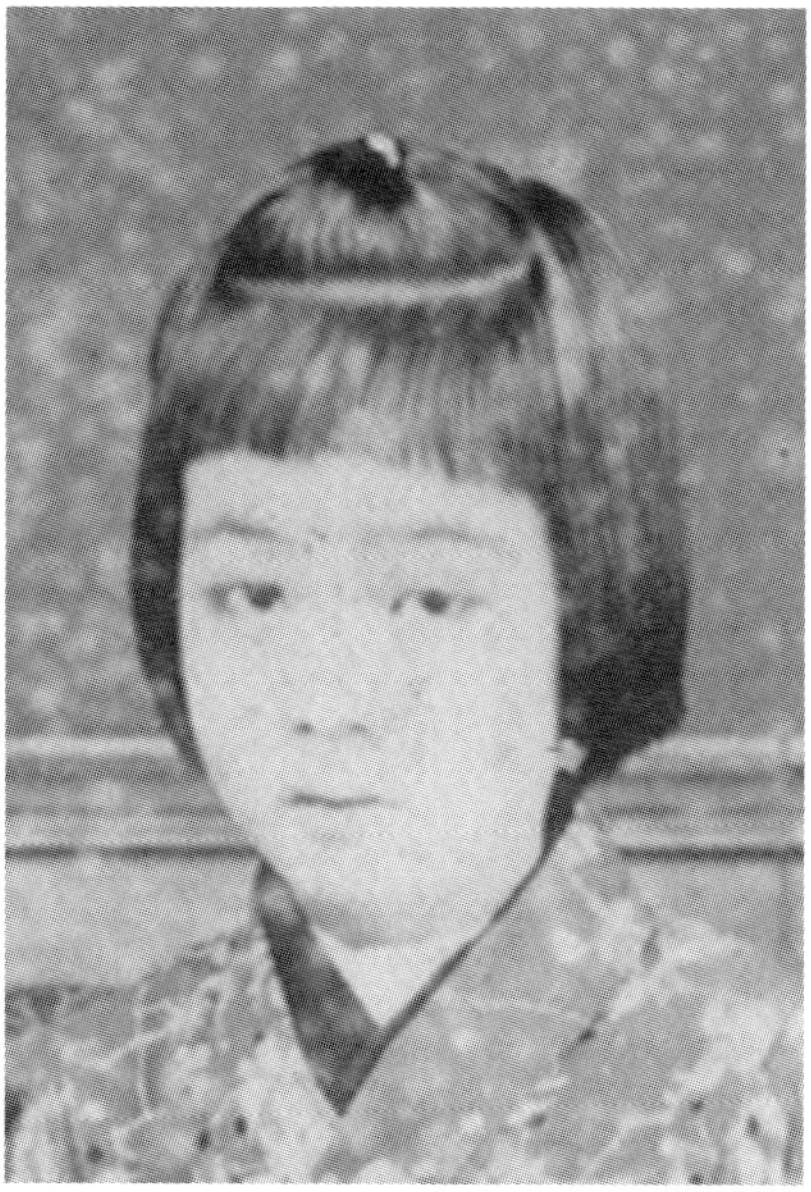

16　九歳の清子の顔写真アップ

17　十二、三歳の清子の顔写真アップ
（左頬の黒い汚れの上に、黒子の一つがはみ出している）

18　12、3歳の清子の立ち姿（在ヨーロッパの父宗光に送った？）（中山裕敏氏提供）

目次

改訂　漱石の初恋

漱石、葬儀に『鯛』を贈る　DVと「井上眼科の少女」について

1

夏目漱石は倫理的な作品を生み出した作家として知られている。また実生活においても「謹厳実直」な人として、「漱石山脈」と呼称される、その各人一人一人が高名な弟子たちからも、人生の師として尊敬の念を集めている。また数多くの読者たちからは、同じ文豪でも陸軍軍医総監にまで上り詰めたエリートの森鷗外とは違って、猫と落語好きの庶民的な大作家として、明治・大正・昭和、そして平成と変わらぬ人気を博している。

しかし、鏡子夫人が『漱石の思い出』（改造社、昭和三年十一月／角川文庫、昭和四十一年三月）に口述筆記で残しているように、身内に対しては理不尽極まりない「肉体的な暴力行為」を頻繁に起こしていた。

長女の筆子が火鉢の向こう側にすわっておりますと、どうしたのか火鉢の平べったいふちの上に五厘銭が一つのせてありました。べつにこれを筆子が持って来たのでもない、またそれをもてあそんでいたのでもありません。ふとそれを見ますと、こいついやな真似をするとか何とかいうかと思うと、いきなりぴしゃりとなぐったものです。何が何やらさっぱりわかりません。筆子は泣く、私もいっこう様子がわからないから、だんだんたずねてみますと、ロンドンにいた時の話、ある日街を散歩していると、乞食があわれっぽく金をねだるので、銅貨を一枚出して手渡してやりましたそうです。するとかえってきて便所に入ると、これ見よがしにそれと同じ銅貨が一枚便所の窓にのってるというではありませんか。小癪な真似をする、常々下宿の主婦さんは自分のあとをつけて探偵のようなことをしていると思っていたら、やっぱり推定どおり自分の行動は細大漏らさず見ているのだ。しかもそのお手柄を見せびらかしでもするように、これ見よがしに自分の目のつくところにのっけておくとは何といういやな婆さんだ。実にけしからんやつだと憤慨したことがあったのだそうですが、それと同じような銅貨が、同じくこれ見よがしに火鉢のふちにのっけてある。いかにも人を莫迦にしたけしからん子供だと思って、一本参ったのだというのですから変な話です。

これは漱石がロンドン留学から帰国してすぐの、明治三十六年一月末の事件である。

病気もロンドンで自転車にのって一時なおったのが、帰りの船の中でまたいくらかずつもとへ戻ったのだということは後で知りました。

（『漱石の思い出』）

このＤＶは漱石が神経を病んでいた時期の話であるが、この中でもとりわけ興味深いのは「探偵」されるという被害妄想である。

漱石が初めに神経を病んだのは明治二十七年と言われている。この年の九月に帝大の寄宿舎を飛び出して、転々と寝所を変えたあと、十月には法蔵院に閉じこもる。だが、ここでも正岡子規宛の同月十六日の書簡に「塵界茫々毀誉の耳朶を撲に堪えず」と記し、また同じく十一月一日の書簡では「隣房に尼数人あり少しも殊勝ならず女は何時までもうるさき動物なり」と、友人間で自分についての悪い噂話が立っているばかりか、宿坊の尼にまで「探偵」をされていると思い込んで、漱石独特の被害意識を訴えている。もっとも、尼による「探偵」については、現実なのか被害妄想なのかは不明ではある。というのも、漱石自身の主張では、当時の漱石が抱え込んでいた結婚・女性問題で、相手側の母親が尼に漱石の「探偵」を依頼したと頑なに信じ込んでいるからで、それが事実なのか妄想なのかが判断不能だからだ。

（この件に関しては、新たな発見がある。「漱石、絶密の恋」を参照されたい）

また次男の夏目伸六は『漱石の思い出』（角川文庫）の解説で次のようなエピソードを明か

している。

私自身が、こうした険悪な父の家族に対する理不尽きわまる振舞いを、眼のあたりに眺め、かつその恐ろしさを身をもって体験しているからである。（中略）毎朝湯殿から聞こえてくる、安全剃刀をとぐ革砥の音に夢を破られ、ハッと飛び起きたことも、何度あるか解らない。当時の私たちは、いつ父にどやされるかと、絶えずはらはらしながら、父の眼をどろぼう猫のようにうかがっていたものである。

さらに、同じ文章の中で、以下のような具体的な体験談を披瀝している。

私がまだ小学へもあがらぬ小さいころのことである。秋も深まったある夕方、私は兄といっしょに父の散歩について行ったことがある。ちょうど何かの祭礼に当たる日ででもあったのか、とある神社の境内に、幼い眼には珍しいいろいろの見せ物小屋が並んでいた。たぶん、兄と私がねだったのかもしれない。一軒の射的小屋に私たちは入って行った。父は入るなり、

「純一、お前撃て」

と、兄をかえりみた。

「恥ずかしいから嫌だあ」

小学一年の兄は、それまでの意気込みにも似ず、急に弱気になってしりごみした。

「伸六、お前撃て」

私も咄嗟に気おくれがして、「僕も恥ずかしい……」と、思わず父の袖のかげにかくれようとした。が、その時私の身体は、アッと言う間に土間の上にたたきつけられていた。その私を、手に持ったステッキで打つ、蹴る、なぐるの凄じい打擲が、呆気に取られた衆人環視のまっただ中で行なわれたのである。


これが現代ならば、衆人環視の誰かがすぐさま携帯電話を取り出して一一〇番に繋ぎ、漱石は間違いなく「児童虐待」の現行犯で逮捕されるだろう。また現代とは時代が違う、明治時代ならば父親が自分の子供にこれくらいの暴力は躾として当たり前だった、とは言えないだろう。なぜならば、この射的小屋が漱石の暴力行為で衆人環視の状態になるくらいだからである。やはり当時としても、漱石のこの暴力行為は、見物するに値するくらいの異常な行動であった。

続けて、伸六はこうも述べる。


まだ小学校へもあがらぬ子供に対してさえ、こんな振舞いをあえてする父が、母に対してどんな態度をもって臨んだかは、容易に想像がつくのである。

しかし、妻の鏡子は、漱石から言葉の暴力を含めて、どんな肉体的な暴力を受けても、このように考える。

夏目が精神病ときまれば、なおさらのこと私はこの家をどきません。私が不貞をしたとか何とかいうのではなく、いわば私に落度はないのです。なるほど私一人が実家へ帰ったら、私一人はそれで安全かもしれません。しかし子供や主人はどうなるのです。病気ときまれば、そばにおって及ばずながら看護するのが妻の役目ではありませんか。ただ私だから嫌われている。私さえどいたなら夏目の頭がなおるというのなら、また考えなければなりませんけれど、あの病気では私がどいた、後へ誰か後妻に入ってきたといっても、あんなふうにやられて誰が辛抱しているものですか。きっと一か月の辛抱もできず逃げかえるに違いありません。どうせこうなったからには私はもうどうなってもようございます。私がここにいれば、嫌われようと打たれようと、ともかくいざという時にはみんなのためになることができるのです。

（『漱石の思い出』）

「私が居なければ、私でなければ、この人はだめになる」

何をかいわんや。これはＤＶを受けていながら、なおかつその事実を認めようとしない被害者（＝妻）の決まり文句ではないか。

このように漱石が妻子に肉体的な暴力をふるうのは、周期的に訪れる精神的な病の時期である。それも被害意識（本人にしか理解できない）をもたらす加害者（？）への「報復行為」として現れる。

しかし、たとえ精神が病んでいる時期の漱石でも、まったくの「赤の他人」を殴ったり蹴ったりしたという直接的な暴力行為の記録は残っていない。鏡子も「近くにいる者ほどやられるのですからいい迷惑です」（同前）と証言している。

では「近くにいる者」と「赤の他人」との境界はどこで引かれているのか。どうやら、それは同じ屋根の下に寝泊りする「女中」までが「近くにいる者」の範囲に当て嵌まるようである。漱石は精神的な病の時期には、頻繁に「女中いじめ」を行なう。

たとえば、『行人』を執筆中の大正二年に、漱石は十年ぶりの強度の神経衰弱を再発させる。すると、まだ寒い時期で、そのため風邪をひいていた女中相手に、主人らしからぬこんな振舞いに及ぶ。

女中が喉をいためて変なかすれ声で声をつぶしておりました。するとそれをたいそう気にしまして、なぜそんな声をしている、大きな声を出してみろと申します。いくら声をつぶしていたって、一声二声普通の声は出るものですから、相当大きな声を立てますと、それみろ、出るのになぜ出さない、貴様はうそをついている、細工をしてけしからんやつだと言って怒りつけました。何でも細工をしてるとみるのが、病気になるとこの人の癖でした。そうしてそれを非常に嫌って憎むのでした。

（『漱石の思い出』）

さらに、漱石は「女中」相手だと、妻子に対するのとまったく同様の、肉体的な暴力行為をも平気で起こす。「平気で」というのは「衆人環視」のもとでも、という意味である。

私が留守中の出来事でしたが、留守のあいだ男の子どもを外へ遊びにやってはいけないと夏目が言っていたのに、いつの間にやら男の子どものことですから、どこかへ遊びに行ってしまったそうです。すると出すなというのになぜ出したといきり立って、一人を廊下から下へ突き落とし、一人が門のところへ出たのを追うて、門前の路の上で人が見てるところでポカポカなぐったそうです。女中二人は怒ってしまって、いくら主人でもあんまりだ、まだ人の見てないところでひっぱたかれたのなら我慢もするが、こんなことでは今に何をされるかわからない、この上は一時もいられないといって、そのまま私のかえらないうちに出て行ってしまいます。それを見ていたのが長女の筆子で、いくら父でもあんまり無法なことをすると悲憤の涙にくれておりますると、やがて夏目が出て来て、女中は出て行ったか、けしからぬやつだと言うので、そこで筆子が憤然とそれは出て行きますとも、あんなことをなさるんですものと、女中の肩をもってしまったのです。さあ、そうなるとたまりません。なんだ、この生意気なやつめ、父に口答えするとはというわけで、ポカッと来ます。私が帰って参りますと、女中はいず、筆子は口惜しがって泣いている。

（『漱石の思い出』）

「女中」は本来「赤の他人」なのだが、漱石においてはこのように直接的な暴力に及ぶという意味では、妻子と同等ですらある。同じ屋根の下で衣食住を共にしているという狎れがあり、なおかつ相手は年下の使用人であるという絶対的な主従関係が、漱石をして妻子と同格に並ばせて、肉体的な暴力行為の対象に貶めるのだろう。これも立派なDVだ。逆に言えば、漱石にとっては、子どもたちはもちろん、妻の鏡子に至っても、自分との間には主従関係しか認めていなかったのではないか。あえて言えば、妻の鏡子は「女中頭」くらいにしか認めていなかったのではないか。

というのも、鏡子夫人の幼名は「キヨ」であるが、漱石の作品中六作品にこの「清」が登場する。しかし、彼女たちはみんな女中や婆やや乳母などの下働きの女性なのである。

では、漱石は「女中」を除くまったくの「赤の他人」に対しては、どのような暴力行為、あるいは報復行為に及んでいるのか。

初めはロンドン留学中の出来事だろう。漱石は五高教授時代の明治三十三年に、文部省からのイギリスへの官費留学第一号として海を渡った。お役所が漱石に期待した留学の名目は「英語研究」のためであるが、漱石自身の意に沿ったテーマは「英文学研究」であった。また官費で留学する以上、当然義務があり、それは毎年一回の研究報告であった。しかし、漱石は一年どころか二年目の終了が近づいても一本の論文も送らず、躍起になった文部省からは早く研究報告を送って来いとうるさいほどの催促が来る。漱石は「一年やそこらでまとまるような研究にロクなものはない」と考えていたらしく、文部省の出方に怒って、ついには全編白紙の報告書を送りつけるという暴挙に出たのだった。これは立場を変えて、全編白紙という報告書を受け取った文部省の役人からすれば、立派な暴力行為である。

この漱石の報復行為の結果として、文部省は「教授夏目金之助は正気を失った」と捉えて、急遽ドイツ留学中の藤代禎輔へ「夏目を保護して帰国すべし」との電令を打つ。

漱石が起こした二度目の「赤の他人」への暴力的な報復行為は、家賃問題から生じた。漱石は明治三十九年十二月二十七日に、本郷区駒込千駄木町57から、同区西片町十ろの七に転居した。二十七円の家賃である。ところが、大家はすぐに三十円に値上げをし、また漱石が人気作家だと知ったのか、引っ越して数ヶ月しか経っていないのに、今度は三十五円に上げると言ってきた。しかし、大家の言いなりに支払っていたのでは際限もないし、漱石は教員を辞めていたから本郷の近くに住む必要もない。そこで漱石は早稲田南町の七番地に、三百五十坪の広い土地の真ん中に建つ貸家を見つけて、明治四十年九月二十九日に生涯最後の引越しをする。

この引越しの当日、漱石は西片町の強欲な大家への腹いせとして、なんとその家の座敷に放尿して去っている。

また、漱石が行なった「赤の他人」への暴力的な報復行為で、最も数多く見られるのは「怒鳴る」という口の暴力である。

千駄木の家は、西側が生垣を挟んで郁文館中学の運動場と接しており、野球のボールがしょっちゅう庭に飛び込んで来る。そのたびに漱石は癇癪を起こして、ボールを拾いに来た生徒を怒鳴りつける。挙句の果てには、職員室にまで文句を言いに行く。

しかも、この度重なるボール事件が根にあってか、漱石はある日「前の通りでどこかの中学生がボール投げをしていたのが、あやまってボールを家の庭中に投げ込んだ。するとこいつけしからんとあって、逃げる中学生をつかまえて、その家に怒鳴り込んで行くといって根津権現の方へ引き立てて行った」(『漱石の思い出』)という事件を起こした。ところが、その中学生は「相当のお宅の坊ちゃんだった」(前出)そうで、幸い大怪我をさせることもなく、それゆえ先方に逆に乗り込まれることもなく、漱石本人は「案外ケロリとして戻って」(前出)来たという。

いったい漱石は「女中」を除く「赤の他人」には、実際に手を上げるなどの暴力行為を起こしていない。

しかし、次に述べる一件は、漱石の被害妄想と、それに打ち勝とうとするために「赤の他人」へは怒鳴るという口撃にだけ及ぶ図式が、顕著に露出した典型的な一例である。

千駄木の家の東側には公道が走っており、その道路を隔てた向かい側に下宿屋が建っていた。漱石は神経を病んでいるとき、自分の書斎の東側の窓から、毎朝毎朝その下宿屋に住む書生に向かって、「おい、探偵君」と大声を張り上げて挑発したらしい。なんでも漱石の日記によれば、その書生が自分の噂をしていると被害妄想的な精神状態に陥っていたようだ。


ちょうどその書生さんの二階の部屋から書斎が見下ろされるぐあいになっていて、毎晩部屋の窓に明かりがついて、そこで書生さんが相当高い声で音読するのです。それが習慣とみえて、窓ぎわの机に向かって勉強している時には、きまって声を立てて本を読んでいるのです。そこへ時たまお友達が遊びに来る。そうするとやはり大きな声で話をしているのです。それがいちいち夏目の異常な耳には、穏やかならぬ自分の噂や陰口に響くらしいのです。そうして高いところから始終こちらの方をのぞいて監視している。それが気になってしかたのないところへ、学校の始まる時間はどこでもたいがい同じですから、夏目が出かけるころになると、その学生も出かける支度をして、夏目の後からついて行く。あれは姿こそ学生だが、しかし実際は自分をつけている探偵に違いない。

こう一人で決めているのです。（『漱石の思い出』）

そこで前述のように、毎朝その書生の部屋に向かって、大きな声で聞こえよがしに怒鳴り始めるのだ。「おい、探偵君。今日は何時に学校へ行くかね」とか「探偵君、今日のお出かけは何時だよ」と。どうやら漱石は先手を取って、わざと言い放ったつもりらしい。この一声のあと、少しほっとするのか、朝の食卓につくのである。

さらに、大正二年の二、三月ごろの木曜会の夜に、森田草平が小栗風葉を連れて来たことがあった。しかし、小栗風葉は初訪問なのに酔っ払っていて、それだけでも漱石が「はなはだおもしろくなく思っている」（同前）のに、風葉は「酒の勢いにまかせて何かかにかおっしゃった」（同前）。すると、漱石はいきなり「かえれ！」と怒鳴ったのである。草平も風葉もそそこに逃げ帰るのだが、漱石は「あんなことを言わせにわざわざあんなやつを連れて来るとは、森田のやつもけしからんやつだ」（同前）と怒りはいっこうに収まらない。

しかし、この件は、漱石の怒りの方が珍しく正当性を持つだろう。それにしても、漱石が怒鳴りつけた相手に、森田草平という愛弟子が含まれているのは、稀有な例である。

いったい、漱石は弟子たちには穏やかに対処した。このため、漱石の死後、鏡子夫人が『漱石の思い出』を口述筆記で著し、その中で漱石の精神的な病について述べると、弟子たちは今まで鏡子夫人にも大いに世話になってきた恩をすっかり忘れて、いっせいに反発し、むしろ鏡子夫人が大文豪の夫を理解できない悪妻だったと罵詈雑言の集中砲火を放つくらいなのだ。

　自分を可愛がってくれる人なら泥棒でもいいと言はれたといふ話がある。私は奥さんの切ない表現として同情はするが、所詮は先生の世界の人ではなかったのである。

（林耕三『漱石山房の人々』講談社、昭和四十六年九月）

　このように見てくると、漱石の肉体的な暴力行為の対象は、妻子と女中に限られている。「赤の他人」に手をあげる行為は見当たらない。せいぜいその「赤の他人」当人が居ないところで、白紙の報告書を送ったり、その人の持ち家の部屋内で放尿したりといった、間接的な暴力が精一杯である。「赤の他人」本人への直接的な暴力行為としては、大声で怒鳴るのが精一杯である。

　つまり、結論的に言えば、漱石の肉体的な暴力の対象となる相手は「近くにいる者」なのだが、その境界線は「女中」と「弟子」の間に引かれている。同じ屋根の下に寝泊りしているかしていないか。ここが分かれ目だ。

　またこの境界線を別の少々意地悪な角度から眺めると、漱石が肉体的な暴力をふるう対象は、女性や子供に限定されているとも言える。つまり、成人男子の漱石よりも肉体的に弱そうな、いわゆる「女子供」といった相手にしか、直接的な暴力を振るわないのだ。これもDVを起こす男性の典型的なパターンだろう。しかも、女中に手を挙げるのは、そこに主従関係すら、つまりパワハラも垣間見える。そして、この種の男性は心の奥にコンプレックスを抱えていて、その反動で自分よりも弱い者にだけ肉体的な暴力行為に及ぶケースが多い。すると、漱石の心の奥のコンプレックスとはなんであろうか。

さて、このコンプレックスに端を発すると言われて来た、漱石の報復行為がもう一件残っている。これまで意識的に記述しなかった、有名な事件だ。漱石が大塚保治・楠緒子夫妻の三女の葬儀に「鯛」を贈った一件である。これは漱石の楠緒子への恋愛感情の振れから生じたと見做されてきた。

漱石がイギリス留学を終えて帰国したのは、明治三十六年一月だが、彼は勤務校の五高がある熊本には戻らずに、神戸からそのまま上京し、鏡子夫人の実家である中根家の離れに居住を始める。しかし、漱石は留学中から親友の狩野亨吉や大塚（小屋）保治に、東京での就職斡旋の依頼をしていて、彼らの運動のおかげで、四月からは一高の教授と帝大英文科の講師の職が決まる。そこで、鏡子夫人の実家から、三月三日に本郷区駒込千駄木町57に転居する。この家は、森鷗外も住んだという、今は「明治村」に移転されている、例の向かい側の書生を怒鳴った、因縁の家である。ところが、漱石には引っ越し費用がない。といって、中根家も傾いていて、漱石がイギリス留学中の鏡子夫人などは、自分の着物はとっくに質に入れ、漱石の男物の着物を仕立て直して着ていたくらいの貧困ぶりで、援助を願い出る状況ではなかった。そこで、金の融通も保治に頼み、百五十円ほどのお金を借りて、新生活をスタートさせた。

ところが、五月に前述のとおり大塚家の三女が亡くなり、保治はその葬儀費用が必要となって、漱石に借金返済を迫る。漱石にはもちろん返す金は無く、斎藤阿具・山川信次郎などの別の友人たちから掻き集める。そして、借金返済のあと、漱石は大塚夫婦に葬儀の見舞いとして、『鯛』を贈るのだ。この漱石の行動は神経衰弱のなせるわざとしても、非常識で異常すぎるとして、多くの漱石研究者があえて見て見ぬふりをしてきた。とりわけ、漱石を敬愛してやまない漱石ファンの研究者は、この「漱石、葬儀に『鯛』を贈る」一件については、見ざる、言わざる、聞かざるに徹してしまう。

しかし、小坂晋のように、漱石の初恋の相手が大塚楠緒子で、しかも彼女が漱石の天上の恋の相手であるという自説に立脚した研究者だけは、この漱石の非常識で異常すぎる行動を見逃さない。

神経衰弱が悪化していた漱石は、大塚家の三女の死に対する見舞いとして鯛を送るという悲惨で異様な行動を取る。大学教授・文学博士として漱石よりほぼ十年先行する親友、保治である。しかも、恋人を譲り、貧窮に喘ぐ漱石に、富裕な大塚家が何故、借金返済を迫ったのか、その経緯はつまびらかにしないが、失恋、借金、学者としての立ち遅れといった重なるコンプレックスに触られた時、過敏な分裂症的神経衰弱にあった漱石が、このような外罰的攻撃態度を取ったのも了解不能な行為ではない。

（小坂晋『漱石の愛と文学』講談社、昭和四十九年三月）

つまり、漱石の大塚楠緒子への愛が、彼女と夫の保治との間にできた子どもが亡くなったときに、嫉妬がらみで「祝・おめでとう」と言わんばかりに『鯛』を贈る行動を取らせたというのだ。

また小坂晋は同著の中で、「この間の事情は次に示す菅宛手紙からも窺われる」として、漱石から親友の菅虎雄に宛てた、明治三十六年六月十四日付けの手紙を例にあげる。

近来昼寝病再発グー〳〵寝ルヨ博士ニモ教授ニモナリ度ナイ人間ハ食ッテ居レバソレデヨロシイノサ大著述モ時ト金ノ問題ダカラ出来ナケレバ出来ナイデモ構ハナイ天勾践ヲ空フスルト云フ訳カネ近来南隣ノハッチャン北隣ノ四郎チャン背後ノ学校ノ生徒諸君日課ヲ定メテ色々ナヿ《こと》ヲやッテ居ルヨ是モ一学期結了ト云ウ訳サネ

其外何モカクヿガナイ御留守宅へハ其後伺ハナイ御変モアルマイヨ大塚ノ三女ガ先達テ病気デ死ンダ僕ハ見舞ニ鯛ヲヤッテ笑ハレタ

そして、この手紙から、小坂晋は同著で次のような感想を抱く。

デスペレートで投げやりな気分の漂う手紙であるが、その中に鯛を送った自分の行動に対する漱石の泣き笑いが浮かんでいる。ロンドン時代の神経衰弱が再発したのは明らかである。しかも、博士にも教授にもなりたくないという言葉は、一講師である漱石が楠緒子の夫、保治をも意識していよう。

小坂晋は前述のように「大塚楠緒子説」の草分け的存在であるから、「漱石にとっては天上の恋人の、その地上の婚姻相手である保治が、博士で教授なので、漱石はひがんで拗ねている」と解釈したらしい。しかし、そんな漱石が、たとえ親友の菅虎雄にでも「僕ハ見舞ニ鯛ヲヤッテ笑ハレタ」と告げるだろうか。もし漱石があてつけに鯛を贈ったとしたならば、それは心の奥のとてつもなく暗い、卑怯な、人間として恥ずかしい感情から発した行為だ。それなのに、「笑ハレタ」などと、明るく、軽く、言葉にできるものではない。

また「『鯛』を贈った」漱石を笑ったのは、誰だろうか。大塚夫妻か。愛娘が死んで、その葬儀に『鯛』を贈りつけて来た漱石を「笑える」のだろうか。しかも、小坂晋説に従えば、漱石と楠緒子の間には微妙な感情があり、保治もそれに気が付いている。それなら、なおのこと保治は「笑える」か。はたまた、楠緒子だって「笑える」か。

この点について、小坂晋は同著で次のように述べている。

更に半月許り後の七月三日、再び菅宛に「大塚モソンナニ落胆シテ居ナイ様ダゼ尤モ是ハ僕ノ様ナ不人情ナ人間カラ見ルカラ左様ニ見エルノカモ知レナイ」と書き送っている。漱石は反省したのか、あるいは菅にたしなめられたのか、何となく弁解じみた調子である。

漱石が「葬儀に『鯛』を贈った」という自分の行為をすぐに「反省したのか」という。しかし、もし小坂晋が指摘するように、漱石の中に楠緒子への愛が根付いていたのならば、そう簡単に反省できるものなのか。ここで反省したら、楠緒子への愛そのものを反省したという表示になるではないか。さらに言えば、反省できる程度の愛ならば、たとえ強度の神経衰弱であったとしても、愛娘を亡くした夫婦に『鯛』を贈るなどという、非人間的な、うそ寒い行動は取らないだろう。どう考えても、小坂晋の論理には矛盾がいっぱいだ。

また小坂晋は「あるいは菅にたしなめられたのか」と言う。これは「反省したのか」と同じである。「天上の恋」ならば、たとえ親友からでも、たしなめられたくらいで、ブレーキを踏み込める感情ではないだろう。

さらに、「僕ノ様ナ不人情ナ人間」については、漱石が新婚早々に鏡子夫人に宣言した「俺は学者で勉強しなければならないのだから、おまえなんかにかまってはいられない。それは承知していてもらいたい」（『漱石の思い出』）といった心情に通じる言葉ではないのか。

あるいは、晩年になって弟子たちに語った「ある晩、娘が、お父様お休みなさい、と挨拶に書斎に入ってきたとする。そのとき昼間はなんともなかった娘の目がつぶれていることを発見する。しかしそれを見た自分は、ああそうか、と平穏なままでいられる。そんな心の持ち方が「則天去私」で僕の目指す心境」と一致するのではないか。

いずれにしろ、小坂晋は「大塚楠緒子説」に固執するあまりに、漱石の手紙の文章すらまともに読み取れなくなっている。つまり、小坂晋は次のように「漱石、葬儀に『鯛』を贈る」事件の結論を下す。

しかし、こうした、非常識な漱石の行動も発作的な一時のものに過ぎず、保治の寛い心と楠緒子の深い漱石に対する理解から、二人の固い友情が壊れることはなかったのである。

この場合の「二人の固い友情」は、漱石と楠緒子の間では不自然だから、当然漱石と保治の間についての友情を述べたものだろう。また楠緒子は「夫以外の憧れの男」から、娘の葬儀に『鯛』を贈られても平常心で居られるものなのか。というよりも、小坂説に従えば漱石との関係は「天上の恋」なのだが、こんな最低の行動をとられて、楠緒子は百年の恋もいっぺんに醒めてしまうという心境にはならなかったのか。

しかも、このあとも、実際には三人の友好関係は一生涯に渡って崩壊していない。すると、保治の「寛い心」と楠緒子の「深い理解」は、まるで神々の愛のようではないか。漱石は神々から借金返済を迫られたのか。

なにをかいわんや。

じつは、明治時代の葬儀は、仏葬式とは決め付けられないのだ。「明治に入って、維新政府は神葬祭運動を推し進めたが、その背景には寺檀制度によって葬儀式を独占してきた寺院側への批判があった」（此経啓助『明治人のお葬式』現代書館、二〇〇一年十二月）ということもあり、明治時代の政府関係者・知識人・文化人などの多くが、葬儀を神葬式で執り行っている。

たとえば、山内容堂、大久保利通、岩倉具視（日本最初の国葬）、岩崎弥太郎、森有礼、九代目市川団十郎、広瀬武夫、二葉亭四迷、伊藤博文などは神葬式で、このように各界から幅広く名前を挙げることができる。

さて、保治は旧姓が小屋で、前橋の由緒ある旧家の出身ではあるが長男ではない。一方、楠緒子の大塚家は井伊旗本の家柄とも言われ、父は宮城控訴院長大塚正雄であり、楠緒子はその一人娘である。ということもあって、保治が大塚家に入り婿をした形になっている。当然三女の葬儀も、大塚家の意向に沿った形式で執り行われたと考えられる。

では、大塚家はどのような葬儀を執り行っていたのか。じつは明治四十三年の十一月、漱石が「伊豆の大患」で臥していた時期に、楠緒子本人が結核で亡くなり、その葬儀が執り行なわれた。はたして、神葬式であった。

すると、三女の葬儀も、まず間違いなく、母親と同様に神葬式だ。つまり、神饌物として、「乾物」「水・米・塩」「餅」「卵」「菓子」「果物」「野菜」、そして『鯛』を供えるのである。しかも、この中で「餅」と『鯛』は、大きければ大きいほど結構なのである。

どうやら、漱石が大塚家の三女の葬儀に『鯛』を贈るという行動に出たのは、天上の恋の鞘当てでも、神経衰弱の結果でもない。神葬祭に『鯛』を献上するのは、異常でもなんでもない、ごく普通の礼儀なのだ。

だから、漱石が「葬儀に『鯛』を贈った」あとも、大塚夫婦と親交が続いたのは、保治が「寛い心」を持っていたためでも、楠緒子が漱石に対して「深い理解」があったわけでもないのだ。

どだい、小坂晋は「漱石の天上の恋の相手が大塚楠緒子である」という自説の呪縛から逃れられないので、他の凡庸な研究者と同じように大塚家の三女の葬儀を端から仏葬式だと決め込んで、このような単純なミスを犯すのであろう。

では、「鯛ヲヤッテ笑ハレタ」の、漱石を笑った人は誰か。もちろん、大塚夫妻ではない。

きっと神葬祭に馴染みのない漱石の身内（たとえば鏡子夫人）とか、漱石に『鯛』を頼まれて祝い事だと勝手に判断して大塚家に納めに行ってびっくりした近所の魚屋程度のことだろう。あるいは、禅に馴染みの深い漱石自身の中に、神葬祭がまだ珍しいという感覚があって、葬儀に『鯛』の取り合わせを自身で面白がっただけではないのか。

このように、漱石が大塚夫妻の三女の葬儀に『鯛』を贈るという行為に出たのは、神経衰弱だからではない。ましてや、漱石が楠緒子に懸想していて、「他の男に産ませられた子供が死んで、ざまあみろ」といった卑しくて非人間的な気持ちからでは決してない。

つまり、この一件は、漱石の暴力行為とも、ましてや天上の恋とも、一切無関係なのだ。

2

すると、いったい漱石の心の奥のコンプレックスであり、頭の具合が悪くなると、必ず登場する「井上眼科の少女」とは、誰なのであろうか。この漱石の「天上の恋」の相手は、葬儀に『鯛』を贈る件は空振りでも、小坂晋が譲らない楠緒子だろうか。あるいは、江藤淳が主張するように嫂の登世だろうか。はたまた、宮井一郎説の「花柳界の女」、もしくは石川悌二が説く日根野れん、だろうか。

この問題に触れると、これまでの各氏の論と同様に推論の域を出なくなる。しかし、なるべく客観的に、しかも漱石の文学に沿う形で、簡単に自論を述べておきたい。

小坂晋は『漱石の愛と文学』（前出）で自説の楠緒子説を高らかに語ったが、その十二年後に『夏目漱石研究——伝記と分析の間を求めて——』（桜楓社、昭和六十一年十月）を出版している。そして、小坂晋はこの著書の中で、注目すべき「新しいデータ」を発表している。

それによると、中国の漱石研究家で作家の崔萬秋は、広島高等師範学校を卒業しており、「鏡子夫人や松岡譲とたびたび会い、九日会などにも出席していた」のであるが、『草枕』の中国語翻訳出版に続いて、一九三五年には『三四郎』を北京・中華書局から翻訳出版している。その序文が、じつに興味深いのだ。そこには崔萬秋が九日会に参加するために、故漱石の早稲田の自宅を訪ねたときのエピソードが記されている。以下、小坂晋の日本語訳を記す。

私が訪れたある晩、東京朝日新聞の請いに応じて未亡人が「漱石と女性」について語った。

漱石の初恋の対象は外務省某局長の娘で、漱石が眼病のため井上病院にかかっていた時、彼女は毎日、片眼不自由な老婦人の手を引いて通院、看病していた。漱石はその情深いやさしさを愛していた。彼女が美人であったことは言うまでもない。だが、この初恋は実を結ばなかった。

漱石はスラリとした長身、柳腰の日本的旧式美人を愛し、帝大講師時代、帝大教授、大塚氏の夫人をとても好いていた。

小坂晋はこの引用に続いて、次のような感想を記す。

『漱石の思い出』が出版されたのは昭和三年であり、崔萬秋は四年後の昭和七年に「紙面に未発表の逸話」を聞いたわけだから、漱石死後日が浅く、相手のことも考えて、鏡子夫人と弟子たちがたけながの女性（井上眼科の女性）は外務省某局長の娘であることや、また楠緒子についてもくわしいことを紙面に明らさまには公表しなかったのであろう。

そして、小坂晋は漱石の孫弟子に当たる本多顕彰の『夏目漱石』（筑摩書房『現代日本文学全集（65）』解説・昭和三十三年三月）の言葉を引用する。（楠緒子に）「漱石がひそかに思いをよせていたことは、弟子たちにも気付かれていた」として、漱石の「天上の恋」の相手が楠緒子であるのは、「門下生の間では自明のことだったのである。」と自説を展開して行く。

つまり、小坂晋は、崔萬秋の中国語翻訳本『三四郎』の序文の最後にだけ注目するのだ。そして自説の楠緒子説を正しいとするために、明治二十四年七月に井上眼科で出会った「たけながの女性」と三年後の松山落ち前の女性とを別人と考えるようになる。その理由として、『夏目漱石研究』で次のような解釈を試みている。

鏡子夫人は井上眼科の女性について『漱石の思い出』に「兄さん（引用者注・和三郎）はその方の名前を御存知の筈です。私も伺ったのですが忘れて了ひました」と述べている。（中略）松山落ち前の女性は和三郎が「一体どこから申し込んで来たのだい」と尋ねており、和三郎も知らない相手なので、明らかに井上眼科の女性とは別人である。

しかし、松山落ち前の女性に関しては、その縁談が実際に先方から夏目家に来ていたかどうかも怪しい。「芸者あがりの性悪の見栄坊」のお母さんが、漱石への「お断り」として、いくばくかの方便を使った可能性も高い。また小坂晋が言うように、松山落ち前の女性が大塚楠緒子だったとしたら、それこそ「和三郎も知らない相手」で、母親が「芸者あがり」で、鏡子夫人も「知らない相手」なのはおかしいではないか。

しかも、原文では其の部分は一行の付け足しで「漱石愛長身細腰的旧式美人・在帝大当講師時・甚喜帝大教授大塚氏夫人。」とあるのみである。つまり、この部分を正確に読むと、「在帝大講師時」と断りがあり、漱石が大塚夫人を好みだと言っていたのは、イギリス留学後である。つまり、楠緒子は漱石の松山落ちとは無関係であるし、単に見た目が漱石の好みのタイプの女性という程度に過ぎないだろう。言い換えれば、帝大の下宿に入る前の若い漱石がその絵葉書（＝プロマイド）を自宅の机上に飾っておいた芸者「おゑん」（写真1・2参照）

や、晩年家族や弟子たちに好みだと吹聴していた近所の鰹節屋のおかみさんと、多少の強弱はあっても同列だろう。
崔萬秋の序文は、もっと素直に読むべきで、漱石が一生涯引き摺った「天上の恋」の相手は井上眼科で出会った「外務省某局長の娘」である。しかも、当時の正岡子規宛ての手紙（明治二十四年七月十八日付け）によれば、漱石にとってこの少女との出会いは、井上眼科が初めてではない。

昨日眼医者へいつた所が、いつか君に話した可愛らしい女の子を見たね、――銀杏返しにたけなはをかけて――天気予報なしの突然の邂逅だからひやつと驚いて思はず顔に紅葉を散らしたね

「いつか君に話した」のである。漱石が「井上眼科の少女」と出会ったのは、このように井上眼科が初めてではない。そこで改めて『三四郎』の広田先生の夢が注目される。「生涯でたつた一遍会った女に、突然夢の中で再会した」のである。

憲法発布は明治二十二年だったね。その時森文部大臣が殺された。（中略）ぼくは高等学校の生徒であった。（中略）大臣の棺を送ることになった。（中略）やがて行列が来た。

なんでも長いものだった。寒い眼の前を静かな馬車や俥が何台となく通る。そのうちに今話した小さな娘がいた。(中略) ただこの女だけは覚えている。(中略) その当時は頭の中へ焼きつけられたように熱い印象を持っていた。——妙なものだ。

この広田先生の夢の中の少女で、文部大臣森有礼の葬儀に参列した少女が井上眼科の女性である可能性については、数多くの研究者がすでに指摘している。つまり、広田先生の夢の中の少女と作者漱石の初恋の少女を重ねているのだが、「外務省某局長の娘」ならば、文部大臣の葬儀に参列していても、おかしくはない。しかも、その母親が「芸者あがりの性悪の見栄坊」とのことだが、当時政府の高官で、妻に「芸者」をもらう例は枚挙に暇がない。たとえば、伊藤博文夫人の梅子は馬関芸者、木戸孝允(桂小五郎) 夫人の松子は京都三本木芸者、井上馨夫人の武子は柳橋芸者、黒田清隆夫人の瀧子が深川芸者、森有礼夫人の常子が吉原芸者、大隈重信夫人の綾子は芸者ではないが吉原の遊女、外務省顧問ル・ジャンドル将軍夫人の糸子は山谷堀芸者である。彼女たち「芸者」はその美貌で今の芸能人に近いようなアイドル的存在であり、しかもお座敷での社交性を高く評価されたのである。

そこで、少女の年齢の問題だが、広田先生が出会った少女は「十二、三のきれいな女だ。顔に黒子がある」のであり、三四郎は少女の歳を聞いて (子供過ぎて?) がっかりするのだが、もしこの少女と漱石が井上眼科で明治二十四年の七月に出会ったのならば、この少女は十四、五歳になっている計算である。すると、松山落ちの事件は明治二十七年から二十八年の早春に掛けてだから、件の少女は十七、八、九歳だろうか。当時は数えだが、時世から言えば、すでに結婚適齢期に入っている。

つまり、広田先生の初恋と漱石の「天上の恋」を重ねれば、「井上眼科の少女」は、明治十年から十一年生まれくらいで、「外務省某局長」の娘であると推測できる。

じつはこのような条件で探し回った結果、一人気になる母親に出くわした。陸奥亮子である。彼女は、外交官で政治家、後にカミソリ大臣と呼ばれた外務大臣にもなる陸奥宗光の二度目の妻である。亮子は座敷名が「おすゞ」という新橋芸者で、男嫌いで身持ちが堅いと評判だった。また結婚後は、「鹿鳴館の華」としても、「ワシントン社交界の華」（写真3参照）としても、その美貌を留めている。

陸奥亮子に注目したのは、その旧姓が「金田」である事実だ。男親の「金田蔀昌武」は二百石取りの播州龍野藩士で、江戸勤めの留守居役であった。いわば旗本が「江戸妻」に産ませた子が亮子である。父親の「金田」は没落するのだが、いずれにしても旗本で「金田」姓は珍しい。それは我が国ではこの姓を在日が名乗る場合が圧倒的に多いからだ。ところが、『吾輩は猫である』の中で、苦沙弥先生の弟子の寒月くんに結婚話が持ち上がるが、この相手が「金田」姓なのだ。小説の中で作者が使う姓は、その強弱はあっても恣意的である。在日に多い「金田」姓を使ったのは、なにか特別な意図があると考えられる。もっとも『猫』

の「金田」家は、苦沙弥先生の家の近所（ちなみに陸奥家は明治十六年の秋から明治二十年の春まで、下谷区金杉村根岸五十番地に居を構えているが、ここは上野山の北東に位置し、徳川霊廟の東側から鶯谷の方へ下った鶯坂とも根岸坂とも呼ばれる坂の下で、なんと子規庵のすぐ近くである。言問通りを歩けば、ほぼ直線で三五〇メートル）に大邸宅を構える大実業家なので、初めは金本位な実業家という意味で「金だ！」の駄洒落から名付けられたとも考えた。確かに当人の娘の名前も「富子」である。しかし、その母親が寒月くんを調べまくる。しかも苦沙弥先生の家に上がり込んで来て、（寒月くんは）「将来博士になれるか」と無遠慮に訊ねたり、苦沙弥先生の隣家の車屋の妻などに「探偵」もどきまで依頼したりするのだ。つまり、漱石が一番嫌う人種として描かれている。そして、これは若き漱石の（松山落ちの原因とも言われている）恋愛・結婚話を破談にまで押し進めた、相手の「芸者あがりの性悪の見栄坊」な母親（写真4・5参照）の言動を伺わせるものである。ロンドン留学時に義妹の梅子から「兄さん、ぜひ博士になって、えらくなっておかえりください」と儀礼的な挨拶を述べた国際便をもらって、「おれは博士になんかにはけっしてならない。博士だからえらいなんて思うのはたいへんなまちがいだ。」と激怒したり、晩年になっても文部省から「博士」の称号を授与すると言って来たときに、大人げないほど頑なに拒否し続けたりしたが、これも若き日の漱石が恋愛相手の「見栄坊」な母親に「将来博士になれるか」と調べまくられた苦々しい心の奥の傷痕のためだろう。

また『猫』の「金田」家の母親は、苦沙弥先生や迷亭から「鼻」が大きいと揶揄される。

陸奥亮子は日本人離れの美貌で、鼻も高く、また鼻孔が大きいので、やはり大きさが目立つ（写真3・6参照）。

さらに、陸奥亮子の子供を調べると、先妻蓮子（やはり花柳界出身）の遺した長男広吉、次男潤吉がおり、また亮子自身は明治六年七月三十日に娘清子《さやこ》を産んでいる。この清子は年頃になっても漱石好みの細身*で、年齢的にも漱石の「天上の恋」の相手として許容範囲だと思うが、なにせ独身のまま十九歳で病死している。これでは晩年の漱石が高浜虚子と九段に能を観に行った折に、「井上眼科の少女」と二十年ぶりに出会ったという事実とそぐわない。


「きょう会って来たよ」とそのことを私に話しますので、

「どんなでした」とたずねますと、

「あまり変わっていなかった」と申しまして、それから、

「こんなことを俺が言っているのを亭主が聞いたら、いやな気がするだろうな」と穏やかに笑っておりました。

（『漱石の思い出』）


また亮子は夫宗光の死後、伊藤博文から「陸奥には梅子という神戸の女に産ませた隠し子が居て、寄稿家織田潤一郎が長女として養育している」旨を聞かされる。この娘が冬子で、明治二十三年十二月十五日生まれである（写真7参照）。亮子は冬子を引き取って、長男広吉

の養女とするが、実質的には亮子が母親代わりとして養育する。しかし、冬子は漱石の相手としては年齢が著しく符号しない。しかも、この冬子も明治三十七年五月二十二日に船上において、数えの十五歳という若さで病死する。

陸奥家の墓に刻まれている娘の名前は、この「清子」と「冬子」の両人だけである。

ところが、陸奥宗光には、他にも隠し子の存在が噂されている。宗光は国事犯として、明治十一年九月中旬から山形監獄に繋獄されたのであるが、翌年には山形芸者に女の子を出産させたらしい。「明治十二年八月某日誕生したその子——小雪の父は獄中の陸奥宗光なることを証明するもの也、日付をいれて、山形監獄署長葛巻義方、という証文をとるように清兵衛に命じた」（山田風太郎『エドの舞踏会』筑摩書房、一九九七年八月）という文章も見つけられる。この小雪なる女性は、漱石の初恋の相手として、年齢的には当然許容範囲だろう。また宗光は明治十二年十二月二日には宮城監獄に移されて、ここに約三年も収監される。しかし、宮城監獄では「市中独歩」さえ許されていたらしく、「仙台の刑務所でも、陸奥は、洗濯婦との間に落とし子を作っている」（岡崎久彦『陸奥宗光（下巻）』PHP研究所、一九八八年一月）との報告もある。こちらは年齢的には、明治十三年の生まれとしても、森有礼の葬儀が行なわれた明治二十二年には数えの十歳で、広田先生の思い出の少女としてはやや若い。しかし、宗光の性情から言って、収監される直前に別の女性に別の隠し子を産ませた可能性もゼロではない。

たとえば、「吉原の芸妓、歌川との出会い」(岡崎久彦『陸奥宗光(上巻)』PHP研究所、一九八七年十二月)もあり、「間夫の一人ももつのは、当時の芸妓の気っぷであったから、陸奥も間夫気取りで遊ばせてもらった」(同前)という間柄であった。さらに、歌川は自分の年季を延ばしてまで陸奥の江戸へ上る資金を用立したとか、明治二年に再会したときには陸奥が歌川の身受けをしたとか、この種の艶っぽい噂は絶えない。

しかも、亮子が冬子のように宗光の隠し子を引き取って育て上げていたとしても、嫁に出せば、当然陸奥家の墓には入らない。墓石にその名は記されない。また当時のことだから、個人情報は消しやすいだろう。また宗光は落とし子を引き取って、亮子に育てさせたから、生涯亮子に頭が上がらなかったのではないか。「彼は何故か、この夫人亮子には頗る憚る所があった様だ。彼の伝記の作者が、『君(陸奥)は常に夫人を恐る』と書いたのは、恐らくは事実であらう。彼は予に向って訊ねもせぬのに『予の妻は播州竜野の藩士の女である』と語った。事実は知らぬが煙花界(花柳界)より拾ひ上げたる婦人であるといふことだ」(徳富蘇峰「中央公論」昭和十二年)

もちろん、これは可能性の一つに過ぎない。また陸奥宗光を「外務省某局長」と言うのは無理がある。が、これは鏡子が「外務大臣」と言い切れば限定されてしまうので、ぼかして述べたとも考えられる。少なくとも漱石の「天上の恋」の相手であり、DVの一因と思われる「井上眼科の少女」が、大塚楠緒子や嫂の登世、はたまた花柳界の女や日根野れんではないという結論は出せるだろう。しばらくは崔萬秋の文章を素直に頭に入れて、「外務省某局長の娘」を追ってみたい。

＊「『まあ、西洋の粥でしょうか。印東先生に相談して、オートミルを清子に食べさせよですって』

清子を太らせる算段を異国から指示してきたと、亮子はまだ元気であった政子（荻原注、宗光の母）と大笑いしたものだった」

（大路和子『相思空しく——陸奥宗光の妻亮子』新人物往来社、二〇〇六年十二月一日、二八七頁）

夏目漱石、その作品の構図　天上の恋、地上の婚姻

漱石の小説に共通する構図はあるのか。そこに視点を据えて、漱石の全小説を読み直してみた。すると、一つの面白いパターンに気がついた。

まず漱石の小説には、既知のとおり恋愛を取り扱った作品が多い。しかも、朝日新聞に入社してからは、つまり職業作家になってからは、具体的な作品名で言えば『虞美人草』以降は、一人の女性（Fとする）をめぐって、二人の男性（Mとmとする）の恋のストラッグル（葛藤）が描かれている作品がほとんどだ。ただMのFに対する思いと違って、mのFに対する思いの多くは「横恋慕」の形（Mからすれば当然こうなる）で登場する。しかも、Mの方は、「恋愛の好機を逃す」のである。その「恋愛の好機の逃し方」は、各作品（＝各M）によって、もちろん異なっている。これは言うまでもなく、各作品（＝各M）に、それぞれの個性があるからで、読者の立場で言えばそこが新鮮なのである。またこれに伴って、Mの「恋愛の好機を

逃す」理由も、当然ながらそれぞれ違う。その結果、「恋愛の好機を逃した後始末」も、各作品（＝各M）によって異なり、ここらから生じる各々の経緯が、各作品の主題に従った筋書きへと昇華して、より読者の興味を惹くのである。

またMもmも、Fを真正面に据えて、面と向かって本心を告白する勇気はない。むしろ両者とも、Fとそのような機会が生じるのを避ける傾向にある。これがMの「恋愛の好機を逃す」一つの大きな要因になっている。別の角度で言えば、Mとmの「友愛」の方が、かえって濃厚ですらある。しかし、いや、だからこそ、Mはmになにか決定的な「ワンフレーズ」を口走る。この一言が作品を強烈に印象付ける魅力になっている。また評価の高い作品には、必ずMとmとFとの間に、「死」が絡まって来る。この世（＝地上）では、彼ら三者三様の恋愛は幸せな成就をしないのが常である。

つまり、漱石の数多くの小説に共通する構図としては「恋愛の好機を逃す」男が居て、「横恋慕する」ライバルの男が出現して来て、この二人の男が恋する女には「死」が纏わりつくのである。ただし、女に「死」が関係しないケースでは、二人の男の方が「死」と握手を交わす結果となる。

＊

『吾輩は猫である』（「ホトトギス」明治三十八年一月〜同年八月）においては二つの恋愛事件が

描かれている。一つは寒月君をMとして、金田富子をFとするケースである。この処女作品では、まだMのライバルであるmは登場しない。そうであっても、MとFは結ばれない。Fの母親が「Mが博士になったら結婚させる」という条件を付帯させたために、MとFの入籍は延期され続け、しまいにはMは帰郷した折に嫁をもらい、従って博士になることも放棄してしまう。つまり、強欲な（?）母親のために、MとFは恋愛の成就を逃してしまうわけだ。

もう一つの恋愛事件は、見落とされがちだが、語り手の「猫」と、二絃琴の御師匠さんのうちの三毛子との恋愛である。つまり「吾輩」がMで、三毛子がFである。MはFに恋心を抱いているが、「門松注目飾りは既に取り払われて正月も早や十日となった」ときに、Mが「三毛子の様子でも見て来ようか」と二絃琴の御師匠さんの家の庭口へ廻ると、そこで御師匠さんと下女の会話を小耳に挟む。なんとFが病死したという悲報だ。Mは外出する勇気をなくすほどの「失恋」をする。じつはこの日以前にも、何度か三毛子を訪ねているのだが、御師匠さんと下女の以下のような会話が、その後のMの四つ足をぴたりと止めてしまったのだ。

「あんな主人を持っている猫だから、どうせ野良猫さ、今度来たら少し叩いて御遣り」「叩いて遣りますとも、三毛の病気になったのも全くあいつの御蔭に相違御座いませんもの、きっと讐をとってやります」そこでMは「こいつは滅多に近か寄れないと三毛子にはとうとう逢わずに帰った」のである。『吾輩は猫である』に描かれているこれら二つの恋愛事件は、いずれも年配の女性の邪魔が入って、Mは「好機を逃して」、結果「未了の恋」に終わる。

さて、「死」の影だが、寒月君の方は吾妻橋の下から（あの世から？）女の呼ぶ声がして、思わず欄干から飛び込んでしまうが、偶然下まで落ちずに命拾いする。「吾輩」の方の恋は、「Fの死」をもって、此岸と彼岸に引き裂かれてしまう。

『漾虚集』に収録された作品の中では、『幻影の盾』（「ホトトギス」明治三十八年一月）、『琴のそら音』（「七人」明治三十八年五月）、『一夜』（「中央公論」明治三十八年九月）、『薤路行』（「中央公論」明治三十八年十一月）、『趣味の遺伝』（「帝国文学」明治三十九年一月）に恋愛が描かれている。『幻影の盾』では、ウィリアムがMで、クララがFである。MとFは「凡ての春の物が皆一斉にドルエリと答える」ような恋の成就の瞬間を手にする。しかし、「これは盾の中の世界である」。つまり、「幻影」の世界でのみ可能な恋の成就である。実際にはこのMとFの恋愛は、以下の如くに表現されている。

「火事だ！」とウィリアムは思わず叫ぶ。火事は構わぬが今心の眼に思い浮かべた欲の中にはクララの髪の毛が漾って居る。何故あの火の中へ飛び込んで同じ所で死なかったのかとウィリアムは舌打ちをする。「盾の仕業だ」と口の内でつぶやく。

現実にはMは火の中に飛び込まなかったために、Fと同じ所で死ねない。恋愛の永遠の成就（天上の恋）を逃してしまう。このケースで、MとFの「天上の恋」を邪魔するのは、「戦」

であり、「火事」である。しかも、この作品でも、MとFの恋愛は「Fの死」をもって、此岸と彼岸に引き裂かれている。

『琴のそら音』では、出征する夫がMで、見送る妻がFである。この際、FはMに「もし万一御留守中に病気で死ぬ様な事がありましても只は死にませんて」と言い、「必ず魂魄だけは御傍へ行って、もう一遍御目に懸ります」と誓う。そしてFはその悪い予感が的中して、Mの留守中にインフルエンザから肺炎に罹って亡くなるのだが、生前の誓いどおりに、自身の死亡時刻に戦場のMの手鏡の中にその姿を現す。しかし、Mは手鏡の世界に入って行くことはできない。このMとFの恋愛も、「Fの死」によって、此岸と彼岸に引き裂かれてしまう。また「恋愛の好機を逃す」べく邪魔に入ったのは、「肺炎」と「戦」である。

『一夜』では、後の作品に頻繁に登場する、Mとmと言えるような二人の男と、一人のFが顔を揃える。MはFを諭す。「九仞の上に一簣を加える。加えぬと足らぬ、加えると危うい。思う人には逢わぬがましだろ」MはFに「恋愛の好機を逃す」策を勧めている。

『薤路行』では、ランスロットがMで、彼が盾を預けたエレーンがFである。しかし、Fは「長くは持たぬ」のである。それでも、FはMを待ち焦がれて、こう呟く。

死ぬ事の恐しきにあらず、死したる後にランスロットに逢い難きを恐るる。されどこの世にての逢い難きに比ぶれば、未来に逢うの却って易きかとも思う。

これは「天上の恋」への期待と礼讃の吐露である。と言うことは、Fであるエレーンの言葉に留まらない。漱石自身の憧れ的な恋愛観であり、生涯に渡って貫き通すことになる「浪漫的美学」である。

そして、このFはついに「食を断った。」となり、あの世に旅立って行く。MがFに逢いに戻るのが、永遠に遅かったのである。やはり、このMとFの恋愛も、「Fの死」によって、此岸と彼岸に切り裂かれてしまう。また「恋愛の好機を逃す」べく邪魔に入ったのは、今回も「戦」である。

ただこの作品のFは、これまでの作品のFと違って、地上での恋愛の成就を求めてはいない。と言うのも、「死」がMと逢い難くさせるとは思っていないからだ。死して天上で逢うのは「却って易き」なのである。漱石はこの作品で初めて「天上の恋」を密かに囁いている。この萌芽は、先にも述べたが『吾輩は猫である』の中で、寒月君（M）が吾妻橋で女の声に招かれるように、欄干から下へ飛び降りる場面に見られるのである。

『趣味の遺伝』では、浩さんがMで、Mが本郷郵便局でたまたま出逢って一目惚れをする女がFである。MはFにその想いを告げることもなく、日露戦争に出征して戦死してしまう。Mの恋愛は又しても「戦争」に邪魔されて、Mの戦死という「死」によって永遠にこの世（地上）では成就しない。ところが、本郷郵便局で出逢ったFの方でも、Mを一目惚れしていたらしく、人知れずMのお墓に参拝を続けている。語り手の「余」（Fへの好奇心は異常なほど強いので、この種の男が後の作品でmへと変身するのか？）が調べてみると、MとFの両者の親同士（前Mと前F）に恋愛関係が成立していて、結婚の日取りまで決まっていたのだが、前Fは殿様の御意で家老の息子（前m）と結婚してしまい、前Mとは結ばれなかった過去が判明する。殿前Mと前Fの恋愛の成就を邪魔したのは、「殿様の御意」である。つまり、余は本郷郵便局で出逢ったMとFの、互いの一目惚れは、「父母未生以前に受けた記憶と情緒が、長い時間を隔てて脳中に再現」したものと考え、大いに一目惚れの恋愛を援護するに至る。しかし、ここでとりわけ重要なのは、前Mと前Fとの恋愛には、はっきりと前mが、つまり「横恋慕」するmの存在が描かれている点である。またこの作品でのmは、家老の息子という、「社会的地位、権力のある者」として描かれている。

『坊ちゃん』（「ホトトギス」明治三十九年四月）では、うらなりがMで、マドンナがFである。MとFの間には、互いの家が決めた婚姻の約束がある。しかし、Mの家が傾いたのをきっかけに、赤シャツというmの策略が功を奏して、Fはmの元へ走る。坊ちゃんと山嵐は、そのmに天誅を加えるが、時はすでに遅しで、Mは遠く九州は延岡の学校に飛ばされる旨が決定している。つまり、前作『趣味の遺伝』で初登場したmが、今回は前世代の人間としてではなくて現代に、言い換えれば「地上」に、姿を現している。しかも、今回もmは、教頭という「社会的地位、権力のある者」として、悪役を演じる。またこのMとFを引き裂いた最大の理由は、Mの父の「死」で、Mの家が傾いたことである。

さて、坊ちゃんは作品の構図には直接関係しない。と言うよりも、坊ちゃんはマドンナに関しては、全くの第三者に過ぎない。『趣味の遺伝』の「余」に近い存在なのだ。そう言えば、松山などでは、広告で坊ちゃんとマドンナをまるでカップルのように扱っている。これでは坊ちゃんがMのようだが、この作品がなんとなくそう誤解させる風を含んでいるのだろうか。誤解と言えば、うらなりは青白くて痩せ型のインテリと思われているイメージがあるが、作中でのうらなりは小太りである。

また、坊ちゃんには女っ気がまるでない。しかし、唯一ばあやだった「清」が、東京で坊ちゃんの帰りを今か今かと待っている。この二人にMとFの構図は当て嵌まらないと思いがちだが、因みに清は坊ちゃんが将来出世した折には、必ず所有するであろう玄関付きの家に、ばあやとして置いてもらうのが夢だった。それで坊ちゃんは帰京すると、清の夢を少しでも叶えるべく、玄関のない家ではあるがそこに一緒に住む。もちろん、それでも清は満足していた。しかし、間もなく清に「死」が訪れる。この二人を此岸と彼岸に切り裂いたのは、「肺炎」である。すると、やはりここでも、坊ちゃんがMで、清がF、の構図が成立するのだろうか。そう言えば、清は「死」の直前に坊ちゃんを枕元に呼び寄せて、「坊ちゃんの御寺へ埋めて下さい。御墓のなかで坊ちゃんの来るのを楽しみに待って居ります」と言い残す。坊ちゃんは清の望みどおりに、清を小日向の養源寺に埋葬するのだが、これは若いときの漱石が野蛮だと軽蔑していた「偕老同穴」の思想だろう。いずれにしろ、「偕老同穴」は一種の「天上の恋」で、坊ちゃんとばあやの関係にしては、いささか濃すぎはしないか。

『草枕』(「新小説」明治三十九年九月)では、那美さんがFで、Fは親の取り決めで好きな男(M、しかし小説中には出て来ない)のもとへ嫁に行かれなかった。親が取り決めたのは、銀行に勤めている(つまり社会的地位のある)mである。ところが、Fはmの勤め先の銀行が今度の「戦争」で潰れる(つまり社会的地位を失う)と、離別して里に帰って来る。村人はそのFを不人情だとか薄情だとか言う。語り手である画家の「余」(『趣味の遺伝』の「余」と同じような立場)は、F自身にも依頼されて、美人のFを絵に描こうとする。しかし、描くには、Fの表情にどこか物足りなさを感じている。「憐れ」がないのだ。しかし、Fがラストで従弟の久一の出征を駅まで見送ったときのことだ。この日も始めのうちは、Fは久一に「死んで御出で」などとすれっからしを言っている。ところが、いざ汽車が出発して、その車窓から、別れたmの顔が覗くと――彼は満州へ落ちて行くところなのだ――Fの表情に「憫然のうちには今迄かつて見た事のない「憐れ」が一面に浮いて」いて、「余」は思わずFの肩を叩きながら「それだ! それだ! それが出れば画になります」と小声で言う。つまり、「社会的地位のある」mが、それを遣うどころか失って、ある意味でMへと昇華した瞬間なのだ。しかし、新Mは遠く満州へ落ちて行くところであり、この刹那が新MとFとのこの世での永遠の別れになるかも知れないのだ。Fの「憐れ」の表情は、新Mとの恋愛にとって、いかにも遅い。このmとFを切り裂いたのも「戦争」であり、新Mとなったmと Fの恋愛を邪魔をしたのは「時代」である。

『虞美人草』（「朝日新聞」明治四十年六月二十三日〜同年十月二十九日）は、漱石が朝日新聞に入社直後の、つまり職業作家としてのデビュー作品である。漱石にしても、これまで以上に読者の存在を考慮しただろう。さて、この作品では、赴任先で客死した「外交官」の娘である藤尾がFである。mは父親同士の暗黙の了解でFの結婚相手として決められていた、やはり「外交官」を志望している宗近一である。しかし、Fはこの「外交官」志望のmではなくて、小野清三というMを自分の結婚相手に選ぶ。Mは詩的世界を解する男で、またFにとっては自分の意のままにもなる男だった。しかし、Mは昔世話になった京都の孤堂先生の娘・小夜子（＝f）と、あいまいながらも結婚の約束があった。MはFに美貌と教養があり、なおかつ自分が詩人として豊かな生活を実践できるF家の財産を期待していて、過去の遺物のようなfを捨てようとしていた。MはFと二人きりで「大森」に行く約束を交わしている。この「大森」行きは、二人にとって、「地上での婚姻」を決定的にする行為のはずだった。この待ち合わせの時間の直前に、「外交官」試験に受かったばかりの、つまり「社会的地位のある」将来を約束されたmが、Mを訪ねて来て、Mに「真面目」になれと強く勧める。そのmの言葉に感化されたMは、自分はFではなくてfと結婚をするべきだと翻意する。これを知ったFは、原因不明の突然死に見舞われてしまう。MとFの「地上での婚姻」を邪魔したのは、

「社会的地位を約束された」自信過剰なmの「お説教」のワンフレーズであり、此岸と彼岸に切り裂いたのは、やはり「Fの死」である。しかし、漱石のこれまでの作品の構図から考察すれば、この「Fの死」は「地上の婚姻」を捨てて、「天上の恋」を選ぼうとの意志の現われだと言える。FはMに向かって、こう訴えてはいないだろうか。「地上の婚姻」の相手は恩師の娘のfでいい、でも「天上の恋」の相手としては「わたしを忘れないでね」「坊ちゃんの清のように待っているわ」と。それにしても、この作品のMもmも、少しもFやfの気持ちを配慮しない。これは漱石の作品に共通している男たちの姿勢だが、まるで女性は人形か「死人《しびと》」のように扱われている。

また後述するが、「謎の女」として登場する「藤尾の母」も自分の娘の結婚相手を決めるのに、性悪で強欲な行動をとる。これは『猫』に登場した金田夫人や二弦琴のお師匠さんに通じる「年配の女性」の「恋愛成就」への「邪魔」である。

『文鳥』(「大阪朝日新聞」明治四十一年六月十三日〜同年十月二十一日)では、「三重吉」に文鳥を買って来てもらう「自分」がMで、その文鳥がFである。しかし、正確に言えば、もちろんその文鳥がFそのものなのではない。その文鳥の仕種などを通して、Mは「昔の女」を連想するのだ。つまり、Mの「昔の女」がFである。たとえば、Mは煙草の煙の中に、文鳥の「首をすくめた、眼を細くした、」顔を見ると、Fの「首をすくめた、眼を細くした、心持眉を寄せた」顔を思い出す。さらに、文鳥の「時々は首を伸して籠の外を下の方から覗いている」無邪気な様子を見て、MはFの「襟の長い、脊のすらりとした、一寸首を曲げて人を見る癖」を思い出したりもする。またMは、文鳥が行水を使っているときの、さらさら、さらさらという音から、「女が長い衣の裾を捌いている」ときの音を連想したりもする。そこでMは如露を持って、「水道の水を汲んで、籠の上からさあさあと掛けて」やる。すると、文鳥は「絶えず眼をぱちぱちさせていた」となり、Mは文鳥のそんな表情から、またしてもFに連想が行くのだ。

女が座敷で仕事をしていた時、裏二階から懐中鏡で女の顔へ春の光線を反射させて楽しんだ事がある。女は薄紅くなった頬を上げて、繊い手を額の前に翳しながら、不思議そうに瞬をした。この女とこの文鳥とは恐らく同じ心持だろう。

「女性をペットと同等に扱うなんてけしからん」との声も聞こえて来そうだが、いったいこのMとFとは、どのような関係にあったのか。これを示す描写はほとんどないのだが、以下の文章からは一定の暗示を得られるだろう。

昔し美しい女を知っていた。この女が机に凭れて何か考えている所を、後から、そっと行って、紫の帯上げの房になった先を、長く垂らして、頸筋の細いあたりを、上から撫で廻したら、女はものう気に後を向いた。その時女の眉は心持八の字に寄っていた。それで眼尻と口元には笑が萌していた。同時に恰好の好い頸を肩まですくめていた。文鳥が自分を見た時、自分は不図この女の事を思い出した。

Mが後からFの頸筋を「撫で廻し」ても、Fは「口元には笑を萌して」いるのだから、MとFが肉体的にも男女の関係にあると見当をつけても、あながち間違いではないだろう。と言うより、作者がそれを匂わしている、と解釈するのが正解か。いずれにしろ、この引用文のすぐあとで、いきなり舞台裏にmが登場して、MとFの関係はあっさりと崩れ去る。「この女は今嫁に行った。自分が紫の帯上でいたずらをしたのは縁談の極った二三日後である。」Mは Fと結婚する「好機を逸していた」のだ。逸していたにも拘らず、Fとの恋愛関係を引き摺っている、いや保っているのだ。では、これまでのMとFの関係に纏わり付く「死」の影は、今回はないのだろうか。否、ラストで、Mが「例の件」に掛りっきりになって、一晩籠を外に出しっ放しにしておくと、Fの分身である文鳥はあっさりと死んでしまう。しかも、「例の件」とは、文鳥を買って来てくれた三重吉絡みの件で、「いくら当人が承知だって、そんな所へ嫁に遣るのは行末よくあるまい。まだ子供だから何処へでも行けと云われる所へ行く気になるんだろう。一旦行けば無暗に出られるものじゃない。世の中には満足しながら不幸に陥って行く者が沢山ある。」という教唆的で、暗示的な一件だ。また文鳥が死ぬと、M

は端書で三重吉にこう言うのだ。「家人が餌を遣らないものだから、文鳥はとうとう死んでしまった。」このMにとって、Fとの恋愛が未了に終わったのは、Fが「地上の婚姻」のためにmと一緒になったからであり、しかも文鳥の暗示するところに従えば、「家人のせい」で「Fの死」が生じ、二人は此岸と彼岸に切り裂かれてしまうのだ。

ところで、この作品は、前述のように明治四十一年六月十三日から朝日新聞に掲載されたのだが、そのわずか数日前の六月二日に、日根野れんが病死している。漱石と日根野れんの間には、『文鳥』の主人公と昔の女に見られるような関係があったのだろうか。そして「家人のせい」で恋愛成就とならなかったのか（もしそうだとしても、子規への手紙を持ち出すまでもなく、日根野れんは「井上眼科の少女」には当らないが）。

では、どうしたら、MとFとの恋愛は成就できるのか。それは、地上に残った方も「死」を迎えて、天上で再会するのが必須条件ではないのか。つまり、「天上の恋」の可能性に賭けるしか方法はないのである。

と言うのも、『文鳥』の直後に書かれた『夢十夜』の「第一夜」で、漱石自身がズバリその答えを書いているからだ。つまり、「第一夜」は、MとFが互いに「天上の人」となり、そこで恋愛を成就させる話なのだ。詳細は以下の通りである。

『夢十夜』（「朝日新聞」明治四十一年七月二十五日〜同年八月五日）では、先の理由で、とりわけ「第一夜」に注目した。「自分」が「腕組をして枕元に坐っていると、仰向に寝た女が、静かな声でもう死にますと云う。」自分がMで、死んでいく女がFである。Fは死ぬ間際に、Mに「百年、私の墓の傍に坐って待っていて下さい。きっと逢いに来ますから」と頼む。Mは言われたとおりに、大きな赤い日が東から出て西へ沈むのを、一つと勘定しながら、Fが逢いに来るのを待ち続ける。しかし、Mが勘定しても、勘定しても、「それでも百年がまだ来ない。」しまいには、Mは「自分は女に欺されたのではなかろうかと思い出した。」のだが、そのとき「石の下から斜に自分の方へ向いて青い茎が伸びて来た。」のだ。

見る間に長くなって丁度自分の胸のあたりまで来て留まった。と思うと、すらりと揺ぐ茎の頂に、心持首を傾けていた細長い一輪の蕾が、ふっくらと瓣を開いた。真白な百合が鼻の先で骨に徹える程匂った。

もちろん、墓石の下から伸びて来た真白な百合は、死んでいった女でFである。漱石は『趣味の遺伝』などでは、Mの好きな花としては「小さな白菊」を用いていたが、Fの象徴としては「真白な百合」を使う。このため「自分は首を前へ出して冷たい露の滴る、白い花瓣に接吻した。」のであり、「百年はもう来ていたんだな」と気が付くのである。

このMとFも、「Fの死」で此岸と彼岸に切り裂かれている。ただこれまでの作品と違うのは、Fが死んだあと、もう一度MとFが逢う点である。百は無限を表す聖数だから、「百年」は永遠を意味する。「百年」が経って、「百年」待ち続けたMが、Fと出逢えたのは、MとFが同じ世界に存在するようになったからである。

どういうことか。百合がFの化身として、この世のMに逢いに来たのか。いや、「百年」経っているのである。Mにとっては、「百年」は永遠だ。Mはもうこの世にいまい。つまり、MがFの存在する世界に行ったのである。Mが死んだのである。「第一夜」のMとFの恋愛は、この世では「Fの死」によって切り裂かれるが、「Mの死」によってあの世で、言い換えれば「天上」で永遠に成就するのである。

これが『文鳥』で投げ掛けた問いに対する、作者自らの答えであろう。つまり、『文鳥』と「第一夜」とは、相関関係にあるようだ。

さて、「第五夜」では、神代に近い昔に、捕虜になったMが、敵の大将から「死ぬか生きるか」と訊かれる。「生きると答えると降参した意味で、死ぬと云うと屈服しないと云う事になる。」Mは「一言死ぬと答えた。」のである。でも、「その頃でも恋はあった。」のであり、Mが「死ぬ前に一目思う女に逢いたい」と言い出すと、大将は「夜が明けて鶏が鳴くまでなら待つ」と許す。Mの意を受けたFは、白い裸馬に飛び乗って、「長く白い足で、太腹を蹴る」と、「馬は一散に駆け出した。」のである。しかし、Mに辿り着く前に、「こけこっこうと云う鶏の声」が聞こえてしまう。これは天探女が「鶏の鳴く真似をした」ものである。Fは「あっと云って、緊めた手綱を一度に緩めた」ので、「馬は諸膝を折る。乗った人と共に真向へ前へのめった。岩の下は深い淵であった。」という状態になり、「蹄の跡はいまだに岩の上に残っている。」と、Fの「死」を暗示する。結果、「第五夜」のMとFの恋愛は、天探女によって邪魔をされ、「Fの死」によって此岸と彼岸に切り裂かれる。しかし、追ってMも大将に殺されるだろう。すると、「第一夜」で見たように、「第五夜」のMとFも天上で結ばれる可能性がある。そうなれば、天探女の邪魔は、天上のMとFにとって、怪我の功名だったと言えるかも知れない。

『三四郎』（「朝日新聞」明治四十一年九月一日～同年十二月二十九日）では、「三四郎」がMで、彼が思いを寄せる「美禰子」がFである。Mは東京の大学に進学するために熊本から上京した青年だが、彼の眼前には三つの世界が展開している。一つ目は母親の居る、江戸時代の名残のような古ぼけた故郷の心優しい世界。二つ目は「野々宮」に見られるような、塵界から隔絶した学問の世界。三つ目はFなどが跋扈している、都会的で華美な新時代を象徴するような世界。Mにとっての理想の将来は、この三つの世界をすべて手に入れることである。具体的に言えば、母親を上京させて同居し、学問の世界で大成し、Fとの恋愛を（地上で）成就させて結婚生活を送る（理想的すぎて作者も信じていない「地上の婚姻」を成し遂げる）ことである。しかし、MがFに「ただあなたに会いたいから行ったのです」と気持ちを告白した時、Mの耳には「女の口を洩れた微かな溜息が聞えた」のみである。この直後に「金縁の眼鏡を掛けて」「脊のすらりと高い細面の立派な人」で「髭を奇麗に剃っている。それでいて、全く男らしい」男（m）が車でFを迎えに来て、そのまま連れ去ってしまう。mはFの兄の友達で、Fとの婚約が進んでいるのだった。つまり、Mの告白を聴いたFが「微かな溜息」しか洩らさないのは、すでに自身の婚約がMよりも「社会的地位のある」mと成立（?）しているからで、Mの告白はいかにも「好機を逃した」行為と言わざるを得ない。

しかし、このMとFとmには「死」の影が見えない。「死」の影が見えないという現実は、漱石作品の中では「永遠の愛」とは対極の「地上の婚姻」でしかないわけだ。つまり、このMとFの間柄は言うに及ばず、mとFの関係においても、「永遠の愛」とは無縁ではないのか。『草枕』の那美さん（F）と銀行員（m）との結婚と破局を連想してしまう。

そこへ行くと、同じ『三四郎』でも、「広田先生」の夢は少し趣きが違う。広田先生の話では、なんでも二十年前の明治二十二年に、森文部大臣の葬儀の列に居た「僕が生涯にたった一遍逢った」「十二三の奇麗な女」と、夢の中で再会を果たすのだ。

「――覚めてみるとつまらないが夢の中だから真面目にそんな事を考えて森の下を通って行くと、突然その女に逢った。行き逢ったのではない。向うは凝と立っていた。見ると、昔の通りの顔をしている。昔の通りの服装をしている。髪も昔の髪である。黒子も無論あった。つまり二十年前見た時と少しも変らない十二三の女である。僕がその女に、あなたは少しも変らないというと、その女は僕に大変年を御取りなすったと云う。

次に僕が、あなたはどうして、そう変らずにいるのかと聞くと、この顔の年、この服装の月、この髪の日が一番好きだから、こうしていると云う。それは何時の事かと聞くと、二十年前、あなたに御目にかかった時だという。それなら僕は何故こう年を取ったんだろうと、自分で不思議がると、女が、あなたは、その時よりも、もっと美しい方へ方へと御移りなさりたがるからだと教えてくれた。その時僕が女に、あなたは画だと云うと、女が僕に、あなたは詩だと云った」

画と詩ではどこが違うのか。それは、時間が流れているか、いないかである。詩では美しい方へ方へと時間が流れても、画には時間の流れがない。つまり、夢の中で広田先生が出逢った「森の女」が画であるならば、時間の流れがないのである。それゆえ「森の女」は、「十二三の女」のままの顔、服装、髪、黒子で、少しも変らない。ではどうして「森の女」は画で、彼女には時間の流れがないのか。それは「森の女」が「死」んでいるからである。「森の女」は「天上の女」なのである。三四郎の美禰子への想いは「死」によって切り裂かれるパターンではなかった。しかし、『三四郎』に描かれているもう一つの恋愛では、広田先生をMとして、「森の女」をFとすると、「Fの死」が二人を此岸と彼岸に切り裂いている。いや、もとより、この世での二人の恋愛は成就しない。と言うのも、Fは葬儀に参列していたのであり、Mは道端でそれを見物していた立場なので、互いが存在する空間にズレが生じている。これでは「恋愛の好機を逃す」しかない。しかし、Fは今や「天上の人」なのであり、Mが Fの空間へ、つまり森であり、死の世界であり、天上である空間へ行けば、成就する可能性が残されているのである。これは『文鳥』から始まって、『夢十夜』の「第一夜」に受け継がれた、我々にとってはすでに既知の可能性である。とは言うものの、広田先生もまだたったの二十年では、いくらなんでも東から出て西に沈むお日様の数を数え足りない。やはり、「百年」は数えないと、「森の女」に接吻はできないだろう。

ただ広田先生は夢の中で「森」まで歩いて行っている。この「森」が「偉大なる暗闇」で、それは「死」を暗示しているのかも知れない。

また、三四郎が美禰子に告白する、前述のシーンであるが、これは美禰子が画のモデルを務めていて、その帰り道の事柄である。そして、この美禰子をモデルとした画は、完成すると、『森の女』と名付けられる。三四郎の恋愛と広田先生の恋愛が、どこかで重なるのだろうか。確かに、美禰子は絵画『森の女』のモデルを務めたときに、彼女が初めて三四郎の前に登場した時と同じ着物を召している。これは広田先生の「森の女」を連想させるに十分だ。すると、このFにも、婚約から結婚までの間に、あるいは新婚生活に、「死」の影が射し込むのだろうか。

『永日小品』(「朝日新聞」明治四十二年一月十四日〜同年三月十四日)では、二十四篇の中から「心」を取り上げたい。「心」は「自分」がMである。このMが二階から外を覗いていると、

「見た事のない鳥」が手摺の桟まで飛んで来る。この「見た事もない鳥」が、初めのFである。Fの「その色合が著るしく自分の心を動かした」ので、Mは「半ば無意識に右手を美しい鳥の方に出した」。すると、Fは「その運命を自分に託するものの如く、向うからわが手の中に、安らかに飛び移った」のである。Mは「直に籠の中に鳥を入れて、春の日影の傾くまで眺め」る。「そうしてこの鳥はどんな心持で自分を見ているだろうかと考えた」のであるが、そのMの疑問に対する答えは、その後Mが散歩に出ると、すぐに実感するかたちで得られる。「宝鈴が落ちて廂瓦に当る様な音がしたので、はっと思って向うを見ると、五六間先の小路の入口に一人の女が立っていた。」この女が新たなFである。新たなFは「眼と口と鼻と眉と額と一所になって、たった一つ自分の為に作り上げられた顔である。百年の昔から此処に立って、眼も鼻も口もひとしく自分を待っていた顔である。百年の後まで自分を従えて何処までも行く顔である。黙って物を云う顔である。」ここで言う「百年の昔」とは、当然「百年の後」の対極に位置する語である。「百年の後」は前述のように「死」を意味するわけだから、「百年の昔」とはこの世に生れて来る前の世界を指し示す。つまり、擬似「死」の世界である。これに漱石が使う用語を当て嵌めれば「父母未生以前」の世界である。「百年の昔から此処に立って、眼も鼻も口もひとしく自分を待っていた顔」で「たった一つ自分の為に作り上げられた顔」とは、「趣味の遺伝」の顔だろう。そして当然ながら、Mはこの新たなFの後を付いて行く。「追附いてみると、小路と思ったのは露次で、不断の自分なら躊躇する位に細くて薄暗い。けれども女は黙ってその中へ這入って行く。黙っている。けれども自分に後を跟けて来いと云う。」のである。Mは「身を穿める様にして、露次の中に這入った。」これではまるで、初めのFがMの沈黙の誘導に従って、籠の中に這入るのと同様である。またこの様子は『三四郎』で広田先生が「森の中」へ入って行くときとも瓜二つではないか。この後、Fは「真黒な土蔵の壁で行き留った。」となる。行き止まりの「真黒な土蔵の壁」とは、この世に居ては這入れない虚無の世界、つまり「死」の世界であろうか。ちょうど広田先生の夢に現れた「森の中」が「彼岸」であるように。「女は二尺ほど前に居た。と思うと、急に自分の方を振り返った。そうして、急に右へ曲がった。」これは「死」の世界＝天上への、Fの道案内ではないのか。つまり、この「心」という小品も、一つの観点から言えば『文鳥』や『夢十夜』の「第一夜」や『三四郎』の広田先生の夢の続きではないのか。Mは「女に尾いて、すぐ右に曲がった。」のだが、「右に曲がると、前よりも長い露次が、細く薄暗く、ずっと続いている。」どうやら「死」の世界は、当り前だが、永遠に続いているようだ。だからこそ、ラストの文章が意味深い。「自分は女の黙って思惟するままに、この細く薄暗く、しかもずっと続いている露次の中を鳥の様にどこまでも跟いて行った。」「ずっと続いている」「死」の世界を「どこまでも跟いて行った」のならば、MとFの恋愛が「天上の恋」ならば永遠に続く、つまり成就する可能性を暗示しているのではないか。

『それから』（「朝日新聞」明治四十二年六月二十七日〜同年十月十四日）では、主人公の高等遊民、長井代助がMであり、親友の平岡がmである。Mは三年前に三千代（＝F）を愛していたにも拘らず、mに周旋して二人を結婚させる。mは結婚後京阪地方の支店勤めをしていたが、Fとの夫婦仲もうまくいかず、その上失職して東京に戻って来る。Fは平岡の愛を失い、病気がちで、淋しそうにしている。MはFに頼まれたお金を工面しているうちに、あらためてFへの愛を自覚し、今度こそはFに積極的に働き掛けようと決意する。Mは「今日始めて自然の昔に帰るんだ」との作者漱石が得意とするワンフレーズで自らを縛ってしまうのだ。Mは雨に降り込められて、「白い百合」の甘い香が立ち込める書斎で、Fを待つ。ここで言う「自然の昔」とは、なにを意味するのか。大学時代か。いや、大学時代ならば、またFをmに譲ってしまうだろう。すると、ここでは「父母未生以前」の「趣味の遺伝」の世界ではないのか。とは言うものの、MはFを待つ間に「立って百合の花の傍へ行った。唇が弁に着く程近く寄って、強い香を眼の眩うまで嗅いだ。彼は花から花へ唇を移して、甘い香に咽せて、失心して室の中に倒れたかった。」との奇妙な行動を取るのだが、これはいささか勇み足だ。「白百合」への接吻は、『夢十夜』の「第一夜」に通じる行為で、恋愛の成就を天上（＝死の世界）に得る行為だ。しかし、このMは恋愛の成就を地上（＝生の世界）で得ようとして、「白百合」に接吻している。これでは重大な矛盾が生じるはずだ。「この一刻の幸から生ずる永久の苦痛」があって、「失心して室の中に倒れたかった」となるのも当然の結果だろう。しかし、それでもMはFに「僕の存在には貴方が必要だ」と告白する。Fは泣いてそれを受け入れる。Mはmに会ってFとの経緯を話し、二人の罪を詫びた上で、Fをくれないかと談判する。mはやることはやるがFの重たい病気が治ってからだと答え、Mに絶交を宣言し、この顚末をMの父親に知らせる。結果、Mは勘当されて、経済的根拠を失い、「一寸職業を探して来る」と言い残して、真赤に染まる世間に飛び出して行く。

この『それから』でも、MのFへの愛の告白は「好機を逸している。」地上での恋愛の成就＝婚姻を願うならば、三年以上前に、Fがmと婚姻する前に、告白すべきだったのだ。はたして、Fの病気は治るのだろうか。Mは「三千代は危険だと想像した。三千代は死ぬ前に、もう一遍自分に逢いたがって、死に切れずに息を偸んで生きていると想像」して怖くなるのである。病が治らなければ、MとFは結ばれるどころか、この世で逢うこともできない。また治って、MとFが結ばれたにしても、二人には「永久の苦痛」が残ってしまうだろう。この「永久の苦痛」は、この後の作品の『門』や『こゝろ』にも通じる苦痛で、「恋愛の好機を逃した者」が、無理をして地上で恋愛を成就させると、くっ付いて来る苦痛らしい。では、どうしたら、いいのか。『それから』のMは、ラストで世間に飛び出して行く。しかし、真赤に染まる世間に、いい兆しは見えない。それならば『こゝろ』のように、いやこれまでの『文鳥』や『夢十夜』の「第一夜」や『三四郎』の広田先生の夢のように、「死」の世界＝「天上」に救いを求めるしかないのだろうか。言い換えれば、『それから』のFは病気が治らずに「天上」へ行ってしまい、Mも百年待ってFの待つ空間へ招かれるのが唯一の恋愛成就法かも知れない。漱石はこのヒントとして、『夢十夜』の「第一夜」と同じ「白百合」を小道具に用いているではないか。しかし、それにしても、mがMに向かって、「(Fの)病気が治ってから」と枷を掛けるのは興味深い。『虞美人草』で宗近一が小野に「真面目になれ」とお説教するのと同次元であるし、この後の『こゝろ』での先生がKに向かって「ばかだ」と言い放つのもやはり同次元で、いずれもワンフレーズで「地上の恋愛成就」を切り捨てている。しかも、漱石の小説の魅力が、このワンフレーズに秘匿されているのは前述のとおりである。

『門』(「朝日新聞」明治四十三年三月一日~同年六月十二日)では、薄給の官吏である野中宗助がMであり、その妻御米がFである。Mは大学時代に、親友の安井からFを妹として紹介されたが、じつはFは安井の妻だった。ここで安井はmとなる。Mはその事実に気がつきながらも、「大風は突然二人を吹き倒した」状況となって、Fと結ばれてしまう。この結果、MとFは親、親類、友達から見棄てられる。二人は世間を憚るように、山の手の奥にある崖下の家で静かな生活を送り始める。しかし、Fは三度子供を身ごもったのだが、そのいずれも失っていた。易者に見てもらうと、「人にすまないことをした祟り」だと言われる。そんな二人の所へ、叔父の家で養育されていたMの弟の小六が、叔父の死と共に引っ越して来る。Fは小六に嫌われているとの自覚があって、そんな気兼ねからか倒れてしまう。Mはそれが危惧していた恐怖の到来かと脅える。自分たちの過去の罪に復讐される時が来たかと心配するのだ。しかし、Ｆの病は死に直結することはなく、幸運にも（?）回復する。ところが、Ｍが正月に家主の家を訪ねたら、偶然にも家主とｍが知り合いで、しかもｍが今度家主の家に遊びに来る予定だと知る。ＭはＦに、このｍの一件を話さない。ＭがＦにｍの話をしないのは、『こゝろ』など他の作品にも共通しているＭの態度である。Ｍは（ｍから生じた）生の恐怖に怯えて一人で鎌倉に参禅するが、「敲いても駄目だ。独りで開けて入れ」という声を耳にするだけで悟れない。やむなく東京へ戻ると、ｍは『草枕』の那美さんの元夫のｍなどと同じように満州に去った後で、居候の弟小六も就職が決まり、ＭとＦの家を出て行くことになっている。ＭとＦには再び小康が訪れる。「漸く事春になって」と喜ぶＦに、Ｍは「又じきに冬になるよ」と水を差すのだった。ＭとＦが天上ではなく、地上で結ばれると、どうなるのか。その答えを描いて見せたのが、この『門』である。二人は自分たちの過去に脅えきっていて、しかもそこにはやはり「死」の匂いがつきまとう。これはＦ自身の病のことだけではない。Ｆは三度も流産を繰り返している。またＭにしても「腸窒扶斯《チフス》」に罹り、命は助かるが、叔父にじかに会って父の遺産の話を聴く機会を失う。ところで、このＭが「風邪を引いて寝たのが元で、腸窒扶斯に変化した」のは、いくらなんでも唐突ではないか。別にここは「腸窒扶斯」を持ち出さなくても、いっこうに構わない場面である。風邪が重症化したでも肺炎でもなんでも、もっとありきたりの病名の方が、かえってリアリティーがあるはずだ。どうやら漱石にとって、この「チフス」という病名には、なにか特別な意味が隠されているのではないか。と言うのも、漱石は鏡子夫人の留守中に、料理が上手くて重宝していた女中の「お松」を「お松はチフス菌をばらまいていた」とのありもしない難癖をつけて追い出してしまう（鳥越碧『漱石の妻』講談社、二〇〇六年五月十一日）。この行動は、漱石のいわゆる「頭が悪いとき」で、強い妄想の中に「井上眼科の少女」が頻繁に出て来る時期だ。つまり「井上眼科の少女」と同じ妄想の中に、なぜよりによって「チフス菌」がペアのように出て来るのか。

また鏡子夫人の『漱石の思い出』によれば、「三女の栄子がチフスで長いこと寝て」いたり、弟子筋の安倍能成が「チフスの後の養生に沼津の海岸に来てられた」り、『親類の鈴木の兄弟が、四日市でチフスに罹って、暮からたいへん重くなった」りと、周囲に思いのほかチフスが発生しているが、これらはすべて「お松騒動」の後の出来事である。

「チフス」と同じ疑問は、「ヘリオトロープ」にも言える。漱石の多くの作品（『虞美人草』や『三四郎』他）に見られるのだが、ただ「香水」と書いてもすむところを、どういうわけか唐突に「ヘリオトロープ」の名が登場する。因みにこの「ヘリオトロープ」という香水は、瑠璃色の花が咲く植物ヘリオトロープ（和名「木立ち瑠璃草」）から作るが、その花言葉は「永遠に続く愛」である。

因に同じように突然登場する単語としては、『趣味の遺伝』他でたびたび使われる、「紀州藩士」がある。

さて、『門』のMに戻すが、このMは参禅しても救われない。「敲いても駄目だ。独りで開けて入れ」は、いずれの「門」を指すのか。ヒントは、この「門」は「独りで」開けるのだ。つまり、「死への門」ではないのか。Mにとって安住の空間は、「死」の世界にしかないのだ。このMとFにも、漱石の他の作品のMとF同様に、地上での婚姻は恋愛の成就とは成り得ないのだ。だから、いくら地上の婚姻が安穏としても、それは「又じき冬になるよ」なのである。

『彼岸過迄』(「朝日新聞」明治四十五年一月二日〜同年四月二十九日)は、六つの短篇と「結末」から成っている。その中で恋愛譚に近い話を拾って構図にすると、須永がmで、mとは親の取り決めで許婚のような関係にある従妹の千代子がFである。しかし、Fが年頃になった今、婿として頼りないmに、Fの親の田口夫婦は娘をmにやる気がなくなっている。またm自身もFの強烈な感情を受け入れるには、自分が感情家として貧弱である事実に気がついていた。このような時に、Fとの結婚を望む高木という青年が現れる。高木は主役ではないがMである。mはMを「亜米利加帰り」と聴いていたが、「そうではなくつて全く英吉利で教育された男」であった。「亜米利加帰り」と「英吉利で教育された男」との差異が明確には解らないが、mはこのMに嫉妬を感じ、自分がFと結婚しても不幸だし、しなくても不満だという矛盾に悩む。つまり、半端な「横恋慕」を示す。そんなmに対して、Fは「卑怯だ」と言い放つ。「愛してもいず、細君にもしようと思っていない妾に対して何故嫉妬なさるんです」と詰め寄るのだ。さらにmは自分が母の子ではなくて、小間使いの腹から生れた事実を聞かされる。mは苦しみを癒すために関西へ旅立ち、そこで「考えずに観る」というワンフレーズの安逸な心境を得るのだった。しかし、この心境は『草枕』の画工の心境にも通じる要素があるし、なんと言っても「則天去私」に発展する可能性も否定できない。

さて、この作品のmとFの間に、恋愛らしき感情はない。「嫉妬」＝「恋愛」では当然ありえないからだ。このためか、二人に「死」の影は見当たらない。mにいたっては参禅すらしないで、単に関西へ旅をして、そこで安逸な心境を得るだけである。つまり、「死」が絡まない分だけ、mの恋愛は深刻化していないし、従って悩みも深刻化していない。その分、このmは主人公として弱いし、作品の出来栄えにしても中途半端な感じが残る。やはり、mはMにはなれず、mでしかないのである。しかし、捨てカットのように話の途中でいきなり登場する「深夜の幼子の葬列」や、また田口の義弟の松本が客の来て居た雨の日に突然愛娘を亡くした経験から、雨の日には客と会わないなどのエピソードは、漱石自身が愛娘を突然喪った直後だけに、読む者をやるせない気持ちにさせる。おそらく漱石自身も恋愛譚を描くような気分ではなかったので、Mではなくmの側を描いて見せたのであろう。

『行人』（『朝日新聞』明治四十五（大正元）年十二月六日～大正二年十一月十五日、ただし大正二年四月八日～同年九月十五日まで胃潰瘍のために中断）は、「友達」「兄」「帰ってから」「塵労」の四篇から成り立っている。しかし、メインテーマは、大学教授の一郎が妻のお直としっくりいかず、その要因はお直が弟の二郎に関心があるからだと疑う点にある。一郎がm、お直がF、二郎が狂言回しも担ったMである。mはMに、Fの貞操を試すために二人で和歌山に行き、一泊して来るように依頼する。Mは強く断るが、断り切れずに、Fの腹の中を聞いて昼のうちに戻るという約束で和歌山に行く。しかし、暴風雨になって二人は戻れず、同宿することになる。しかし、MとFの間に取り返しのつかない事態などは起こらない。Fは「もし死ぬなら、猛烈で一息な死に方がしたい」と激しい言葉を口にするが、Mにはそれに応えるほどの愛も覚悟もない。このため、たとえ暴風雨の最中でも、Fの言葉以上に「死」の匂いは漂わない。結果、このMとmとFの関係にも「死」の影は存在せず、mは一方的に実態の伴わない「横恋慕」をした、単に「幸福になりたいと思って幸福の研究ばかりした」妄想男で終わってしまう。前作『彼岸過迄』と同じく、全体的に生ぬるいのは「死」が裏打ちされていないからである。むしろ、「友達」に出て来る友達・三沢の体験談が興味を惹く。それは三沢の家に精神病を患って出戻った「娘さん」（＝F）が一緒に住むことになり、その「娘さん」がどういうわけか毎朝三沢（＝M）を玄関まで送り、「早く帰って来て頂戴ね」と言う話である。mは表には登場しないがFの元の夫である。この精神病のFは間もなく亡くなってしまうのだが、なんとMはそのFの遺体の額に口付けをするのだ。このエピソードは、まさしく「Fの死」に彩られていて、Mの行為もそのまま『夢十夜』の「第一夜」にも繋がって、漱石作品の正統的な構図を維持している。このFは「天上」でも「早く帰って来て頂戴ね」と、

Mが彼岸に来るのを待っているのだろうか。すると、この精神病のFの希望は、『坊ちゃん』の清が望んだ「偕老同穴」にも繫がっているし、それこそ「天上の恋」にも繫がっていると言える。

『こゝろ』(「朝日新聞」大正三年四月二十日〜同年八月三十一日)は、先生がMで、Kがmである。Mは自分の下宿をmに紹介する。Mはその下宿先の娘(F)に好意を寄せていた。ところが、なんとmが先にFへの気持ちを恋敵のMに吐露するのだ。それを聴いたMはびっくりするだけで、mに向かって自分のFへの気持ちを白状できない。mに「横恋慕」されたような気になるだけだ。この時点でMは「恋愛の好機を逃す」わけだが、さらにMには恋の利己心も働く。Mはmの平生からの信条である「道のためにはすべてを犠牲にすべき」や「精神的に向上心のないものは、馬鹿だ」を、Fへの恋愛の情を吐露したmに、そのままぶつけ返すのだ。そして、「君の心でそれを止めるだけの覚悟がなければ、一体君は君の平生の主張をどうするつもりなのか」と止めを刺す。mは「覚悟、——覚悟ならない事もない」と答える。その後、Mはmを出し抜いて、Fの母親にFとの婚姻を打診する。そして、それが受け入れられたという現実を知ったmは、「自分の心で恋愛を止めよう」と自殺を敢行する。つまり、mは「道のためにはすべてを犠牲にすべき」の覚悟を実践してみせたのだろう。mは、Fはもちろん Fの母親にも、なにも告白していないのだから、mとFの間に「天上の恋」の約束があるわけではない。しかし、別の角度から見れば、mは単に告白の相手を間違えたのであり、

Mは告白の時（順序）を「小刀細工」して見せたのである。そして、MはFと「地上の婚姻」を成し遂げるのであるが、Mはmに対して永久に謝罪不能となる。この重い罪を人知れず担うMには、Fとの結婚生活も負い目に満ちた日々となる。これは『門』のMと同じだ。しかし、『門』のMと決定的に違うのは、Fがその罪の片棒を担いでいるかどうか、別の言い方をすればFとその罪を共有しているかどうかである。『こゝろ』のMは、『門』のMと違って、前述のとおり「小刀細工」を試みた。その結果、Fと罪を共有できない。『こゝろ』のMは、この世ではどこまでも独りなのである。地上の婚姻は、又しても愛の成就にまで発展できない。しかも、その原因は「Fの死」ではなくて、「mの死」である。結果、このMは地上にFを残して、自殺によって天上に行ってしまうのである。天上でMはmに謝罪をし、mの許しを得て、二人でFが来るのを待つのだろうか。いずれにしろ、地上に残されたFは、当分蚊帳の外に置かれたままであり、百年が経って天上に行った際には、Mやmとどのような関係を持つのであろうか。

『硝子戸の中』（「朝日新聞」大正四年一月十三日〜同年二月二十三日）では、第六回から第八回で語られている、「その女」のエピソードに惹かれる。「その女」は漱石に「深い恋愛に根ざしている熱烈な記憶」について「悲痛を極めた告白」をして、「私は今持っている此美しい心持が、時間というものの為に段々薄れて行くのが怖くって堪らないのです。」と言い、生きるべきか、死ぬべきか、「もし先生が小説を御書きになる場合には」と問うのである。『硝子戸の中』はエッセイで、「その女」にはモデルが実在した。「その女」の本名は吉永秀と言う。彼女は高等女学校の教師で、「悲痛を極めた告白」とは、「不幸な結婚生活とその渦中での悲劇的な恋愛」であることが、このようにはなはだ観念的な言い回しながら判明している。つまり、漱石がこの話に惹かれて、文章に残したのは、漱石が抱えている小説の構図と一致するからである。吉永秀をFとして、その夫がM、恋人がmという関係である。しかも、Fの話から見当をつければ、Mかm、あるいは両者に「死」の影が付いている。少なくとも、F自身は生か死か、どちらを選択すべきか悩んでいる。それは、このFにとって、「此美しい心持が、時間というものの為に段々薄れて行くのが怖くって堪らない」からである。「生」には「時間の流れ」がある。「死」には「時間」そのものがない。これは『三四郎』で、広田先生が見た「森の女」の夢に繋がっている。しかも、漱石は平生から「死は生よりも尊とい」と考えていた。この思考はこれまでの漱石の作品の構図にも現れている。そうであるならば、漱石は当然その美しいものが時間に腐蝕されないために、「死」を勧めるべきだろう。しかし、現実の漱石は吉永秀に、「私はついにその人に死をすすめる事が出来なかった。」のである。「凡てを癒す「時」の流れに従って下れ」と言うのである。「いくら平凡でも生きて行く方が死ぬよりも私から見た彼女には適当だったからである。」しかし、こう助言を与えたためか、漱石は自分の人生観と現実とのギャップに気づき、自分の心に猜疑心を起こしてしまう。

斯くして常に生よりも死を尊いと信じている私の希望と助言は、遂にこの不愉快に充ちた生というものを超越する事が出来なかった。しかも私にはそれが実行上に於る自分を、凡庸な自然主義者として証拠立てたように見えてならなかった。私は今でも半信半疑の眼で凝と自分の心を眺めている。

『道草』（「朝日新聞」大正四年六月三日〜同年九月十四日）は、漱石の全小説中でもMとmとFの構図が全く成立しない稀有な作品の一つである。これは『道草』以外には『坑夫』『二百十日』『野分』くらいか。これらの作品は「婚姻」や「恋」を取り扱っていない。また『坑夫』は人からその体験を聴いた話であり、『道草』も漱石自身の体験を強く反映した話である。つまり、『道草』と『坑夫』は、漱石の作品群の中では日本自然主義に寄った異端とも言える作品で、漱石の観念的な思索や心情を表現した通常の作品ではない。まさか、前作『硝子戸の中』でFに与えた助言が、『道草』の創作方法を縛り付けたわけではあるまい。また敢えてうがった見方をすれば、主人公島田の実在のモデルに対して、書かずにはいられないほど腹を立てていたのか、あるいはまた職業作家として、単純に書く物が尽きてしまい、自分の日常生活に手を出したのかも知れない。

さて、それでも一応、主人公で海外留学から帰国した大学教師の健三をMとしてみよう。過去の亡霊のように現れてMにお金を無心する島田をmとしてみる。すると、確かにmには

『門』における「安井」に通じるような、あるいは『夢十夜』の盲目の小僧のような、父母未生以前の過去を象徴する不気味さは与えられている。が、肝心のFが出て来ない。Mの妻「お住み」はFではない。なぜならば、お住みにはmとの接点が皆無だからである。このように、やはり『道草』には構図が当て嵌まらない。

では、ここが重要なのだが、なぜ『道草』には、漱石のほとんどの作品に共通する独自の構図が当て嵌まらないのだろうか。それは前述どおり、『道草』が漱石の作品中最も自伝的要素の強い作品だからである。つまり、逆に言えば、お住みがFに当て嵌まらないのは、お住みのモデルである鏡子夫人が、漱石にとってFではないからだ。結果、自伝的な『道草』が暗示するところは、漱石が鏡子夫人との結婚をあくまでも「地上の婚姻」と割り切っていた現実ではないのか。

『明暗』(「朝日新聞」大正五年五月二十六日〜同年十二月十四日未完)は、主人公の津田由雄がMであり、結婚後半年足らずのMの新妻であるお延がfである。なぜ妻のお延がFではなくてfなのか。それはMにはfと結婚する前に、結婚するつもりで交際していた清子という女性がいたからで、この清子がFに当たるからだ。

ところで、漱石は作品の中で、なんどこの「清子」や「清」を使ったのであろうか。詳細を言うと、じつは「清子」は『明暗』が始めてで、「清」はこれまでに『琴のそら音』『坊ちゃん』『吾輩は猫である』『虞美人草』『門』『彼岸過迄』と六作品にも登場している。しかも六人全員の「清」が下女である。それにしても、この名前の使用頻度の多さはどうにも異常だ。漱石が「清子」や「清」になんらかの思い入れ、もっと強く言えば「生涯持ち続けたある感情」を垣間見せているのではないだろうか。そこで、この謎解きにこれまでも様々な研究者が挑んでいる。結果、鏡子夫人の幼名説や、高浜虚子の本名説などが発表されている。しかし、漱石の使い方を考えると、「清子」だけはなにからなにまで特別だ。一方、「清」はなんども使われているし、身分も下女で軽い。漱石が登場人物を命名するときに、もし頭に浮かべるモデルがいたならば、「清子」と「清」は別人ではないのか。

さて、『明暗』の清子（F）は突然Mから離れて、関という見知らぬ男（m）と結婚してしまう。Mもfと結婚するが、Fに未練がある。このため、fとの結婚生活がしっくり行かない。そこで、MはこのFに対する未練をどうにかしようと、Fが一人で伊豆の湯治場に居るとの情報に基づいて、そこへ自分も湯治に出掛ける。そこで、MはFからなぜ急に自分を離れたのかを聞き出そうと心を砕く。じつは『明暗』は、ここで作者の「死」をもって未了となっている。

ところで、Mは自分を見捨てた理由をFから聞き出したら、はたしてFへの未練を断ち切れるのだろうか。あるいは、真逆に『それから』の二人のように気持ちを以前のような恋愛の頂点にまで押し上げて、『門』の二人のように「地上の婚姻」としてやり直してしまうのだろうか。

漱石の構図からすると、MとFが地上で濃密な関係を回復することは大いに有り得るのだ。たとえば、吉川夫人やMの妹のお秀や岡本夫婦といった周囲の人物が、あるいは小林などの『草枕』のｍや『彼岸過迄』の森本などにも通じる人物が、過去のFに「小刀細工」を施していて、そのためにFがMをあきらめてｍの元へ去ったのだとする。これは『夢十夜』の「第五夜」にも見られるパターンだ。この事実がFの口からMに伝わったらどうだろうか。

でもMとFが「地上の婚姻」を果たしたら、この二人は世間から孤立しなければならない。これでは『門』のパターンの繰り返しだ。

あるいはまた、MやFに甘い「死」の誘いがあれば、二人には永遠の「天上の恋」も有り得るだろう。『文鳥』『夢十夜』の「第一夜」『永日小品』の「心」のパターンだ。

しかし、じつは漱石は「修善寺の大患」以降の作品（『彼岸過迄』以降）では、天上よりも地上に視点が降りて来ている。浪漫主義的な志向よりも自然主義な志向に揺れ動いている。すると、MはFが自分から突然去った理由を訊き出すと、Fへの未練を断ち切り、自我のぶつかり合いのようなｆとの「地上の婚姻」に戻って行くのだろうか。いずれにしろ、この作品の結末は、作者の「死」によって百年後まで（＝永久に）ミステリーだ。

しかし、最近また『明暗』を読み直してみて、『明暗』は『長恨歌』ではないかと考えた。『長恨歌』は玄宗皇帝が亡くなった楊貴妃を天上まで追い駆けて行く長篇詩だ。天上の楊貴妃は、玄宗皇帝が自分を追い駆けて来てくれた気持ちを嬉しいと思う。しかし、それを顔や態度には表さず、「私は楊貴妃ではない。（天上での）名前は太真と言う。玄宗皇帝が誰だかも覚えていない」などと言い張って、玄宗皇帝（の使者）を地上に追い返す。楊貴妃は地上で、玄宗皇帝がどれほど有用な人物かを熟知しているからだ。すると、『明暗』でも、清子は津田を延子のもとへ追い返すのではないか。そう言えば、伊豆の湯治場での清子の部屋は、津田の部屋よりも上の階にあり、すぐに行かれそうな近さなのに、簡単には行かれない、摩訶不思議な構造になっていた。また清子は結婚して名前も関清子と変わっている。

さらに柳田國男の『遠野物語』（一九一〇（明治三十三）年）の影響も考慮すべきかも知れない。「九九」の北川福二の話である。入り婿の福二は、大津波で妻子を失うが、その妻が男と渚を歩いているのに出くわす。後をつけて、名前を呼ぶと、妻は「振り返りてにこと笑ひたり」となる。男を見ると、結婚前に妻が「互いに深く心を通はせたりと聞きし男」（彼もまた同じ大津波で死亡）で、妻は「今はこの人と夫婦になりてあり」と言う。そこで福二が「子供は可愛くはないのか」と詰問すると、妻は「顔の色を変へて泣きたり」となるが、福二が「悲しく情けなくなりたれば足元を見てありし間に」妻は男と「足早にそこを立ち退きて」「見えずなりたり」という話である。福二の兄の名前が「清」なのは偶然だろうが、この話自体が漱石の作品の構図と不思議なほどぴったりと重なるので、今後この「九九」と『明暗』の関連を詳細に調査したい。

＊

では、このような漱石の作品に見られるMとmとFの男女関係の構図、そしてそこに漂う「死」の匂い、さらにはその「死」を昇華して「天上の恋、地上の婚姻」というある種の割り切りではあるが浪漫的感覚などは、どのような経緯で、どのように形成されたのか。

まず、漱石の文学的感覚の原点には、やはり「初恋」と指摘されている少女との出会いと別れがおおきな影響を与えているのだろう。つまり、「井上眼科の（待合室で出逢った）少女」（以下「井上眼科の少女」）からの影響だ。鏡子夫人が『漱石の思い出』で証言するように、漱石は頭の具合が悪くなると、必ず「井上眼科の少女」が登場する。これは生涯を通じて変わらない傾向だった。しかし、この「井上眼科の少女」が、あるいはまた別人でも、いわゆる「初恋の天上の人」が、大塚楠緒子や嫂の登世や一歳年長の日根野れんや名も判らぬ花柳界の女ではない。この結論は、一年前の拙論「漱石、葬儀に『鯛』を贈る」（名古屋芸術大学紀要第30巻・二〇〇九年三月二十八日、本書第一論）で述べたので繰り返さない。

では「井上眼科の少女」とは、誰か。前出の拙論では、崔萬秋が中国語出版した『三四郎』（北京・中華書局・一九三五年）の序文に「漱石の初恋の対象は外務省某局長の娘」と記している文章に注目した。崔萬秋は鏡子夫人からじかに聴いた話だと記録しているが、その時期は『漱石の思い出』が出版された四年後の昭和七年であり、まだ相手の家などを考慮する必要があって、相手を特定できないように微妙にぼかして話しているし、また活字にしている。つまり、本当に「外務省某局長の娘」くらいの「社会的地位」だったら、漱石が帝大の学生寮仲間から「お前とは釣り合わない」と揶揄もされないだろうし、天下の帝大生、夏目金之助本人だって本気でかっかするほどの揶揄ではない。そこで拙論では、相手の父親が当時の外務省関係者で、大臣クラスの大物ではないかと推論をした。父親が維新政府の大物だからこそ、隠したりちょっと核心を外したりぼかしたりする必要が生じたのではないかと。

このように絞り込んで行くと、独り面白い人物が浮かび上がって来た。陸奥宗光である。陸奥宗光は海援隊のメンバーで、坂本竜馬に心服しており、明治の新政府でもメキシコと対等条約を結ぶなど外交畑で大活躍をして、その頭の切れの凄さから「カミソリ大臣」の異名を持つほどの重要人物だ。

では、外務省関係者の歴代の大物の中で、なぜ陸奥宗光に注目したのか。前の拙論では、まず漱石自身が、相手の母親について「芸者上がりの性悪の見栄坊」と毒づいている言葉に関心を持った。宗光が先妻蓮子（やはり花柳界出身）と死別した一年後にもらった二度目の妻が、後々「鹿鳴館の華」とか「ワシントン社交界の華」と囃される陸奥亮子で、結婚前の亮子は「おすゞ」という、身持ちが固いので有名な新橋芸者だった。つまり、母親が「芸者あがり」と符号する。また『吾輩は猫である』では、寒月君の縁談話が描かれているが、相手の金田家の母親が、「博士になる」を娘との結婚の条件にする。そして、寒月君が「博士になれるか」を調査するために、苦沙弥先生の隣人を「探偵に使った」り、自分でも苦沙弥先生の自宅に乗り込んで来る。これらのうちで「博士になれるか」は「母親が見栄坊」に当たるし、「探偵を使う」は探偵嫌いの漱石には「性悪」に相当するだろう。どうやらこのエピソードは寒月君の縁談のために創作されたというよりも、漱石自身の実体験から来るトラウマではないのか。またその金田家の母親は「鼻が大きくて」、苦沙弥先生や迷亭君に「鼻」と渾名される。これは実際、亮子の鼻が高くて、しかも鼻孔が広がっているので大きく見えて、だいぶ目立つ（写真3・6参照）こともさることながら、「鹿鳴館の華」「ワシントン社交界の華」と「ハナ、ハナ」と持て囃されたところからも来ているのではないか。またなんと言っても、亮子の旧姓が「金田」なのは注目に値しよう。

また陸奥宗光自身も、なんとあの『趣味の遺伝』などに突如出てくる「紀州藩士」の出身で、父伊達宗広は「紀州藩」に仕えて財政再建をなした重臣であった。この陸奥宗光は、先妻との間に男の子を二人、亮子との間に女の子を一人授かっている。その娘は明治六年七月三十日（旧暦六月十日）生まれで、「井上眼科の少女」として当然許容範囲の年齢だが、なにせ独身のまま明治二十六年一月三日、十九歳のときに病死している。これは晩年の漱石が高浜虚子と九段に観劇に行った際に二十年ぶりに出会ったというエピソードとそぐわない。で、陸奥宗光の隠し子ではないか、たとえば宗光の死後、亮子は宗光が大阪の芸者梅子に生ませた冬子を引き取っている。これと同じように、宗光は山形監獄や宮城監獄に国事犯で入獄中に、芸者や洗濯女に子供を生ませているとの噂があるから、亮子がこの種の隠し子も引き取っていたのではないか。それが漱石の「天上の恋」の相手に当たるのではないか。以上が簡単過ぎるが、前回の拙論の結論である。

しかし、今回「漱石、作品の構図」を執筆していて、亮子との間に生まれた夭折の娘を、漱石の「天上の恋」の相手として否定したのは早急過ぎるのではないかと考え直した。

「きょう会って来たよ」とそのことを私に話しますので、
「どうでした」とたずねますと、
「あまり変わっていなかった」と申しまして、それから、
「こんなことを俺が言っているのを亭主が聞いたら、いやな気がするだろうな」と穏やかに笑っておりました。

(『漱石の思い出』)

これは前回否定したときにも引用した夫婦の会話である。亮子との間にできた娘だったら、独身のまま十九歳で亡くなっているので、「きょう会って来たよ」はもちろん、「亭主が聞いたら」も成立しない。けれど、これらの会話は、夫婦の会話として変ではないだろうか。漱石は虚子に誘われて能楽堂に観劇に行ったのである。「きょう会って来たよ」は、相手の女性と前から再会の約束がなければ成立しない言葉だろう。またこんな会話を聞いて、鏡子夫

人は妻として気を悪くしないのだろうか。ところが「どうでした」とさらりと受け流している。すると、漱石は「あまり変わっていなかった」としゃあしゃあと感想を述べるのである。しかし、十八、九歳の娘が三十八、九歳になっているのだ。それも会話を交わしたとは思えず、離れた場所から見ただけであろう。つまり、人間性とか性格というのではなく、見た目、外見が「変わっていなかった」との感想である。まさか。どう考えても、変わっていないわけがないだろう。こんな「アンチ・エイジング」の方法は、ただ一つだ。それは『三四郎』の広田先生の夢に出て来る「森の女」が用いた方法だ。つまり、もう「死」んでいるのである。そう考えたら、この夫婦の会話は少しも変ではない。漱石の頭が悪いときに必ず出て来る「井上眼科の少女」は、じつはもう亡くなっている。当然、それを鏡子夫人は知っている。それならば、こういう漱石の頭の悪いときに、「どうやって死んだ人と会ったのですか」とかの逆撫でするような詰問は敢えてしない。「どうでした」と、やんわりかわしておけばいいだろう。すると、漱石は素直に大人しく妄想の世界に入れるのだ。「あまり変わっていなかった」のであり、「亭主が聞いたら」なのである。鏡子夫人からしたら、自分が一度も会ったことのない、見合いの前の、それもとうにこの世には居ない、若干十八九だった少女に、少なくとも漱石の頭の具合の悪いときに、嫉妬をしても始まらないわけだ。地上から見上げれば、天上はあまりに遠く、手も届かない。

このように、「井上眼科の少女」は、二十年近く前に亡くなっていたのである。それならば、陸奥宗光の隠し子ではないか、と強引な憶測をする必要はもうないだろう。むしろ、夭折した少女を探すべきだ。結果、背が高く西洋人のような顔立ちの陸奥と「鹿鳴館の華」である亮子との間に生まれた一人娘に注目だ。彼女は前述のとおり、明治二十五年の暮れ十二月十日に病魔に倒れ、いったんは持ち直すが、翌年の一月三日に、十九歳で「病死」している。しかも、この病名が、なんとあの「腸チフス」で、しかも「肺炎」（『琴のそら音』で、死んでも戦地まで夫に逢いに行った妻の病名であり、また『坊ちゃん』の清の死因）を併発して亡くなったのだ。

さらに、『吾輩は猫である』において、語り手の猫が正月に二弦琴のお師匠さんのうちの三毛子に会いに行くと、仏壇ができているという話と、時期も一致する。また彼女が急死した明治二十六年一月から半年後の夏休みには、漱石は文科大学英文科の第二回卒業生となり、大学院に進むことが決まって、寄宿舎へ入った。しかし、せっかくの夏休みなのに、漱石はどういうわけか部屋に残っていた。同室になった小屋（大塚）保治の話だと、漱石はある三体詩を何度も繰り返し微吟愛唱していたという。

魂帰冥寞魄帰泉　只住人間十五年
昨日施僧薫苔上　断腸猶繋琵琶弦

これは「哭亡妓」という詩で、「十五歳の若い芸妓が死んで行ったのを惜しむ唄」である。漱石は「井上眼科の少女」の新盆の夏に、これを淋しげに何回も口ずさんでいたのだ。

また保治が晩年になってから、初めてこの話を洩らしたのも、自分の妻だった楠緒子が漱石の「天上の恋」の相手ではないという事実を、それとなく匂わせたかった心情からだろう。とは言うものの、保治にしても漱石の「天上の恋」の本当の相手の名前を口にすることは、相手の父親が父親なので、やはり憚ったのだろう。

また彼女には、結婚の話もちらほらと出ていたようで、その相手は陸奥宗光に仕えていた外交官で、のちには外務大臣にもなる、内田康哉である。すると、母の亮子は愛娘の生涯の伴侶として、「亜米利加」（『彼岸過迄』）にも同行して、将来性もある若き「外交官」（『虞美人草』他）の内田康哉と、博士になれるかどうか（『吾輩は猫である』）の疑問点がつく夏目金之助とを比較検討していたわけだ。

この辺りの母・亮子の行動は、『虞美人草』に出て来る「謎の女」、つまり藤尾の母親とそっくりだ。また境遇も、亮子と「謎の女」とはまったく重なっていて、後妻である上に、先妻が産んだ長男が家に残っている。と言うことは、明治の遺産分与の法律からいって、亮子も藤尾の母親と同様に、遺産を分与される権利がないわけである。それならば、亮子が藤尾の母親と同様に、自分の娘の結婚相手を定めるのに、「性悪」な行動を取った可能性もあったであろう。そして、『虞美人草』の藤尾があっけなく死んでしまうように、亮子の娘も十九歳でじつにあっけなく亡くなってしまうのだ。

　まとめると、漱石と内田康哉と亮子の娘、この三者の関係が、漱石の作品の基本的な構図である、MとmとFの原型である。また「井上眼科の少女」が「天上の恋」の相手なのも、彼女が十九歳で夭折したからで、『夢十夜』の「第一夜」に見られるように、あの世から白百合（処女の象徴）などに姿を変えて迎えに来るのも、納得ができる。さらに『行人』の三沢が女の遺体の額に口づけする話も、漱石自身が「井上眼科の少女」の遺体に、そうしたかったけれども、実際にはできなかった無念さを、作品で実現化して溜飲を下ろした結果ではないのか。あるいは、事実はこれとは正反対で、漱石は『それから』の三千代の兄のような結果を蒙るのが怖かったのか。三千代の兄の菅沼は、窒扶斯《チフス》（またしても、窒扶斯！）と診断されて入院した母親を見舞って、その挙句菅沼自身も窒扶斯に伝染して死亡してしまう。つまり、漱石は自分の将来を考えると、チフスに伝染するのが怖くて、亮子の娘を見舞わなかった可能性も否定できない。と言うのも、半年前に前例があるからだ。明治二十五年の夏七月に、漱石は嫂（次兄の妻小勝）の岡山の実家（片岡家）で大雨に相遭し、旭川が氾濫して河畔にある片岡家でも床上五尺の浸水になった。すると、漱石は「大変だ」と一声叫んで、本を入れた自分の小さな柳行李だけを担ぎ、県庁のある小高い丘に一人で逃げ出して、そこで一夜を明かした。片岡家ではそうとは知らず、漱石が流されてしまったのではと心配の極みだった。それなのに、漱石は後始末が終わった八日目に、やっと片岡家に戻ったので、片岡家からは

「手伝いもしないで、自分だけ逃げて」と呆れられたのだ。

もし若い漱石が窒扶斯に感染するのが怖くて、亮子の娘の見舞いにも行かなかったら、これは一生涯引き摺る後悔の種になるだろう。

いや、青年漱石を悪く解釈し過ぎたかも知れない。この時期、漱石は亮子の娘と「地上で」付き合っていたと思われるので、先に一人で「天上に」行ってしまう事態を、彼女のためにもどうしても避けたかっただけかも知れない。

と言うのも、この三ヶ月前の四月五日に、漱石は徴兵拒否の目的で分家届けを提出して、北海道後志国岩内郡吹上町十七番地浅岡仁三郎方に戸籍を移して、北海道平民になっている。浅岡仁三郎は三井物産の御用商人で、これは兄の直矩の配慮である。

どうして、漱石は徴兵拒否を敢行したのか。自分の命が惜しいだけではない。これは亮子の娘との結婚も関係があるのではないか。前述したが、ライバルの「m」は内田康哉で外交官である。外交官は兵役を免除される。娘の母親から見たら、兵役に取られる婿よりも、取られない婿の方が将来に渡って頼りになるに決まっている。漱石の送籍は、結婚問題でライバルに遅れを取らないためだったのではないか。

このように送籍までして死を遠ざけた三ヵ月後なのに、漱石は大雨ごときであっさりと死ぬわけには行かなかったのかも知れない。

しかし、それにしても、亮子の娘は夭折だった。このため、「地上」では漱石（M）も内田康哉（m）も、「恋愛の好機」を著しく逃したと言えよう。

さて、この「井上眼科の少女」で、亮子の娘の名前であるが、「さやこ」と言い、なんと「清子」と書くのである。

漱石、絶密の恋　なぜ初恋の相手の名を隠すのか

夏目漱石は「頭が悪くなると、井上眼科の少女が現れる」と鏡子夫人に言われたように、生涯に渡って初恋の少女に拘泥した。しかも、それは実生活においてのみではない。なんと創作においても、『吾輩は猫である』から『明暗』にいたるまでのほとんど全作品に、初恋の少女の光と影が射し込んでいる。

では、その初恋の少女は誰なのか。小坂晋が主張するように、大塚楠緒子か。初めは小坂晋の論文を読んで、筆者も単純に大塚楠緒子だと考えた。しかし、それならば、漱石が大塚楠緒子の「進撃の歌」（「太陽」明治三十七年六月号）を読んで、いくらなんでも以下のような酷評をするだろうか。「太陽にある大塚夫人の戦争の新体詩を見よ、無学の老卒が一杯機嫌で作れる阿呆陀羅教の如し女のくせによせばい丶のに」（六月三日付、野村伝四宛書簡）

これは漱石が弟子たちの手前、楠緒子への恋情を隠そうとして、わざときつい言葉を用い

た結果なのか。しかし、それにしては、「無学の老卒」「一杯機嫌で作れる」「阿呆陀羅教の如し」「女のくせに」といった言葉の奥には、「未熟な者への慈しみ」などどこにもなく、ただ「軽蔑」や「蔑視」が感じられるのみではないか。つまり、「憎しみ」ならば、まだ「愛」の範疇と言えるが、「軽蔑」や「蔑視」は、「愛」とは無縁の、「愛」の対極に位置する感情ではないのか。

また小坂晋は漱石の楠緒子への横恋慕が、実際の行動となって現れた事件として、「大塚家の三女の死に対する見舞いとして鯛を送るという悲惨で異様な行動を取る」(『漱石の愛と文学』講談社・昭和四十九年三月)と、鬼の首でも取ったように声高に言い募る。さらに「この間の事情は次に示す菅宛手紙からも窺われる」(同右)として、漱石が親友の菅虎雄に宛てた明治三十六年六月十四日付けの手紙をこのように解釈する。「鯛を送った自分の行動に対する漱石の泣き笑いが浮かんでいる」

結果、小坂晋は「しかし、こうした、非常識な漱石の行動も発作的な一時のものに過ぎず、保治の寛い心と楠緒子の深い漱石に対する理解から、二人の固い友情が壊れることはなかったのである」(同右)と自説に沿って一方的な解釈を試みる。

いかがなものか。妻に横恋慕する男が、たとえ親友でも、自分たちの愛娘が亡くなった時に、「ざまあみろ」と「鯛」を贈って来たら、笑ってすませられるのだろうか。妻の方だって、もしその男に気持ちがあったとして、愛娘が亡くなった時に「鯛」を贈りつけて来られたら、たとえ百年の恋だって、たちまち醒めてしまうだろう。

そう考えて、当時の葬儀を調べてみた。すると、維新政府は寺檀制度によって葬儀式を独占してきた寺院側への批判があって、神葬祭運動を推し進めていたのだ。故に明治時代の政府関係者・知識人・文化人の多くが、葬儀を神葬式で執り行っている。この詳細は「漱石、葬儀に『鯛』を贈る」(『名古屋芸術大学研究紀要第三十号』平成二十一年三月、本書第一論)で論述しているので省略するが、結論を言えば、楠緒子自身の葬儀が神葬式であったことからも、大塚家の三女の葬儀も神葬式で間違いない。つまり、神葬式の葬儀に『鯛』を贈るのは、理に適っている。漱石が「鯛ヲやッテ笑ハレタ」相手は、大塚夫妻などでは無論なく、神葬式に馴染みのない「鯛」を届けた近所の魚屋か、漱石の自虐を気取ったユーモアの表現だろう。

さらに、漱石の初恋の相手が大塚楠緒子ではない決定的な証拠を、小坂晋当人が晩年に出版した『夏目漱石研究　伝記と分析の間を求めて』(桜楓社・昭和六十一年十月)の中で開陳している。それによると、中国の漱石研究家で作家の崔萬秋は「鏡子夫人や松岡譲とたびたび会い、九日会などにも出席していた」のであるが、一九三五年に『三四郎』を北京・中華書局から翻訳出版した。その序文に、崔萬秋が九日会に出席するために、故漱石の早稲田の自宅を訪ねたときのエピソードが記されている。以下、小坂晋の日本語訳を記す。

私が訪れたある晩、東京朝日新聞の請いに応じて未亡人が「漱石と女性」について語った。

漱石の初恋の対象は外務省某局長の娘で、漱石が眼病のため井上病院にかかっていた時、彼女は毎日、片目不自由な老婦人の手を引いて通院、看病していた。漱石はその情深いやさしさを愛していた。彼女が美人であったことは言うまでもない。だが、この初恋は実を結ばなかった。

漱石はスラリとした長身、柳腰の日本的旧式美人を愛し、帝大講師時代、帝大教授、大塚氏の夫人をとても好いていた。


小坂晋はこの序文に、次のような感想を記す。

『漱石の思い出』が出版されたのは昭和三年であり、崔萬秋は四年後の昭和七年に「紙面に未発表の逸話」を聞いたわけだから、漱石死後日が浅く、相手のことも考えて、鏡子夫人と弟子たちがたけながの女性（井上眼科の女性）は外務省某局長の娘であることや、また楠緒子についてもくわしいことを紙面に明らさまには公表しなかったのであろう。


ところが、小坂晋は結果的には自説に囚われたままで、崔萬秋の序文の最後の部分にだけ注目して、なんと井上眼科で明治二十四年七月に出会った「たけながの女性」と、その三年後の松山落ち前の女性とは別人だと言い出す。

しかし、崔萬秋の『三四郎』の序文は、もっと素直に読み解くべきだろう。漱石が一生涯に渡って引き摺った天上の恋の相手は、井上眼科で出会った「外務省某局長の娘」である。そして、その母親は「芸者上がりの性悪の見栄坊」である。と言っても、母親が「性悪の見栄坊」は漱石の主観的感想だから、モデル探しでは顧慮しない方がいい。だが、母親が「芸者上がり」は重要なヒントだろう。

以上の条件からも、江藤淳の「嫂の登世説」は問題外だ。ところが、江藤淳は「井上眼科の女性」そのものを「漱石の妄想」として否定する。自説に合わない事柄を「妄想」で片付けるならば、いかなる曲解も正解となろう。だいいち、恋愛を語るのならば、もっと心の流れを考慮すべきだろう。

と言うのは、漱石は「井上眼科」でたまたま「その女性」と出会った翌日に、うきうきわくわくした気持ちを抑えきれずに、親友の正岡子規に手紙を書いている。

昨日眼医者にいつた所が、いつか君に話した可愛らしい女の子を見たね、――銀杏返しにたけなはをかけて――天気予報なしの突然の邂逅だからひやつと驚いて思はず顔に紅葉を散らしたね

（明治二十四年七月十八日付）

またこの五日後の二十三日にも、子規宛に手紙を書いて、次の一句を記している。

吾恋は闇夜に似たる月夜かな

この句は、漱石が抑制しようとしても抑制しきれない「恋する気分」の高揚を示している。その気分を判然と理解するために、語順を取り替えてみよう。

吾恋は月夜に似たる闇夜かな

どうだろうか。こう捻り出せば、気分は絶望である。失恋である。しかし、漱石の恋愛は未だ光は弱くても、確かに「月夜」なのである。

ところが、この五日後の二十八日に、嫂の登世は悪阻のために死去する。江藤淳が主張するように、嫂の登世との間に、もしも肉体関係まで疑えるような濃密な恋愛関係が存在したのなら、この子規への二通の手紙、とりわけ「月夜かな」の一句は理解不能だろう。江藤淳の嫂説を信じれば、漱石は単なる色情魔に堕ちてしまう。宮井一郎の『夏目漱石の恋』（筑摩書房・昭和五十一年十月二十日）における、痛烈な江藤淳批判を持ち出すまでもなく、漱石の

「天上の恋の相手」が嫂の登世だとする説にはまったく納得できない。

＊

では、漱石の生涯に渡って、また全作品に渡って、光となり影となって影響を与えたとされる、初恋の女性＝井上眼科の少女＝天上の恋の相手は、いったい誰なのか。

やはり、「外務省某局長の娘」というヒントに戻るべきだろう。では、その話の四年前に、当の妻の鏡子が『漱石の思い出』（昭和三年）で「兄さんはその女の方の名前をご存知のはずです。私も伺ったのですが忘れてしまいました」と語ったのは、どうしてだろうか。普通に考えて、家庭生活にも影響を与えた夫の「天上の恋の相手」の名前を、妻が忘れるとは信じがたい。と言うのも、鏡子は漱石が法蔵院に下宿した時の隣房の尼たちの中に「井上眼科の少女」にそっくりな尼が居たとして、その尼の名前を「祐本」と覚えている。そっくりさんの名前を記憶していて、当人の名前を忘却するだろうか。また四年後に、会話の中で、「外務省某局長の娘」と話しているのも、鏡子が「井上眼科の少女」の名前を知っている事実を裏付けている。つまり、『漱石の思い出』では、当人の名前を公表できない、なんらかの事情があったのだろう。またその四年後で、しかも日本では活字にはならないと踏んでも、なお「外務省某局長の娘」とぼかして話すしかない、なにか特殊な事情があったのではないか。たとえば相手の親が、政治権力や裏の世界を掌握しているような実力者であるとか、名前を聞けば日本人ならば誰でも知っている有名人であるといった可能性が高いのではないか。つまり、「外務省某局長」くらいならば、名前を吐露しておいて、「個人情報だからお名前は伏せてください」で済む話だ。当時の出版社にしても、無名の一個人の名前など記しても、まったく意味がない。夫人が依頼しなくても、自ずから伏せる。いや、書かない。と言うことは、「外務省某局長」という言い回しにも、鏡子夫人特有の「小刀細工」があるのではないか。

たとえば、この鏡子夫人が、やはり『漱石の思い出』で、漱石と「井上眼科の少女」について、こう語っている。

「あの女ならたいへんな美人で、君なんかとは月と鼈《すっぽん》ほどの違いで、不つりあいもはなはだしいじゃないか」とかなんとか誰かが申しましたので、

「そんなことをいうんなら絶対にもらわない」

とそれきり縁談をお流れにさしたとも伝えられております。

このエピソードで重要なのは「君なんかとは月と鼈ほどの違いで、不つりあいもはなはだしい」である。漱石にしても、井上眼科で初恋の少女と偶然再会したその一年前には、東京帝国大学英文科に進学し、文部省の貸費生として、年額で八十五円を支給されている。つま

り、漱石だって、末は博士か大臣かの東京帝国大学学生でエリートである。「外務省の某局長」との対比ならば、「月と鼈」の比喩はいかにも大げさだろう。つまり、「井上眼科の少女」の父親は、「局長」よりも、はるか上位の人物と考えるのが、常識的ではないか。鏡子夫人が「某局長」と身分を下げて語ったのは、当該者を割り出せないように気遣った結果なのではないか。身分が上になればなるほど、個人を特定できるからだ。

「外務省局長以上の身分」「妻は芸者上がり」「明治六年前後くらいに生まれた娘がいる」これらの条件をすべて満たす人物を捜し求めてみた。すると、大勢の役人、政治家の中から、面白い人物を抽出できた。

陸奥宗光である。(写真8参照)

*

陸奥宗光は、坂本竜馬を尊敬して「海援隊」に加わっていた人物(写真9参照)で、竜馬から「二本差しがなくても飯が食えるのは、おれとこいつくらいだ」と仲間の前で指先を向けられるくらいに、頭の鋭さを評価されていた。陸奥は薩長全盛の明治政府の中で、紀州出身というハンデを持ちながら、局長どころか、明治二十四年当時は農商務大臣を務めていた。直属の部下に原敬を持つ。後に外務大臣の椅子に坐ってからは、不平等条約の改正に力を入れ、最初の平等条約をメキシコと結んで、頭の切れから「カミソリ大臣」と畏怖された。

妻は初めの妻も、二度目の妻も「芸者上がり」で、初めの妻蓮子は難波新地で米子の名で芸妓に出ていた。しかし、蓮子は長男と次男を産んで、明治五年に二十五歳で病死している。この三ヶ月も経たないうちに、後妻として金春芸妓（新橋芸妓）柏屋の亮子を籍に入れる。亮子の座敷名は「小鈴《こかね》」で、父は龍野藩の江戸常勤で、二百石取りのお留守居役だった。亮子自身はこのように江戸妻の子で、幕府が倒れて新政府に代わってからは、経済的な苦労も並大抵ではなく、近所の人の薦めもあって、その美貌を活かせる芸妓となった。

亮子は結婚当時十七歳で、先妻の生んだ男の子二人を育て、同居した義母の世話を焼いて、古くから居る年上の女中たちを仕切ったのだから、想像を絶する心労があっただろう。しかし、亮子は明治六年七月三十日（旧暦六月十日）に、一人娘を出産する。しかも、その名を知って、震えが来るほどびっくりした。なんと「清子」と書いて「さやこ」と読ませるのだ。いったい、「清」とか「清子」の名は、漱石文学研究者にとっては、謎の名前である。「清」は『琴のそら音』『坊ちゃん』『吾輩は猫である』『虞美人草』『門』『彼岸過迄』に「下女」として登場する。「清子」は『明暗』に主人公津田の忘れられない女性として登場する。津田にとって、清子は理想の女である。

では、漱石作品に頻繁に登場する「清」と「清子」にモデルは居るのか。大半の研究者は、妻の鏡子だと推測する。鏡子の幼名が「キヨ」であるから、「キヨ」が「清」と描かれても、一向に不思議ではない。松山在住の研究者の中には、「いや、高浜虚子だ。虚子の本名は清《きよし》で、漱石の面倒を一生みたのだから」との主張もあるが、「清」のモデルは「鏡子夫人」で外れていないだろう。むしろ、この「清」が常に下女で登場するのが、なんとも皮肉で面白い。では、『明暗』に描かれた理想の女「清子」は誰か。この答えを今までの「清」と同一に考えて、「鏡子夫人」とする説には同意できない。「清」はみな下女で、ただ生活の面倒をみる女であり、「清子」はその対極に位置している理想の女である。そこには、「地上の女」と「天上の女」ほどの差異がある。鏡子夫人に成り替わって、漱石はあんまりだと先に断っておくが、『明暗』の「清子」は、初恋の相手陸奥清子だと考えられる。

そこで、東京駒場の日本近代文学館へ行って、『明暗』の生原稿のレプリカを調べてみた。すると、「清子」が初登場した箇所に、漱石自身の筆跡で「きよこ」と振り仮名が記してあった。その後、しばらくは振り仮名が見当たらなかったが、忘れた頃にまた漱石自身の手で「きよこ」とか、上の「清」の漢字の部分の右横だけに「きよ」と振ってあった。異常である。「清子」を「さやこ」と読ませたいのならば、作者が自ら「さやこ」と振る用例は考えられるだろう。しかし、「清子」は放っておいても、読者は普通に「きよこ」と読む。振り仮名をしなかったら「さやこ」と読まれるかなとは、どの作者も思いもしないだろう。それなのに、わざわざ「きよこ」と振り仮名を記す不自然さが、逆に『明暗』の「清子」のモデルは、陸奥清子ではないかと確信させる。

しかも、振り仮名については、漱石は格別の注意を払っていて、若い志賀直哉宛に書いた手紙に、次のような文章が残っている。

関西へ御出のよし承知しました小説は私があらかじめ拝見する必要はないだろうと思います夫から漢字のかなは訓読音読どちらにしてもい、か他のものに分らない事が多いから付けて下さい夫でないとかえってあなたの神経にさわる事が出来ます尤も社にはルビ付の活字があるからワウオフだとか普通の人だと区別の出来にくいものはいい加減につけて置くと活版が天然に直してくれます。

（大正三年四月二十九日付）

漱石は「きよこ」と振らないと、活版が天然に「さやこ」と直す可能性でも考慮したのだろうか。いや、そうではなく、漱石の初恋の相手の名を知っている者（妻、兄、陸奥家など）に、細心の注意を払ったのだろう。

＊

ただ漱石の初恋の相手が、陸奥清子だと断言するには不都合な逸話があった。漱石が亡くなる五年前の明治四十四年の十月頃に起こった事件だ。当時も漱石はやはり「頭の悪い」時期（つまり「井上眼科の少女」が現れる）で、鏡子夫人が高浜虚子に頼んで、部屋に引き篭りがちな夫を九段の能楽堂に引っ張り出してもらった。すると、帰宅した漱石は鏡子夫人と次のような会話を交わすのだ。

たしか亡くなる四、五年前のこと、高浜虚子さんに誘われて九段にお能を観にまいりますと、その昔の女が来ていたそうです。二十年ぶりに偶然顔を見たわけですが、帰ってまいりましてから、

「今日会って来たよ」とそのことを私に話しますので、

「どんなでした」とたずねますと、

「あまり変わっていなかった」と申しまして、それから、

「こんなことを俺が言ってるのを亭主が聞いたら、いやな気がするだろうな」と穏やかに笑っておりました。私にはこの話は、実在のようでもあり架空のようでもあって、まことにつかまえどころのない妙な話に響くのですが、兄さんはその女の方の名前をご存知のはずです。私も伺ったのですが、忘れてしまいました。とにかく得体の知れない変な話でございます。

(『漱石の思い出』)

この逸話が事実だとすると、「井上眼科の少女」は、明治四十四年の十月頃に、昔とあまり変わらない風貌のまま、人妻として、漱石の前に姿を現している。ところが、陸奥清子は未婚のまま十九歳の若さで病死しているのである。このため、いったんは「陸奥清子説」を

遺棄した。

しかし、『三四郎』を再読してみて、「十一」に描かれている以下のシーンに注目した。広田先生が三四郎に昔の自分の恋の話をする。

「(略)――覚めてみるとつまらないが夢の中だから真面目にそんな事を考えて森の下を通って行くと、突然その女に逢った。行き逢ったのではない。向うは凝と立っていた。見ると、昔の通りの顔をしている。昔の通りの服装をしている。髪も昔の髪である。黒子も無論あった。つまり二十年前見た時と少しも変わらない十二三の女である。僕がその女に、あなたは少しも変らないというと、その女は僕に大変年を御取りなすったと云う。次に僕が、あなたはどうして、そう変らずにいるのかと聞くと、この顔の年、この服装の月、この髪の日が一番好きだから、こうしていると云う。それは何時の事かと聞くと、二十年前、あなたに御目にかかった時だという。それなら僕は何故こう年を取ったんだろうと、自分で不思議がると、女が、あなたは、その時よりも、もっと美しい方へ方へと御移りなさりたがるからだと教えてくれた。その時僕が女に、あなたは画だと云うと、女が僕に、あなたは詩だと云った」

「僕が女に、あなたは画だと云うと、女が僕に、あなたは詩だと云った」この広田先生の夢の中での女との会話において、「画」と「詩」の違いは何か。一般的に考えて、「画」には時間の流れがない。「詩」には時間の経過がある。では、時間の流れがないとは、どのような状態か。単純明快である。それは「死」を意味する。この「森の女」は二十年前に、まさしく死んでいるのだ。それ故、「少しも変らない」のだ。広田先生の頭の中で「変りようがない」のだ。

こう考えると、漱石が九段の能楽堂で「二十年ぶりに偶然顔を見た」「昔の女」は、ちょうど二十年前に「井上眼科」の待合室で偶然再会した「少女」だろうし、それは十八年前に亡くなった陸奥清子であってもおかしくはないだろう。

また「森の女」の特徴である「黒子」だが、広田先生がその「黒子」にいつ気づいたのかと言えば、「森の女」が森有礼の葬儀の馬車に乗っている姿を道端から見た時である。と言うことは、顔の正面にある「黒子」ではなくて、側面にある「黒子」と考えられる。

さて、清子の母親である陸奥亮子の有名な横顔の写真がある。ワシントンで撮影されたと聞くが、左から横顔が写されている。すると、なんとその左頬に大きな「黒子」があるではないか（写真3参照）。そこで、娘の清子の写真を点検してみた。六歳と九歳の時の写真では、「黒子」があるかないかは何度見返しても不明である（写真10・11参照）。しかし、和歌山市立博物館の学芸員の竹内さんから、清子が十二三歳くらいの時の洋装での立ち姿の写真をコピーにとって送って戴いた。この写真は、宗光が在ヨーロッパの時に、亮子が送った写真で、

「清子の写りが悪い」と宗光が送り返した、いわくつきの画像と思われる（写真18参照）。しかも、手元にある画像は、元々コピーだった写真を普通紙にコピーし直した代物なので、状態が極めて悪い。それでも、目を凝らすと、母親の亮子と同じ左頬の同じ場所に、確かに大きな黒い点がある。これは黒子なのか、それとも、古い写真ゆえの傷なのか。残念ながら、どちらとも断言できない。そこで、現在原版の写真に辿りつく努力をしている*。

このように考えると、九段の能楽堂から帰宅した際の漱石の妄言に対する、鏡子夫人の応対も納得できるのではないか。鏡子夫人は全く嫉妬をしていないし、「私にはこの話は、実在のようでもあり架空のようでもあって、まことにつかまえどころのない妙な話に響く」のも当然だろう。二十年近くも前に、十九歳で亡くなっている少女を相手にして、妻の闘志を燃やしても仕方がない。

*

さて、それでは漱石の作品に、陸奥清子との初恋はどのように影響を及ぼしているのか。たとえば、まず処女作の『吾輩は猫である』（「山会」（文章会）明治三十七年十二月／「ホトトギス」明治三十八年一月〜同年八月）ではどうか。この作品には二つの恋愛が描かれている。一つ目は寒月君の恋愛である。相手は苦沙弥先生の家の近所の実業家で大金持ちの金田家の令嬢富子である。初め金田富子などという名前は、単に「金だ！」という駄洒落から命名したのかと考えた。それにしても、明治三十七、八年に、小説の登場人物に「金田」姓は珍しい。と思っていたら、なんと陸奥亮子の旧姓が「金田」であった。『猫』に出て来る金田夫人は、苦沙弥先生の隣の車屋の女房を使って、寒月君の動向を探らせるなどの「性悪」である。また挙句の果てには、自ら苦沙弥先生の自宅に乗り込んで来て、「寒月さんが将来博士になれるか」を訊ね、「博士になれるのならば、娘を寒月さんに嫁がせてもいい」と言い切る「見栄坊」でもある。さらに、金田夫人が帰った後で、彼女の鼻が大きくて目立つと、苦沙弥先生と迷亭は夫人を「鼻、鼻」と呼び捨てる。しかし、これも陸奥亮子の鼻は確かに大きくて目立つし（写真3・6参照）、それ以上に彼女の美貌から、「鹿鳴館の華」「ワシントン社交界の華」と「華、華」と持て囃されていたのを皮肉った命名だろう（写真4・5参照）。

もう一つは、語り手の「猫」の恋愛である。「猫」は先生の隣家の一絃琴のお師匠さんに飼われている三毛子を好いていた。「三毛子はこの近辺で有名な美貌家である」。ところが、「正月も早や十日」となって「門松注目飾りは、既に取り払われ」たので、久しぶりに逢いに行ってみると、なんと三毛子は病死している。そしてお師匠さんは「つまるところ表通りの教師のうちの野良猫が無暗に誘い出したからだと、わたしは思うよ」と言い、女中は応えて「ええあの畜生が三毛のかたきで御座いますよ」とまで言い放っている。

じつは、陸奥清子は十二月の中旬にチフスを発病し、一月三日に急死しているのだ。この期日は三毛子の病・死と一致する。すると、お師匠さんや女中が「猫」に向かって持っていた感情は、そのまま陸奥亮子の漱石への感情だったのかも知れない。あるいは、漱石がこのように被害妄想的に思い込んでいた可能性も排除できない。

*

さて、陸奥清子は明治十九年十二月には「東洋英和」に通っていた事実が判明している。と言うのは、同月二十三日にクリスマスの祝を兼ねた閉校式が行なわれ、そこで清子は山尾寿栄子（山尾庸三の長女）とピアノの連弾を披露しているからだ（『女学雑誌』46号・明治二十年一月五日）。ただこの演目が書かれたプログラムは「陸奥精子」と誤植されている。

この東洋英和は明治政府の欧化政策と適合して、この年度まで生徒数を激増させ続けていた。

ところで、『猫』の「二」において、苦沙弥先生は細君から「非常な剣幕で」こう言われる。

そんな横文字なんか誰が知るもんですか、あなたは人が英語を知らないのを御存じの癖にわざと英語を使って人にからかうのだから、宜しゅう御座います。どうせ英語なんかは出来ないんですから。そんなに英語が御好きなら、何故耶蘇学校の卒業生かなんかをお貰いなさらなかったんです。あなた位冷酷な人はありはしないこの細君の怒りは、実際に漱石が鏡子夫人からぶつけられたものかも知れない。陸奥清子は「耶蘇学校」の東洋英和に通い、英語も達者なのである。

＊

ところで、陸奥清子はこの三ヶ月後の明治二十年四月から、高等女学校、後東京高等女学校（通称＝一橋高女）に一年間通い始める。父宗光の渡米が近いので、その事態に備えて、英語をいっそう磨くためである。

東京高等女学校は明治十九年二月十八日に文部大臣官房所属として、「高等女学校」の名称で設置された。これは明治十八年男女師範学校の合併に伴い、東京女子師範学校付属高等女学校が東京師範学校の付属校となっていたものを独立させたわけである。元を正せば、明治十年に東京女学校（通称＝竹橋女学校）が資金難（明治政府は西南戦争へ莫大な資金投入）を理由に廃止されて、そこの生徒のうちの希望者六十名を東京女子師範学校内に英学科を作って収容したいきさつがあった。

この高等女学校が実際に開校したのは四月三日と考えられ、校舎は上野公園内の音楽取調掛（現東京藝術大学）構内にあった。

そして、同年五月には、木村熊二が陸奥宗光の自宅を訪問している。陸奥宗光は集めた三百円を明治女学校に寄付して、「娘の教育も頼む」と語った（「報知新聞」明治三十九年十一月十一日）。これは陸奥宗光と木村熊二が昌平学校の同期だからで、父宗光が娘の清子の教育を慮るエピソードだろう。

六月になると、高等女学校は東京高等女学校と改称した。「明治十九年六月　伊藤博文、陸奥宗光等新に二十万円の資金を募りて府下に一大女学校を起し、教授寄宿の模様一切純然たる洋風婦人を養成せんとす」（『女学雑誌』明治二十八年十一・十二月号／青山なを『明治女学校の研究』一九七〇年・四八一頁）

またこの資金によって、同年九月七日に、東京高等女学校は上野公園内、音楽取調掛構内より、神田一橋通二番地の旧体操伝習所跡に移転する（『明治女学校の研究』五四五頁）。

このように、陸奥宗光は娘清子の学校教育に熱心である。前述のように、明治政府の欧化政策により、当時東洋英和には政界財界の夫人や令嬢が集まったが、別の角度から言えばキリスト教系の女学校は、欧米並みに男女平等を掲げているので、進歩的な父親が娘を思う情と一致したのである。

そこで、陸奥宗光と東洋英和の繋がりを調べてみた。すると、宗光の直属の部下に岡部長《なが》職《とも》が居る。岡部長職は和泉岸和田藩第十三代（最後）の藩主で、一八〇センチを越す長身であり、敬虔なクリスチャンである。彼が明治十五年に妻の坻子《おかこ》とアメリカから帰国する船中において、やはり留学帰りでクリスチャンでもある淵沢能恵と出会っている。この淵沢能恵が三十五歳の明治十八年九月から東洋英和の舎監を務めるのである。また淵沢能恵は、陸奥宗光のやはり部下である原敬とも、クリスチャン繋がりだけではなく、同郷ということもあって、互いに熟知した間柄だった。このとりわけ親しい部下二人から、宗光は淵沢能恵を紹介されて、娘の清子を東洋英和に預けたと考えられる。

さらに、東京高等女学校を開校するにあたって、淵沢能恵の力を借りて、外国人女性英語教師「ミス・プリンス」を招いた。と言うのは、淵沢能恵が在米時代に紆余曲折の後で住み込んだ先が、「ミス・プリンス」の自宅だった。つまり、淵沢能恵はこのミス・プリンスから、英語や欧米の生活様式（家事）を直接学んだのである。このため、自然の成り行きとして、淵沢能恵の口利きでミス・プリンスを東京高等女学校へ招聘し、逆にミス・プリンスからの来日の際の条件として、淵沢能恵は東洋英和を辞し、東京高等女学校の通訳兼学監に転職するのだった。

そこで、陸奥清子も東洋英和から、官立の東京高等女学校へ転校する結果となる。そして、この転校が、清子と漱石を結び付けるのである。

＊

陸奥清子は、東京高等女学校の寄宿舎には入寮しなかった。淵沢能恵が学監で、しかもアメリカの現地と同様の生活ができる寄宿舎なのに。それはなぜかと言うと、陸奥清子はミス・プリンスの家に預けられて、ミス・プリンスと一緒に東京高等女学校に通ったからである。つまり、淵沢能恵がアメリカで経験した生活を、陸奥清子はそのまま日本でおさらいしたわけである。

ところが、ここまで調べて、一つ問題が生じた。ミス・プリンスの来日の年が、資料自体が数少ないのに資料によってまちまちで、明治十九年とも、明治二十年とも記されている。この一年の違いは、漱石と陸奥清子にとって大きい。どちらが正しいのか。時間を掛けて調べまくったら、驚くような事実が判明した。

じつは、「ミス・プリンス」は二人居たのだった。しかも、両人は姉妹だったのである（写真12・13参照）。まず、妹のメリー・プリンスが東京高等女学校の英語教師として、文部省の招聘という形（箕作校長の骨折り）で、明治十九年十一月に来日した。そして、一ヵ月半後の、年が改まった明治二十年一月に、姉のイサベラ・プリンスが英語と家事の教師として来日したのである。

そして、同年四月から約一年間、陸奥清子はプリンス姉妹の家に同居して、二人の西洋人女性教師と一緒に、一ツ橋の東京高等女学校に通うのである。

それにしても、この時の陸奥清子は、さぞ目立つ存在であったろう。母の亮子は「華、華！」と囃される、言わずもがなの明治を代表する美人であるし、父の宗光にしても日本人離れした「背の高さ」と、西洋人のような彫の深い顔立ちをしている（写真6・8・14参照）ので、年頃になってきた娘の清子の美貌も容易に推し量られる。

しかも、この十三、四歳の別嬪の少女が、外国人の女性二人に両脇を固められて、英語で会話を交わしながら、一ツ橋の街を行き来しているのである。どう考えても、老若男女を問わず、振り返らない者は皆無だろう。

この時、漱石は大学予備門から名称変更した第一高等中学校に通っている。そして、前年の明治十九年の七月には、友人米山保三郎の薦めもあって、本科での専攻希望を建築学から英文学に変更していた。このような漱石にとって、外国人と英語で会話する美少女には、普通の人以上に関心を寄せたに違いない。

漱石は同年九月には自活を決意して、中村是公と本所の江東義塾の教師に月給五円でなり、塾の寄宿舎に移った。つまり、本所から第一高等中学校に通ったのだが、この時代第一高等中学校は一ツ橋にあって、しかもなんと清子が通う東京高等女学校の隣の敷地に建っていたのである。

これでは、どう考えても、第一高等中学校の生徒の間で、陸奥清子が話題に上らないはずがない。と言って、両側を外国人女性が固めているので、恋文も手渡しづらいだろう。もし漱石が、まだ東京帝国大学生でもない漱石が、級友たちに清子への気持ちを叶露しても、彼らから「あの女ならたいへんな美人で、君なんかとは月と鼈《すっぽん》ほどの違いで、不つりあいもはなはだしいじゃないか」と揶揄されたとしても、一向に不思議ではない。

そして、この若い漱石の外国人体験が、『こゝろ』で語り手の青年である「私」に受け継がれて、「先生」と初めて知り合う場面に活かされる。「私」は鎌倉の海岸で、西洋人と話している日本人に目が行くのである。

「特別の事情がない限り、私は遂に先生を見逃したかも知れなかった。それ程浜辺が混雑し、それ程私の頭が放漫であったにも拘わらず、私がすぐ先生を見付出したのは、先生が一人の西洋人を伴れていたからである」

つまり、「私」が「先生」を見つけたのは「特別な事情」があったからで、その特別な事情とは「先生が一人の西洋人を伴れていたから」である。

小説の作法から言えば、このような登場の仕方をした人物（この場合は西洋人）は、この後も比較的重要な人物として、「先生」との関わりが描かれるはずだが、『こゝろ』では二度と顔を見せない。これは単行本になったときの漱石の前書きを読むと、漱石は日本の心と西洋の心を一週間おきに書く予定だったが、日本の心を書き始めたら、これだけで一遍の長篇になってしまった、という理由らしい。

いずれにしろ、当時外国人と英語で話す日本人は、人目を引いたに相違ない。

さて、漱石はこの夏にも急性トラホームに罹り、生家に戻って、そこから第一高等中学校に通っている。

陸奥清子は、翌明治二十一年の四月には、東洋英和に復学している（『東洋英和女学院七十年誌」野村美智子談、一四八頁)。さらに、同年五月二十日には、両親と一緒に横浜港からシドニー号に乗船して、ワシントンに向けて出航している。

すると、三、四年後の明治二十四年七月に、漱石が子規への手紙で、「いつか君に話した可愛らしい女の子」と記した「井上眼科の少女」との最初の出会いは、明治二十年の四月から翌年の三月までの間で、場所は一ツ橋の第一高等中学校周辺ではないかと推測される。

なお『三四郎』では、広田先生が初恋の相手を、明治二十二年二月十六日に執り行われた森有礼の葬儀の馬車に乗っていた「十二、三のきれいな女だ。顔に黒子がある」と語っている。しかし、この時期には、陸奥清子は両親とアメリカに在住していて、葬儀には参列のしようがない。つまり、絶対に葬儀の馬車には乗っていないわけで、これはかえって漱石の目くらましではないかと思われる。

現実の漱石は「井上眼科」で少女と偶然再会して、そのちょうど『二十年後』に、能楽堂でその少女の幻と出会うのである。

＊

さて、このように「井上眼科の少女」を陸奥清子だと仮定すると、漱石の作品の中で『猫』以外にも色々と思い当たる描写に遭遇する。たとえば『琴のそら音』では「死んでも逢いに行った」と『夢十夜』の「第一夜」にも通じる重要な一行が出て来るし、『趣味の遺伝』では「浩さんの家は紀州の藩士であったが江戸詰めで代々こちらで暮らした」と「紀州の藩士」と「江戸詰め」が出て来る。小説の構成上は「紀州」である必要も、「江戸詰め」である効果もまるでないのだが、陸奥宗光の家が代々「紀州の藩士」であり、亮子の家が「江戸詰め」であった事実を思い出すと、にわかに関心が強まる。しかも、『趣味の遺伝』では、「父母未生以前」といった漱石文学におけるキー・ワードも使われていて、「生前」と、「生後」（この場合は「死後」）の関係について、同等同質ではないかと考えている節が見受けられる。

さらに『それから』では、「清子」と「ミス・プリンス」と思われる人物の描写も垣間見られる。主人公の代助（この名前は「金之助」の「代わり」を意味するのか？）は仕方なく見合いをするが、その相手の「佐川の令嬢」には、以下のような興味深い描写がある。「令嬢の教育を受けたミス何とか云う夫人の影響で、令嬢はある点では清教徒のように仕込まれている」というのだ。「ミス何とか」とは表現として、極めて曖昧である。「ミス・プリンス」と書けないのならば、いい加減な西洋人の名前をでっちあげればいい。しかし、漱石の中の極めて大切な記憶として、「ミス・プリンス」以外の固有名詞を当て嵌めたくはなかったのだろう。といって、もちろん「ミス・プリンス」と名指しすれば、「佐川の令嬢」のモデルが「陸奥清子」であると、周知の事実になってしまう。そこで漱石は「ミス何とか」と極めて中途半端な呼称を用いたのだろう。

また「兄は、もし亜米利加のミスの教育を受けたというのが本当なら、もう少しは西洋流にはきはきしそうなものだと言う擬を立て」る。しかし、この「ミス何とか」が「亜米利加」人だとは、ここで兄の言葉以外には出て来ない。代助の兄はなんで「亜米利加」人だと判ったのだろうか。「清教徒の様に」だけでは、「亜米利加」人だとは断定できない。つまり、作者漱石の頭の中に、先に「ミス・プリンス」があって、つい「亜米利加」と筆が滑ったのではないか。

さらに「そこで代助は、あの大人しさは羞耻む性質の大人しさだから、ミスの教育とは独立に、日本の男女の社交的関係から来たものだろうと説明した。」とあり、代助が「佐川の令嬢」を弁護する。しかし、話の筋から云えば、代助は「佐川の令嬢」と結婚する気はないのだから、「そうですね、少し大人し過ぎますね」と相槌を打っておけばいいのであり、少なくとも、弁護をする必要はない。

つまり、この「佐川の令嬢」の性質は、漱石の清子に関する「生々しい思い出」の一つではないだろうか。また漱石はうりざね顔の女性を好むと言われているが、この「佐川の令嬢」の「顔の形は、寧ろ丸い方であった。」（写真10・11・15・16・17・18参照）のに、それを少しも批判的に描いていない事実を付け加えておく。

それ以外にも漱石の作品には、「外交官」とか「背の高い男」とか「チフス」などの単語が、頻繁に登場するが、これらはどれも陸奥清子にまつわる思い出と繋がっている。「外交官」は清子の父親も広義の意味ではそうだが、母親の亮子が娘の縁談の相手と考えていたふしがある内田康哉を思い出させる。『三四郎』でも『虞美人草』でも、「外交官」は主人公のライバルだ。「背の高い男」は、清子の父親陸奥宗光ではないか。陸奥宗光は国事犯で監獄に居たときに、イギリスの思想家ベンサムの『道徳および立法の諸原理序説』を翻訳し、出獄後に『利学正宗』のタイトルで上下二巻に分けて出版している。功利主義、すなわち「最大多数の最大幸福」を説く書で、総計七百三十三頁に及ぶ。大学に通って英文学を学ぼうという漱石にとっては、陸奥宗光はこの意味でも脅威であったろうし、「背の高い」陸奥宗光に特別な劣等感を抱いても不思議ではない。三つ目の「チフス」は清子の命を奪った病の名である。また漱石は「香水」と書けば済むところを「ヘリオトロープ」と限定する。これもやはり妙で、「ヘリオトロープ」も、陸奥清子と何らかの繋がりがあるのではないか。ちなみに「ヘリオトロープ」はその花から作った香水だが、元の「ヘリオトロープ」の花言葉は「永遠の愛」である。

しかし、清子がモデルらしき「佐川の令嬢」が顔を見せる『それから』では、逆にただ単に「香水」と描かれている。しかも、それは「佐川の令嬢」が登場する直前の描写で、代助は部屋に「香水」を振りまくといった洒落た行動をとる。漱石の青春の記憶の中で、清子と「ヘリオトロープ」は何らかの繋がりがあるのだろう。

まとめれば、漱石は『猫』を初めとして、『幻影の盾』『薤露行』はもちろん、これ以後のどの作品にもことごとく恋愛を描き、またその恋愛がいずれも「死」に彩られている。これは漱石の一生に影響を与えた「井上眼科の少女」が、突然病死してしまった苦い体験、心が消化し切れない喪失体験が核になっているためだと思われる。

＊

実際、漱石は明治二十六年一月三日に清子を亡くした後、精神状態に異変を起こしている。同月末の二十九日の日曜日には、帝国大学文学談話会で、初めての講演を行なった。「英国詩人の天地山川に対する観念」である。

「族籍に貴賎なく貧富に貴賎なく、之有れば只人間たるの点に於て存す」という「平等主義」に共鳴した論調だが、これではまるで「芸者上がりの性悪の見栄坊」な母親陸奥亮子に向かって、まだ名のない猫ではなかった、まだ名のない青年漱石が悲痛に泣き叫んでいるように思われる。

また「人は如何に云ふとも勝手次第」という「独立の精神」を強調して、「manly love of comrades」を説くのだが、これも初恋の女性を亡くして、男同士の友情に傾かざるを得ない、切ない心情のようにも考えられる。

さらに、漱石は同講演で次のようにも叫んでいる。

自然の為に自然を愛する者は、是非共之を活動せしめざるべからず。之を活動せしむるに二方あり。一は「バーンス」の如く外界の死物を個々別々に活動せしめ、一は凡百の死物と活物を貫くに無形の霊気を以てす。後者は玄の玄なるもの、万化と冥合し宇宙を包含して余りあり。「ウオーヅウオース」の自然主義是なり。

（「哲学雑誌」明治二十六年三月～六月号）

漱石が説くこの「自然主義」は、まるで地上の自分と天上の清子を繋ぐための哲学のようだ。

ところが、江藤淳は漱石の親友の正岡子規の顔を思い浮かべる。「漱石は子規が聞きに来るものと期待していた」（『漱石とその時代　第一部』新潮社・昭和四十五年八月二十日・二三二頁）のだが、結局子規は約束を破って、この講演会を聴きに来なかった。

金之助は、あるいは大学を中退した正岡とのあいだが、正岡がになわなければならなくなった生活というもののために、疎遠になって行くのを嘆じていたのかも知れない。しかし彼の語調に、へだてられた友人を惜しむということにとどまらぬ深い寂寥がひそんでいることは否定しがたい。

（同二三七頁）

「深い寂寥がひそんでいる」のは確かだが、その理由を子規との友情のみに帰するのは無理があろう。

当日、東京は大雪であった。気象庁で調べたら、四日前の二十五日の水曜日に続いての、十四センチの積雪を記録している。しかも、この日の大雪は、樋口一葉も文章にして遺している（「日記（よもぎふ）」明治二十六年一月二十九日）くらい印象的な大雪だったと思われる。

子規は前の月の一日付けで『日本』に正式入社して月俸十五円を支給されていたが、この一月からは二十円と大幅に昇給している。もちろん、生活はこれでも苦しかったのであろう。子規は大雪の中、病気の身体を押して、親友漱石の初めての講演を聴こうと、根岸の家を出た。ところが、雪に足をとられるので、市電に乗ろうと停車場で待つうちに、きょうの講演会には十銭の会費が必要であると気がついた。子規はその十銭を持ち合わせていなかったのである。

もし江藤淳が指摘するように、漱石が子規との友情を「生活というもののために、疎遠になって行くのを嘆じていた」のならば、主催者である哲学会の書記をしている友人たちの大塚保治や藤代禎輔に、子規は講演者の招待客として会費を取らないように頼んでおけばいいし、それが不可能ならば漱石が黙って立て替えておけば済む話だ。つまり、「深い寂寥」は子規との友情に関してではない。言わずもがな、まだ四十九日すら済んでいない「清子の死」が、漱石の念頭を離れないためである。清子が元気ならば、この清子こそ、漱石初めての講演会を真っ先に聴きに来てくれるはずの、いや何が何でも聴きに来て欲しい人であったはずだからである。

同年七月になると、漱石は文科大学英文科を第二回卒業生として卒業し、大学院へ進学する道が決まっていた。この夏休み中に、漱石は馬場下の夏目家を出て、帝大の寄宿舎に籠居する。

寄宿舎では小屋（大塚）保治と同室であった。漱石は机上に芸者の写真を飾らなくなった。その容貌が「井上眼科の少女」に似ている、漱石好みの「おゑん」という芸者のハガキ（プロマイド）である（写真1参照）。飾らなくなった理由は、自宅ではなくて寄宿舎に入って同室の者も居るから遠慮したのだろう、と今まで言われてきた。しかし、男ばかりの帝国大学の寄宿舎で、そんな思慮は逆に不要である。むしろ、自然に考えられるのは、おゑんの写真を見れば、半年前に病死した清子を思い出すからだろう。すなわち、自宅の漱石の机上からも、寄宿舎に移る以前に、おゑんの写真は撤去されていたのではないか。

さて、漱石はこの明治二十六年の、清子の居なくなった夏休みをどう過ごしたのか。同室だった保治が、後年『三体詩』の中の「哭亡妓」という文章を「新小説」に寄せて、当時を回顧している。

私は夏目君が其頃、どんな場合だったか忘れたが、
魂帰冥寞魄帰泉　只住人間十五年

昨日施僧薫苔上　断腸猶繋琵琶弦

といふ三体詩にある哭亡妓といふ詩を微吟愛唱してゐたのを今でも覚えている。

（「新小説」増刊「文豪夏目漱石」大正六年一月）

親友の一人でもある保治は、当時漱石がどこにも出掛けないで、部屋に閉じ籠もって、一人落ち込んでいた理由を聞き知っていたのだろう。しかし、それは「英文学研究に対する不安」などと言った表向きの理由ではない。本当は失恋で、しかも失恋の理由は相手の女性が夭折してしまった、人力ではどうにもならない寂しさによるものだ……保治は漱石の追悼号で、本人に代わってこう主張したかったのだろう。またどこかに漱石の弟子たち数人の勘違い、漱石は大塚楠緒子を好きだという勘違いを、穏やかにたしなめる意味合いもあったかも知れない。しかし、漱石の初恋の相手の名前を知っている者が、全員口を閉ざすように、保治もまたはっきりとは相手の名前を書き残していない。

じつは、この明治二十六年の夏には、漱石がさらに寂しさを抱えて落ち込む事例が起こっていたのだ。七月二十五日に、陸奥夫婦が秘書官の中田敬義夫婦を随行させて、清子の骨を東京からはほど遠い大阪の夕陽岡に葬ったのだ。

そして、この季節は、まさしく百合が満開である。漱石にとって百合の花が、「死」と「墓」を連想させる花となっても不思議はない。言うまでもなく、この感覚が『夢十夜』の「第一夜」に結実する。

＊

この後の一年間は、漱石が精神的な陥落から立ち直ろうとした時期である。鈴木大拙に依頼されて、シカゴで開催される世界宗教会議で釈宗演が講演する原稿「仏教小史」（大拙が英訳）に補筆訂正をしたり、学習院に就職しようとしたり、外山正一の推薦で東京高等師範学校の英語教師に年棒四五〇円で就任したりと行動を起こしている。

しかし、翌明治二十七年の二月初めに、漱石は血痰を吐き、医師から「肺結核の初期」と診断されてしまう。それでも、三月九日には菊池謙二郎宛に、次のような手紙を書いている。

人間は此世に出づるよりして日々死出の用意を致す者なれば別に喀血して即席に死んだとて驚く事もなけれど先づ二つとなき命故使へる丈使ふが徳用と心得医師の忠告を容れ精々摂生致居候

何となう死に来た世の惜しまるゝ

また、当時軽症の結核患者には、弓の稽古が治療に効果があるとの通説が流布していたので、漱石は「大弓大流行にて小生も過日より加盟致候処的は矢の行く先と心得候へば何時でった。

も仇矢は無之真に名人と自ら誇り居り候」（同右手紙）と、保治と共に弓の稽古に余念がなかった。

漱石は肺結核の初期という精神的にも不安定に陥りがちな状態にあっても、ユーモアを失わないで、客観的に自分を見つめ、どこか明るい。

五月の末日には、やはり菊池謙二郎宛に、このように認めている。「昨年は御存じの如く夏中寄宿に蟄居致居候故、今年は休暇に相成次第何れにか高飛を仕る積りに御座候」

ところが、六月二十日の午前二時に、東京を強い地震が襲い、倒壊した家屋が四八〇〇戸に及んだ。とりわけ、レンガ造りの西洋建築に被害が甚だしく、華族会館（旧鹿鳴館）のバルコニーすら崩壊するに及んだ。

さらに、七月二十五日には、清国と朝鮮西海岸の仁川近海で豊島沖海戦が始まり、日清戦争の戦端が開かれた。

同日、漱石はかねてから予定をしていた「高飛」を敢行する。早朝に上野を経って、午後六時ごろには伊香保温泉に到着。宿泊予定だった土地一番の旅館小暮武太夫に満員と断られ、小暮の番頭の紹介で古ぼけた安宿である萩原重朔に入る。ここで小坂晋は、漱石は笂井《うつぼい》に帰省中の保治に手紙を出して呼び出し、保治に大塚楠緒子を譲るという談合をしたと主張するが、「後便」が発見されていないので、二人がそのような会話を交わしたのかどうか、いやその前に保治が伊香保まで漱石に会いに行ったのかどうかも、証明されてはいない。

普通に考えれば、漱石は前年の夏には気分の落ち込みが甚だしく寄宿舎に閉じ籠もって、「哭亡妓」を微吟愛唱していたのだが、その鬱な気分を吹っ飛ばそうと今夏は「高飛」に出たのであり、その最初の土地で「最愛の人を譲る」は重過ぎて妙ではないか。保治が帰省中の筅井が、伊香保から遠くはないので、単に親友を旅先の宿に呼び出そうとしただけであろう。

むしろ、興味を惹かれるのは、伊香保の夏は、百合が咲き誇っているという事実だ。

「二人ゆき三人帰り来る湯元道　湯の香かおりて百合の花咲く」

「雲に水に興し尽して花瓶の　百合の香に酔う湯の宿ごもり」

この二首は前年の夏『伊香保だより』に点綴した、それこそ楠緒子の歌である（『漱石の愛と文学』小坂晋著・講談社・昭和四十九年三月二十八日・九一〜九二頁）。

確かに、伊香保の夏は百合が香り立っている。すると、この百合の芳香から、漱石が連想するのは、一年前の夏ではないのか。清子が遠い大阪に埋葬されて、漱石が引き籠りになった、あの「高飛」して抜け出したい夏ではないのか。

＊

この後八月一日になると、日本は清国に対して開戦の詔勅を発表し、日清戦争が勃発する。陸奥宗光は外務大臣として「子爵」を叙爵し、漱石は松島の瑞巌寺に詣でる。

同じこの時期に、内田康哉――清子を巡って、漱石の恋のライバルと目される――は、「外交官」としてロンドンの公使館に転任中である。清子の母の亮子は「内田と結婚させていれば、清子は死なずに済んだのではないか」（『相思空しく――陸奥宗光の妻亮子――』大路和子著・新人物往来社・二〇〇六年一二月一日・三五六頁）と後悔する日々だ。

この亮子の思いは、前述どおり『猫』の語り手の「猫」と「三毛」の関係を悔やむ、二弦琴のお師匠さんの後悔を彷彿させる。

さて、漱石は八月三十一日から九月三日まで、湘南の日影茶屋に逗留する。そこで、二百十日の荒天の下、湘南海岸の荒れ狂う海に飛び込んで、宿屋の主人が危ない危ないと止めるのも聞かずに、手足をばたつかせて煩悩を払おうとする。

翌九月四日には東京に戻って、正岡子規宛に「小生の漂泊は此三四年来沸騰せる脳漿を冷却して尺寸の勉強心を振興せん為のみに御座候」という手紙を送る。そして、「高飛」をいつしか「漂泊」と置き換えざる得なくなった気持ちも、同じ手紙に記されている。「理性と感情の戦争益劇しく恰も虚空につるし上げられたる人間の如くにて天上に登るか奈落に沈むか運命の定まるまでは安身立命到底無覚束候」

この手紙の中で、漱石が言う「理性」は「尺寸の勉強心」と同義だろう。同じく「感情」は「此三四年来沸騰せる脳漿」である。つまり、漱石は親友の子規に「漂泊の旅をしてみても、尺寸の勉強心と此三四年来沸騰せる脳漿の戦争益劇しく」という精神状態を訴えているのだ。

では、「尺寸の勉強心」はそのままの意味（言うまでもなく「尺寸」は謙遜表現）として、「此三四年来沸騰せる脳漿」は何を指すのだろうか。「此三四年来」という時間設定を考えてみても、これはもう「井上眼科の少女との恋愛」を想定するしかない。

この言葉から比喩を外して平易に言い直せば、「勉強しようとすると、頭の中に井上眼科の少女が出て来て、勉強が手に付かない」状態だと言うことだろう。しかも、この恋は、相手の死によって、この世では永遠に成就不能な状態に陥っている。それは「恰も虚空につるし上げられたる」精神状態なのである。ここを抜け出して、「天上に登る」には、どうしたらいいのか。いや、たとえ「奈落に沈む」でもいい。どうしたら、抜け出せるのか。漱石の悩みは、益々深くなっていく。

＊

漱石は同月、帝大の寄宿舎を飛び出すと、新婚一年目の菅虎雄の新居に転がり込む。「漱石は法蔵院に下宿する前に、指ヶ谷町の菅虎雄のうちに暫く厄介になつてゐた」（小宮豊隆『夏目漱石』）。しかし、ここで「頭の悪い」漱石は問題を起こす。

「そこで最初に菅君を驚かすやうなことがあったのだが、それは菅君が一番詳しく知ってゐる事で、自分が語るべきではない」（狩野亨吉「漱石と自分」）

では、いったい菅虎雄の新居で、何があったのか。「菅君を驚かすやうなこと」とは、どのような事件なのか。

いずれにしろ、漱石は漢詩を置手紙にして、菅家を飛び出している。この漢詩は菅虎雄の配慮があるのか、『漱石全集』にも入っていない。しかし、菅虎雄との友情が途切れたわけではない。漱石が狩野享吉に宛てた同年十月十六日付の葉書で、「所々流浪の末遂に此所に蟄居致候」と小石川区表町七十三番地の法蔵院の住所が記されているが、この下宿も菅虎雄の紹介である。つまり、漱石の突然の菅家飛び出しの原因は、菅虎雄との間に直接のトラブルが起こったからだとは考えにくい。

思うに、菅虎雄の新妻が原因ではないか。と言っても、なにか事が起こったのではなく、漱石が菅虎雄の若い妻に清子の幻影を見たくらいの、あるいはもう少し深い想像をすれば、彼女の姿に向かって「清子！」と叫んでしまったくらいの、笑い話的な衝撃事件ではないのか。無論、当時の漱石にとっては、これだけであっても、笑い話では済まされない。菅虎雄はただ親友というより、恩人ですらある。その菅の新妻に、自分の亡くなった恋人の面影が重なったら、そこを飛び出すしかないだろう。

菅虎雄にしても、置手紙代わりの漢詩を読んで、漱石の心情を察しても、「構わない、戻って来い」とは言えない。その漢詩の発表も、漱石のためにためらうだろう。

さらに、菅虎雄は漱石のこの自分の妻への幻影のためだろうか、後年漱石の熊本時代の初期に、歳の離れた自分の妹「おジュンさま」を、漱石の結婚相手として考えた節がある（『おジュンさま』江下博彦著・昭和六十年九月十五日／『漱石余情　おジュンさま』（西日本新聞社・昭和六十二年五月二十八日）。

だからこそ、漱石が自分の家を飛び出した後、いつまでも転々としていて尻が定まらないのを心配して、下宿の世話を焼いたとしても不思議ではない。その新しい下宿が、菅虎雄自身も以前に世話になった経験がある法蔵院だった。

しかし、漱石はこの法蔵院で、隣室の尼僧たちに興醒めしている。

塵界茫々毀誉の耳朶を撲に堪ず。此に環堵の室を賃して蠕袋を葬り了んぬ。猶尼僧の隣房に語るあり、少々興覚申候。（子規宛書簡、明治二十七年十月十六日付）

またやはり子規に同月三十一日には、次のような手紙を出している。

隣房に尼数人あり、少しも殊勝ならず。女は何時までもうるさき動物なり。

尼寺に有髪の僧を尋ね来よ

しかし、尼寺に二十代後半の独身の若い男が、下宿できるものだろうか。たとえ紹介者菅虎雄が居ても、だ。だいいち、その菅虎雄にしても、若い独身男だったのに、下宿できたのは妙ではないか。しかも、この時の漱石は恋愛が元で精神が不安定な時だ。

そう不思議に思って、首を傾げながら、実際に法蔵院を訪ねて調べてみた。応対してくれたのは、豊田立本の血を引く現住職の奥様だった。その彼女がきっぱりと答えてくれた。

「漱石先生がここ法蔵院に下宿していたとは聴いています。そのような句を詠まれた事実も知っています。でも、うちが尼寺だった歴史は、一時期たりともございません。それに、尼寺どころか、尼さんが居たためしさえありません」

そうだろう、若い独身の男が尼寺に下宿できるわけがない。しかし、それならば、いったい漱石の子規への二通の手紙は、どう解釈したらいいのだろうか。あれもこれも、「頭の悪い」漱石の妄想か。それも、尼さんたちに悪口を言われているとか、見張られているとか思っているのだから、すべては漱石の被害妄想の結果か。

隣の傳通院へ寄ってみた。社務所に行って、法蔵院との関わりを訊ねてみた。すると、大きな発見があった。明治二十年代後半の傳通院には、なんと五人の尼僧が住み込んで修行をしていたという。しかも、傳通院の敷地内に法蔵院は建っていて、傳通院の五人の尼さんが居住する建物は、法蔵院の宿舎も兼ねていた。つまり、「隣房に尼数人あり」は、漱石の妄想ではなくて、まったくの現実で、彼女たちは傳通院の尼さんたちだったのだ。

しかも、さらに興味深い事実も判明した。明治二十年代後半に傳通院で修行していた尼さんたちは、ただの無名な尼さんたちでは終わらなかった。なんとこの五人の尼さんたちが、今現在傳通院を真ん中にして法蔵院とは反対の隣に建つ、女子教育で名高い「淑徳」を創設した尼さんたちだったのだ。

それで今度はその法蔵院とは反対の隣に建つ「淑徳高校・中学校」に、事務長を訪ねてみた。すると、「五人の尼さんが創ったのではありません」と答えられた。「創立者はお一人、校祖は輪島聞声先生です」

事務長の話だと、他の四人の尼さんは「当時創立をお手伝いした尼さんたち」で「学校なんてお一人で創れるものではありません」と語られた。

写真が残っていないかと訊いてみた。

「あいにく、戦火ですべて灰になってしまいました。でも一枚だけ、創立してから三、四年後の職員写真が残っていましたので、百周年記念に出版した当校の本の中に、その写真を収めています」

頼んで、このコピーも戴いた。確かに、輪島聞声の周りに、四人の女性らしき姿が写っている。それにしても、写真が薄すぎて、また小さく、しかも法衣を身に纏っているので、男か女かも定かではない。

しかし、この四人の中に、「井上眼科の少女」にそっくりな「祐本」が居るのだ。そして、「祐本」は法蔵院ではなくて、傳通院の尼さんだった。しかも、「祐本」は輪島聞声を助けて、淑徳女学校の創立に関わった一人だったのだ。

すると、漱石のデビュー作『吾輩は猫である』の「十」に、いきなり「淑徳婦人会」の固有名詞が登場する理由も判明するではないか。輪島聞声は明治二十五年に小石川傳通院境内に、「淑徳女学校」を設置した。そして、翌年の明治二十六年には、対女性の文化教育講座、今で言うカルチャーセンターの先駆けとして、「淑徳女学校」内に「淑徳婦人会」を結成した。輪島聞声は「進みゆく世におくれるな、有為な人間になれ」がモットーだった。「有為な人間になれ」は「有為な人間」になろうとしていた青年漱石には、悩ましい言葉だったろう。理性と感情のぶつかりあい、学問と恋愛（相手が亡くなったことによる失恋）とのぶつかりあいから、頭が悪くなっていた時期なのだから。

しかし、これまでどうして『猫』に突如この「淑徳婦人会」という固有名詞が使われるのかが不明だった。『猫』には、前述のとおり作者漱石の実体験が豊富に盛り込まれているので、「淑徳婦人会」もなにか関係があるとは考えていたが、法蔵院時代の五人の尼さんたちだったとは正直驚いた。

そう言えば、『猫』の「十」で、「淑徳婦人会」が出て来る直前には、以下の描写もある。

　主人が昔し去る所の御寺に下宿していた時、襖一と重を隔てて尼が五六人居た。尼などと云うものは元来意地のわるい女のうちでも尤も意地のわるいものであるが、この尼が主人の性質を見抜いたものと見えて自炊の鍋をたたきながら、今泣いた烏がもう笑っ

た、今泣いた烏がもう笑ったと拍子を取って笑ったそうだ、主人が尼を大嫌いになった
のはこの時からだと云う

漱石の頭の中では、「五人の尼さん」と「淑徳婦人会」が、忘れ難く結びついているのだろう。

また輪島聞声が三人の尼を含めた五人の学生を相手に、明治二十五年に寺子屋のような「淑徳女学校」を立ち上げて、その後明治三十九年に「淑徳高等女学校」として認可される経緯を考えると、この五人の尼さんと陸奥宗光との関係も考慮する必要が生じるだろう。前述のように、陸奥宗光は女学校の設置に尽力している。五人の尼さんから依頼を受ければ、それなりに動くはずだ。陸奥宗光本人ではなくても、周りにいた高級官僚で、漱石も何度か顔を合わせた覚えのある役人とか、さらには陸奥亮子などが、傳通院やその宿舎で、五人の尼さんと打ち合わせをしていてもおかしくはない。漱石はこの様子を垣間見て、頭の悪い時期でもあったから、陸奥亮子が尼さんたちに自分の監視を依頼していると被害妄想に陥ったのではないか。

さらに、この妄想的経験が『猫』において、金田富子の母である「鼻」が、苦沙弥先生の隣家の車屋のかみさんに、苦沙弥先生と寒月君の動態を見張らせる設定にメタモルフォーゼしたのではないか。

このように、漱石が菅虎雄の家を飛び出した直後の法蔵院時代に、五人の尼さんが隣房に居たのは事実だった。さらに、その中のひとりの「祐本」には、漱石が「井上眼科の少女」に面影が似ていると感じるのである。当時、漱石は顔立ちはもちろん、体型とか黒子とか、何か少しでも「井上眼科の少女」に通じる面影を持つ若い女性に遭遇すると、みな清子に見えてしまったのではないか。このような例を考えても、漱石が菅虎雄の新妻を清子と見間違えた可能性は低くはないのではないか。

ところで、『猫』の「主人」の名は、言うまでもなく「苦沙弥」だが、「沙弥」とは勝手に坊主になったつもりの、「有髪の僧」を指す言葉である。やはり、『猫』は、漱石のデビュー作だけあって、明治二十六、七年の「苦」しい時期の実体験が、色濃く反映していると考えられる。

＊　じつは、その後、竹内さんの努力で、この写真の持ち主である、中山家に辿り着いた。中山家は水戸藩のご家老の家筋とかで、紹介された次男は、現在千葉の佐倉に在住されている。しかし、この清子の写真を所有しているのは、跡取りの長男の裕敏氏だと判明した。裕敏氏は岐阜に住んでいた。次男に仲介の労を取って戴き、岐阜に長男を訪ねて、早速本懐のとおり清子の写真を接写させて戴いた（写真18参照）。この写真を懇意の写真屋に持って行き、四つ切に引き伸ばすこととＤＶＤへの収録を頼むと同時に、プロの写真屋の目から見て清子の左頬の黒い点が黒子か傷かを訊ねてみた。彼は即座に

「傷でしょう」と答えて、こちらをがっかりさせた。しかし、翌日四つ切とＤＶＤを取りに行ったら、彼が待ち構えていた。引き伸ばしたら、やはり左頬の黒い点は写真の傷だったが、そこからはみ出るように上に付いている薄黒い点は黒子かも知れないと言うのだ。そこで彼は気を利かしてくれて、清子の六歳、九歳、そしてこの十二、三歳の三枚の写真を、顔の部分だけ引き伸ばしてくれた（写真15・16・17参照）。すると、六歳の清子の顔には、母親の亮子と同じ場所に、ちゃんと大きな黒子があるではないか。しかも二つも、だ。しかし、九歳の清子の顔写真には黒子が写っていない。それは母親の横顔写真でも、黒子が写っている写真と写っていない写真があるように、写真屋が修正したからではないのか。さらに、彼の指摘どおり、十二、三歳の清子の顔写真には、写真の傷の後ろに黒子の一つが食み出ている……。やはり、広田先生の「森の女」で、「初恋の少女」のモデルも、陸奥清子だったのではないかと思われる。

参考文献

原武哲『夏目漱石と菅虎雄　布衣禅情を楽しむ心友』（教育出版センター、一九八三年十二月）
原武哲『喪章を着けた千円札の漱石　伝記と考証』（笠間書院、二〇〇三年十一月）
伊藤美喜雄『夏目漱石の実像と人脈』（花伝社、二〇一三年十月）
小坂晋『漱石の愛と文学』（講談社、昭和四十九年三月）
小坂晋『夏目漱石研究――伝記と分析の間を求めて』（桜楓社、昭和六十一年十月）
江藤淳『漱石とその時代　第一部／第二部』（新潮選書、昭和四十五年八月）
江藤淳『漱石とその時代　第三部』（新潮選書、平成五年十月）
江藤淳『漱石とその時代　第四部』（新潮選書、平成八年十月）
江藤淳『夏目漱石』（講談社、一九六六年三月）
江藤淳『決定版　夏目漱石』（新潮文庫、昭和五十四年七月）
宮井一郎『夏目漱石の恋』（筑摩書房、昭和五十一年十月）
宮井一郎『漱石文学の全貌　上下』（図書刊行会、昭和五十九年五月）
荒正人「漱石の恋人研究」（静岡新聞、昭和五十一年）
沢英彦『漱石文学の愛の構造』（沖積舎、平成十九年九月）

加藤湖山『謎解き若き漱石の秘恋』（アーカイブス出版、二〇〇八年四月）
越智治雄『漱石私論』（角川書店、昭和四十六年六月）
柄谷行人「内側から見た生――漱石私論」（『群像日本の作家1　夏目漱石』小学館、一九九一年二月）
内田道雄・久保田芳太郎『作品論　夏目漱石』（双文社出版、昭和五十一年九月）
平岡俊夫『漱石研究』（有精堂、一九八七年九月）
小宮豊隆『夏目漱石　一』（岩波書店、昭和二十八年八月）
小宮豊隆『夏目漱石　二』（岩波書店、昭和二十九年九月）
小宮豊隆『夏目漱石　三』（岩波書店、昭和二十九年十月）
唐木順三『夏目漱石』（修道社、昭和三十一年七月）
森田草平『夏目漱石』（甲鳥書林）
森田草平『續夏目漱石』（甲鳥書林、昭和十八年十一月）
大岡昇平『小説家夏目漱石』（ちくま学芸文庫、一九九二年六月）
平岡敏夫『漱石研究』（有精堂、一九八七年九月）
沢英彦『漱石文学の愛と構造』（沖積舎、平成十九年九月）
加藤湖山『謎解き　若き漱石の悲恋』（アーカイブス出版、二〇〇八年四月）
賀茂章『夏目漱石　創造の夜明け』（教育出版センター、昭和六十年十二月）
玉井敬之『夏目漱石論』（桜楓社、昭和五十一年十月）
林原耕三『漱石山房の人々』（講談社、昭和四十六年九月）
熊倉千之『漱石のたくらみ――秘められた『明暗』の謎をとく』（筑摩書房、二〇〇六年十月）
熊倉千之『漱石の変身　『門』から『道草』への羽ばたき』（筑摩書房、二〇〇九年三月）

千谷七郎『漱石の病跡——病気と作品から』（勁草書房、一九六三年八月）
後藤文夫『漱石・子規の病を読む』（上毛新聞社出版局、二〇〇七年二月）
塩崎淑男『漱石・龍之介の精神異常』（白揚社、昭和三十二年五月）
平井富雄『神経症夏目漱石』（福武書店、一九九〇年十一月）
池田美紀子『夏目漱石　眼は識る東西の字』（国書刊行会、二〇一三年一月）
滝沢克己『漱石の世界』（国際日本研究所、昭和四十三年八月）
小林千草『『明暗』夫婦の言語力学』（東海教育研究所、二〇一二年十二月）
村山美清『漱石に見る夫婦のかたち、その不毛を問う』（風詠社、二〇一二年十二月）
吉田六郎『『吾輩は猫である』論　漱石の「猫」とホフマンの「猫」』（勁草書房、一九六八年十二月）
松岡讓編著『漱石の漢詩』（朝日新聞社、昭和四十一年九月）
山田晃『夢十夜参究』（朝日書林、一九九三年十二月）
林田茂雄『漱石の悲劇』（理論社、一九六二年三月　第二版）
鳥越碧『漱石の妻』（講談社、二〇〇六年五月）
真下五一『人間夏目漱石』（日刊工業新聞社、昭和五十二年十二月）
中澤宏紀『漱石のステッキ』（第一書房、平成八年九月）
石田忠彦『愛を追う漱石』（双文社出版、二〇一一年十二月）
渡辺澄子『女々しい漱石、雄々しい鷗外』（世界思想社、一九九六年一月）
田中文子『夏目漱石『明暗』蛇尾の章』東方出版、一九九一年五月）
河内一郎『漱石のユートピア』（現代書館、二〇一一年七月）
林浩一『漱石の坂道』（寒灯舎、二〇一三年四月）

森まゆみ『千駄木の漱石』（筑摩書房、二〇一二年十月）
小山田義文『漱石のなぞ　『道草』と『思い出』との間』（平河出版社、一九九八年三月）
安住恭子『『草枕』の那美と辛亥革命』（白水社、二〇一二年四月）
半藤一利『漱石俳句探偵帖』（角川学芸出版、平成十一年十一月）
蒲池正紀「「熊本の漱石」雑考」（熊本商大論集、第45号、昭和五十年三月）
田中実「〈牛〉になれと漱石は言った」（「琅　NO．3」）

飯田利行編『漱石●天の掟物語』（図書刊行会、昭和六十二年一月）
鳥井正晴監修『『明暗』論集　清子のいる風景』（和泉書院、二〇〇七年八月）
伊藤整編『近代文学鑑賞講座　第五巻　夏目漱石』（角川書店、昭和三十三年八月）
文芸読本『夏目漱石』（河出書房新社、昭和五十年六月）
文芸読本『夏目漱石Ⅱ』（河出書房新社、昭和五十二年一月）
國文學『夏目漱石の全小説を読む』（學燈社、平成六年一月臨時増刊号）
國文學『漱石●世界文明と漱石』（學燈社、平成十八年三月号）
夏目鏡子『漱石の思い出』（角川文庫、昭和四十一年三月）
内田百閒『私の「漱石」と「龍之介」』（筑摩書房、一九六九年五月）
夏目房之介『孫が読む漱石』（新潮文庫、平成二十一年三月）
半藤一利『漱石先生ぞな、もし』（文藝春秋社、一九九二年九月）
半藤一利『続・漱石先生ぞな、もし』（文藝春秋社、一九九三年六月）
半藤一利『漱石先生がやって来た』（ＮＨＫ出版、一九九六年五月）

半藤末利子『漱石の長襦袢』（文藝春秋、二〇〇九年九月）
小山田義文『漱石のなぞ』（平河出版社、一九九八年三月）
長尾剛『漱石ゴシップ』（文藝春秋社、一九九三年十月）
長尾剛『あなたの知らない　漱石こぼれ話』（日本実業出版社、一九九七年五月）
長尾剛『吾輩はウツである』（PHP研究所、二〇一三年三月）
清水義範『漱石先生大いに悩む』（小学館、二〇〇四年十二月）
河内一郎『漱石のマドンナ』（朝日新聞出版、二〇〇九年二月）
黒須純一郎『日常生活の漱石』（中央大学出版部、二〇〇八年十二月）
横山俊之『元祖・漱石の犬』（朝日クリエ、平成二十五年九月）
牧村健一郎『旅する漱石先生』（小学館、二〇一一年九月）
中村英利子編『漱石と松山』（アトラス出版、平成十三年七月）
古財運平『漱石あれこれ』（自費出版、昭和三十六年秋）
本田有明『ヘタな人生論より夏目漱石』（河出書房新社、二〇一二年十月）

出久根達郎『漱石先生の手紙』（NHK出版、二〇〇一年四月）
矢島裕紀彦『心を癒す漱石からの手紙』（NHK出版、二〇〇一年四月）
矢島裕紀彦『鉄棒する漱石、ハイジャンプの安吾』（NHK出版、二〇〇三年八月）
みもとけいこ『愛したのは「拙にして聖」なる者』（創風社出版、二〇〇三年十一月）
三浦雅士『漱石　母にあいされなかった子』（岩波新書、二〇〇八年四月）
小森陽一『漱石を読み直す』（ちくま新書、一九九五年六月）

滝沢克己『夏目漱石の思想』（新教新書、一九六八年二月）
小林章夫『漱石の「不愉快」』（ＰＨＰ新書、一九九八年七月）

原武哲・石田忠彦・海老井英次編『夏目漱石周辺人物事典』（笠間書院、二〇一四年七月）
井上明久『漱石2時間ウォーキング』（中央公論社、二〇〇三年九月）
東京藝術大学美術館・東京新聞編『夏目漱石の美術世界』（東京新聞／ＮＨＫプロモーション、二〇一三年）
江戸東京博物館　東北大学編『文豪・夏目漱石――そのこころとまなざし』（朝日新聞社、二〇〇七年九月）
『夏目漱石――漱石山房の日々』（群馬県立土屋文明記念文学館、第七回企画展、平成十七年十月）
『漱石山房秋冬～漱石をめぐる人々～』（新宿区地域文化部文科観光国際課、平成二十三年三月（5版））
『漱石山房の思い出』（新宿区地域文化部文科観光国際課編、平成二十三年三月（2版））
「漱石と美術」（中日新聞、二〇一三年四月二十八日）
國文學編集部編『知っ得　夏目漱石の全小説を読む』（學燈社、二〇〇七年九月）
新潮文庫編『文豪ナビ　夏目漱石』（新潮社、平成十六年十一月）
『夏目漱石と日本人』（文藝春秋社、特別版、平成十六年十二月）
『現代日本文学アルバム　夏目漱石』（学習研究社、一九七九年）
『新潮日本文学アルバム2　夏目漱石』（新潮社、一九八三年十一月）

大路和子『相思空しく――陸奥宗光の妻亮子』（新人物往来社、二〇〇六年十二月）
萩原延壽『陸奥宗光　上下』（朝日新聞社、一九九七年八月）
岡崎久彦『陸奥宗光　上』（ＰＨＰ研究所、一九八七年十二月）

岡崎久彦『陸奥宗光　下』（PHP研究所、一九八八年一月）
岡崎久彦『陸奥宗光とその時代』（PHP研究所、一九九九年十月）
中塚明『『蹇蹇録』の世界』（みすず書房、一九九二年三月）
和歌山市立博物館『陸奥宗光　その光と影』（平成九年十月）
木村蓮峰（熊二）「陸奥伯の奇智」（「報知新聞」明治三十九年十一月十一日）
下重暁子『純愛　エセルと陸奥廣吉』（講談社、一九九四年十二月）
山田風太郎『エドの舞踏会』（文藝春秋社、昭和五十一年一月）
村上淑子『淵澤能恵の生涯　海を越えた眼時の女性』（原書房、二〇〇五年十二月）
福田和也『大宰相・原敬』（PHP研究所、二〇一三年十二月）
野辺地清江『女性解放思想の源流――巌本善治と『女学雑誌』』（校倉書房、一九八四年十月）
碓井知鶴子「明治のキリスト教女子教育の定着過程――明治二十年代を中心に」（東海学園大学紀要6、一九六九年）
碓井知鶴子「明治期女子教育者にみるアメリカ文化の影響」（東海学園大学紀要7、一九七〇年）
碓井知鶴子「官立東京女学校の基礎的研究――在学生の「生活史」の追跡調査」（東海学園大学紀要19、一九八四年）
大滝晶子「明治期のキリスト教主義女学校に関する一考察」（教育学雑誌6　日本大学教育学会事務局、一九七二年三月）

『東洋英和女學校五十年史』（昭和九年十一月）

『東洋英和女学院七十年誌』（昭和二十九年十二月）
『東洋英和女学院楓園史』（昭和四十年九月）
『東洋英和女学院百年史』（一九八四年十月）
『目で見る東洋英和女学院の110年　1884～1994』（一九九五年三月）
『東洋英和女学院120年史　1884―2004』（二〇〇五年二月）
『カナダ婦人宣教師物語』（東洋英和女学院　二〇一〇年二月）
『創立五十年史』（東京女子高等師範学校附属高等女学校　昭和七年十一月）
『お茶の水女子大学百年史』（一九八四年）
『作楽会百年のあゆみ』（作楽会百年史編集委員会　平成四年二月）
『共立女子學園沿革史』（一九五五年）
『共立女子学園七十年史』（昭和三十一年十二月）
『女学雑誌　46号』（明治二十年一月）
『女学雑誌　262号』（明治二十四年四月）
大塚楠緒子「清子」（『こころの草』第六巻第六号、明治三十六年六月号）
徳富蘇峰『中央公論』（昭和十二年）
佐伯順子『明治美人帖』（NHK知るを楽しむ歴史に好奇心、二〇〇八年二月）
佐伯順子『明治〈美人〉論』（NHK出版、二〇一二年十一月）
鈴木由紀子『女たちの明治維新』（NHK出版、二〇一〇年七月）
太田治子『明治・大正・昭和のベストセラー』（日本放送出版協会、二〇〇七年七月）

歴史読本編集部編『物語幕末を生きた女101人』（新人物往来社、二〇一〇年四月）
『日本史有名人の子孫たち』（新人物往来社、二〇一〇年一月）
清水慶一『ニッポン近代文化遺産』（NHK知るを楽しむこの人この世界、二〇〇七年十月）
『kotoba第12号　夏目漱石を読む』（集英社、二〇一三年夏）
『芸術新潮　夏目漱石の眼』（新潮社、二〇一三年六月号）

水村美苗『続明暗』（筑摩書房、平成二年九月）
真下五一『伝記小説　人間夏目漱石』（日刊工業新聞、昭和五十二年十一月）
勝山一義『小説『坊ちゃん』誕生秘話』（文芸社、二〇〇九年九月）
江下博彦『おジュンさま』（自費出版、昭和六十年九月）
江下博彦『漱石余情　おジュンさま』（西日本新聞社、昭和六十二年五月）
小城左昌『夏目漱石と祖母「一冨順」』（自費出版、平成十八年二月）
小林信彦『うらなり』（文藝春秋、二〇〇六年六月）
工藤隆『新・坊ちゃん』（三一書房、一九九六年七月）
柳広司『贋作『坊ちゃん』殺人事件』（朝日新聞社、二〇〇一年十月）
古山寛原作・ほんまりう画『漱石事件簿』（新潮社、一九八九年十二月）
姜尚中『夏目漱石　悩む力』（NHK知るを楽しむ私のこだわり人物伝、二〇〇七年六、七月）
若山滋「鈴木禎次と漱石」（中日新聞夕刊、二〇〇九年九月四日）
正岡子規『子規選集　第九巻　子規と漱石』（増進会出版社、二〇〇二年七月）

関川夏央『子規、最後の八年』（講談社、二〇一一年三月）
遠藤利國『明治廿五年九月のほととぎす』（未知谷、二〇一〇年三月）
喜田重行『子規交流』（創風社出版、二〇〇九年十一月）
久保田正文『正岡子規・その文学』（講談社、昭和五十四年八月）
柴田宵曲『評伝　正岡子規』（岩波文庫、一九八六年六月）
『新潮日本文学アルバム21　正岡子規』（新潮社、一九八六年一月）
『文藝春秋　12月臨時増刊号　『坂の上の雲』と司馬遼太郎』（文藝春秋、平成二十一年十二月）
『正岡子規　俳句・短歌革新の日本近代』（河出書房新社、二〇一〇年十月）
土井中照『そこが知りたい　子規の生涯』（アトラス出版、二〇〇六年十月）
鳥越碧『兄いもうと』（講談社、二〇〇七年七月）
伊集院静『ノボさん』（講談社、二〇一三年十一月）
阿木津英『妹・律の視点から――子規との葛藤が意味するもの』（財団法人子規庵保存会、二〇〇三年四月）
夏目漱石・柳原極堂『生誕百年記念　正岡子規』（財団法人松山観光コンベンション協会、昭和四十一年九月）
明星企画株式会社編『漫画　正岡子規物語』（（財）松山観光コンベンション協会、平成十七年四月）
松山市　総合政策部　坂の上の雲ミュージアム編『子規と真之』（平成十九年四月）
『週刊司馬遼太郎6　「坂の上の雲」の世界』（週刊朝日、二〇一〇年四月）
『子規・漱石・秋山兄弟ものがたり』（松山中学・松山東高校同窓会誌　別冊）
出久根達郎『萩のしずく』（文藝春秋社、二〇〇七年十月）
比経啓助『明治人のお葬式』（現代書館、二〇〇一年十二月）

神田純一『神道概説』（学生社、二〇〇七年十一月）
野村雅昭『落語のレトリック』（平凡社選書165、一九九六年五月）
星新一『夜明けあと』（新潮社、一九九一年二月）
石黒敬章『幕末明治の肖像写真』（角川学芸出版、平成二十一年二月）
森まゆみ『明治東京畸人傳』（新潮社、平成八年一月）
森まゆみ『明治・大正を食べ歩く』（PHP新書、二〇〇四年一月）
嵐山光三郎『人妻魂』（マガジンハウス、二〇〇七年八月）
三浦展『大人のための東京散歩案内』（洋泉社、二〇〇六年十月）
PETER　HAMMOND『THE　TOWER　of　LONDON』

初出一覧

漱石、葬儀に『鯛』を贈る ――DVと「井上眼科の少女」について――

「名古屋芸術大学研究紀要　第30巻」平成二十一（二〇〇九）年三月二十八日

「国文学年次別論文集　近代2　平成二十一（二〇〇九）年」学術文献刊行会、平成二十四年五月　再録

夏目漱石、その作品の構図　天上の恋、地上の婚姻

「名古屋芸術大学研究紀要　第31巻」平成二十二（二〇一〇）年三月二十六日

「国文学年次別論文集　近代2　平成二十二（二〇一〇）年」学術文献刊行会、平成二十五年八月　再録

漱石、絶密の恋　なぜ初恋の相手の名を隠すのか

『夏目漱石外伝――菅虎雄先生生誕百五十年記念文集』二〇一四年十月十九日・菅虎雄先生顕彰会

（右に「漱石の初恋と菅虎雄」と題して掲載）

＊本書に収録するにあたって、若干の手直しとその後判明した事実を加えました。

後書きに代えて

　大学、大学院を通じて、長谷川泉先生からは森鷗外と三島由紀夫を、三好行雄先生からは芥川龍之介を、そして越智治雄先生からは夏目漱石を教えて戴くという、今でも信じられないような幸運に恵まれました。この三人の恩師にはプライベートでもたいそうお世話になったのですが、皆故人になってしまわれました。三人の先生方に何とか少しでも恩返しがしたい。このような思いから、森鷗外、三島由紀夫、芥川龍之介に関しては、これまでに自分の背丈に合った程度ではありますが、論文や小説を書いて発表させて戴きました。しかし、夏目漱石に関しては、まったくの手つかずの状態でした。越智先生と映画の試写会を観に行って、帰りの銀座線の中で、先生が語られた「お言葉」が耳の中でしきりに蘇ります。「荻原くん。漱石の長篇小説の構成法は、古典落語を模範にしているよ。ぼくは今古典落語を調べている」

このような恩師からの薫陶と、度重なる偶然に導かれて、このたびやっと漱石まで辿り着きました。しかし、言うまでもなく未だ解らない漱石の心がたくさんあります。その中でも、今一番の興味関心は、なぜ漱石はあれほど初恋の相手の家を怖れたのか、です。

これは漱石の松山行きにも影響しています。研究者の中には、「井上眼科の少女」と出会ったのは明治二十四年の夏で、しばらくしてから失恋したと考えても、松山行きとは無関係だ、いくら明治時代の青年でも失恋からの時間が経ち過ぎていると主張する方もいます。しかし、子規の従弟である藤野潔（古白）は、明治二十八年四月七日にピストル自殺を敢行しています（十二日に死亡）が、これは二年前に隣家の娘に失恋して、それ以来狂人じみた挙動が多かったことが原因と考えられています。明治二十八年四月七日と言えば、まさしく漱石が松山に向かって東京を発った日です。そして二年前と言えば、陸奥清子が夭折した年です。漱石も「それ以来狂人じみた挙動が多かった」事実は今更言うまでもありません。あまりに二人の時期が重なって不思議な気さえしますが、漱石の松山行きの一因が「井上眼科の少女」との初恋にあってもおかしくはありません。

それよりも、松山へ行く直前までいた傳通院内法蔵院の下宿で、淑徳婦人会を結成した優秀な尼さんたちを「井上眼科の少女」の「芸者あがりの性悪の見栄坊」な母親から頼まれたスパイだと思い込んだり、松山へ行ってからも「まだ探られている」と思い込んだりしているのですが、それにも拘らず決して相手の姓を明かさなかったのは何故でしょうか。これは漱石だけではありません。鏡子夫人も、です。鏡子夫人は「井上眼科の少女」に似ているという傳通院の尼さんの名前ならば、「祐本」と洩らしているのです。

まず、普通に考えて、陸奥宗光が怖かったのかも知れません。それは宗光がベンサムの大著を翻訳出版するといった異能の持ち主だからだけではなく、明治維新の立役者の一人で、坂本龍馬の覚えがいい海援隊のメンバーだったというような、なんでもありの政治家としての方面から生じているのでしょう。たとえば、宗光と仲のいい山尾庸三は、幕末の文久二（一八六二）年に伊藤博文と組んで、塙忠宝《はなわただとみ》という国学者をその自宅付近で待ち伏せして斬り殺しています。塙忠宝が孝明帝を廃位せしめるために「廃帝の典故」について調査していると誤解しての暗殺です。そして、二人はこの罪から逃れるために、翌年他の長州の三人と共に密航して、ロンドンに渡ります。今でしたら、二人ともとんでもない犯罪者です。しかし、維新政府になると、山尾庸三は単なる殺人者ではなく、なんと法制局の初代長官に納まります。伊藤博文に至っては総理大臣に就任してしまいます。二人を含めた五人の密航も「長州ファイブ」と称えられています。また明治になって十一年も経った一八七八年の五月には大久保利通が暗殺されていますし、明治二十二年の二月には『三四郎』に葬儀の列が描かれているように森有礼文部大臣が斬殺されています。さらに、同じ年の十月には大隈重信外相が玄洋社社員の爆弾で負傷しています。この他、選挙運動に絡む暴力行為などは、警察さえ巻き込んで日常茶飯事だったわけです。彼らは今で言えば政治家というよりも、ヤの字が付く世界に身を置く人たちに近い存在なのではないでしょうか。もちろん、陸奥宗光自身も、足尾銅山に関する諸々の事件では、次男を古河の養子に出した因縁もあって、大臣という中立でいなければならない立場を捨てて、古河側で動いています。やはり、青年漱石にとっては、大物政治家の父親は血生臭い脅威の存在であったと思われます。なにせ漱石は帝大で英文学などを志している、世間知らずの（＝純な）甘っちょろい（＝ロマンティストな）文学青年だったのですから。

しかし、いくら明治時代でも、大臣の娘を好きになったくらいで、すぐに命を狙われるはずもありません。漱石がなにか不始末をしでかしているのではないか。それはなんだろう。たとえば、陸奥清子と「大森に行く」約束（『虞美人草』）があった、あるいは「すでに行った」。そして、この行為が陸奥宗光・亮子の両親にばれていた、あるいは探られていた。これと似たケースで、清子を自宅に見舞った際に、清子の冷たい額に口づけをしている（『夢十夜』の第一夜、『行人』の三沢の行為）のを家人に見られて怒りをかった――。

あるいはまったく逆かも知れません。明治二十五年の七月下旬に、漱石が岡山の義姉の実家を訪ねたときのことです。一家が水害に遭うと、漱石は「たいへんだ」と叫んで、自分の本だけ手にして、さっさと一人で逃げ出した経緯があります。このたった五ヵ月後なのです。清子がチフスに罹ったのは。漱石はチフスをうつされるのが怖くて、見舞いにも行かなかった。『それから』の三千代の兄の轍を踏まない漱石なのです。しかし、これでは「非人情」ではなく、あまりにも「不人情」でしょう。相手の両親が怒って、漱石を狙っても仕方がない――。

前者は文学的で浪漫的過ぎますが、後者は安っぽいテレビのミステリーみたいです。いずれにしろ漱石が、どうしてあそこまで陸奥宗光・亮子の両親を怖がっていたのか、なぜ相手の姓を明かさずに「絶密の恋」にしてしまったのか、その心をなんとか知りたいと思っています。

いずれにしろ、宗光は一八九七（明治三十）年八月二十四日に五十三歳で、亮子は一九〇〇（明治三十三）年八月十五日に四十三歳で亡くなっています。つまり、漱石が英国留学に発ったのは、一九〇〇（明治三十三）年九月八日ですから、宗光の死はその三年前で、亮子の死はなんとたったの二十四日前です。漱石が英国留学中から、帰国した後は熊本ではなく東京に戻りたいと願うようになって、親友たちに東京での就職を懇願した一つの理由も、この辺りに考えられるかも分りません。東京が恐くて住みにくい場所ではなくなったのです。

ところで、江藤淳氏の漱石論の基調ですが、臆面もなく生意気なことを言ってしまうと、我が拙論の色と近い気がします。というのも、江藤氏は漱石の恋に「死」の匂いを嗅ぎ取っているからです。氏はそこから「登世」の名を挙げてしまうのですが、彼岸で我が拙著を読んで下さったらなんと仰るか。じつは今から楽しみです。

また同じ事は小坂晋氏にも言えます。小坂氏は『夏目漱石研究』で、漱石は『猫』で青春時代の原体験を茶化した形で使い、『漱石の思い出』にある芸者上がりの性悪な母親に対する反感、敵意を作中の富子の母親鼻子に向かって言い放っていると看破しています。この母親のモデルが、「芸者上がり」で、鹿鳴館の「華」で、旧姓が「金田」で、「清子」の母親である陸奥亮子であると知ったら、小坂氏はどんなにびっくりしてくれることでしょうか。

さて、これら三本の拙論ですが、今回一冊にまとめるにあたって、発表誌に掲載した文章に多少の加筆訂正を試みました。また、自分としては、漱石を主人公にした小説と二冊同時に出版したいと考えていました。しかし、未知谷の飯島徹氏から、「原稿が仕上がった方から先に出そう。今年中にもどちらかを」と励まされて、この本がまず上梓されました。飯島氏の言葉がなかったら、いつ本にできたか判りません。深謝。

（二〇一四年夏　つくばにて）

改訂版後書き

昨年十二月九日（漱石の命日）に『漱石の初恋』を出版しました。今世紀に入ってから、ひたすら漱石研究に没頭していた我が身としては、一つの大きな結実で、無類の喜びでした。しかし、人生、どこにどんな落とし穴が待ち構えているか、本当に判らないものです。なんとスクープ映像である陸奥清子の六歳の顔写真から、「二つの黒子」が消えていたのです。いや、ゲラにはちゃんと印刷されていて、確認もしました。紙質の問題で印刷し切れなかったのか、それとも最終の編集段階で古い写真をできる限り奇麗に見せようとした結果なのか。原因はどちらでもいいのです。ただ唖然としました。どんな気持ちが心に広がったか。こんな感情でした。十四年間、ひたすら二軍で練習を積み重ねて来たベテランの野球選手の自分が居たとします。引退直前に一軍に呼ばれて、チームが優勝を決める大事な試合でピンチヒッターに指名されました。しかも、０‐１で負けている九回裏で、ツーアウトランナー一塁の場面です。チームはもとより、自分にとっても、大事な、大事な、打席です。相手ピッチャーの投げた初球です。渾身の力と最大限の集中力でバットを振り抜きました。すると、まぐれ当りか、ボールは外野スタンドに消えて行き、逆転サヨナラホームランとなったのです。十四年間の努力は無駄ではなかった。チームもこのホームランで優勝を決めたのです。自分もチームの役に立った。恩返しができた。感涙にむせびながらベースを一周し、監督やチームメイトが待ち構えるホームベースを踏んだ瞬間です。あろうことか、耳元でアンパイヤが叫んだのです。「ボーク！」相手のピッチャーがボークを犯していたと言うのです。やり直しです。サヨナラホームランは幻影となり、ランナーは一塁から二塁に進められ、バッターカウントはワンボール・ノーストライクで打ち直し。こんな気分でした。

研究者としても、何を言われるか、解ったものではありません。折からR研の「O嬢の物語」が世間を騒がしています。「STAP細胞はありま～す！」いや「二つの黒子はありま～す！」か。冗談を言っているときではありません。緊急に改訂版を出して、写真は写真用の紙質に印刷する、もちろんその写真はいじらずに掲載する。これらを未知谷の社長である飯島徹氏に懇願したところ、快諾して下さり、今回の改訂版緊急出版となりました。しかも、今回はゲンを担いで二月九日、つまり漱石の誕生日に出版が決まりました。

いや、旧版をご購入して下さった方、がっかりなさらないで下さい。自分は引退を取り止め、いっそう精進して、旧版がレア物として価値が沸騰するように努めますから。

（二〇一五年一月一日　雪深い新潟にて）

「夏目漱石」関連年表・関連資料

1844（天保15）年（12月2日に弘化と改元）

７月７日：陸奥宗光が生まれる。

1850（嘉永３）年

５月８日：淵沢能恵が岩手県に生まれる。

1867（慶応３）年

２月９日（旧暦1月5日）：江戸牛込馬場下横町（現・新宿区喜久井町）で、父夏目小兵衛直克（こへいなおかつ）（50歳）母千枝（41歳）の五男三女の末っ子として生まれる。大泥棒になると言われていた「庚申の日」に誕生したので、「金之助」と名付けて、名前に「金属」を入れることで回避しようとした。

：左利き（「小坂晋『夏目漱石研究』72頁」）

：長女と長女以外の子は腹違いで、長女は先妻「こと」との子。後は後妻「ちえ」との子。長女・佐和・尾張候の御殿女中（弘化3年、1846年5月3日生、21歳）

次女・房（嘉永5年　1852年3月7日生　15歳）

長男・大助　大一（安政3年、1856年2月18日生、11歳）

次男・栄之助直則（安政5年、1858年11月10日生、9歳）

三男・和三郎直矩（安政6年、1859年12月4日生、8歳）

→和三郎直矩は明治7年（1874年）に福田庄兵衛（母千枝の父？）佐和夫婦の養子となる。

→明治10年・1877年10月25日に解消。原因不明。

四男・久吉（夭折）

三女・ちか（すぐに養女に出すも、夭折）

：慶応4年は明治元年であるから、漱石の歳と明治の年数は同じである。

：五男であることから、この出生は歓迎されず、生後間もなく四谷の古道具屋に里子に出されるが、やがて連れ戻される。

→自分が存在していることに脅える（江藤淳「漱石とその時代 第一部」31頁）。

：父・夏目小兵衛直克（こへえなおかつ）は江戸牛込馬場下（現・新宿区喜久井町）の名主（身分は町人でありながら、苗字帯刀を許される。威勢は相当なもの。門構えは許されていなかったが、必ず玄関があり「玄関」（げんか）と呼ばれた）で当時50歳。漱石曰く「禿頭の爺さん」だったが、蓄財に努め、身上を立て直す。先妻はこと。

：祖父・小兵衛直基は道楽者で一代で家産を蕩尽してしまう。

：母・千枝は後妻で四谷大番町（現・新宿区大京町）の質屋「鍵屋」こと福田庄兵衛の三女で当時41歳。明石侯（一説には久松侯）の奥向きに永く御殿奉公。

：長姉・佐和はすでに内藤新宿仲町（現・新宿2丁目）の遊女屋伊豆橋の跡取り息子福田庄兵衛（漱石の実母の実家筋）に二度目の結婚（一度目は三四日で彼女の方から戻る）として嫁いでいた。『硝子戸の中』によれば「広い額、浅黒い皮膚、小さいけれども明確（はっきり）した輪郭を具えてゐる鼻、人並よりも大きい二重瞼の眼、それから御沢という優しい名、――」と描かれている。美しい女で、尾張侯の御殿女中を勤めた経験有。

5月：江戸では「藁屋火事」

11月15日：京の近江屋で、海援隊長の坂本竜馬と陸援隊長の中岡慎太郎が、刺客によって殺される。（新暦では12月10日）

12月23日：竜馬の死から38日目。24歳の陸奥は大阪の異人慰留地にあるイギリス領事館を単身で訪ねて、書記官のアーネスト・サトウに会い、折から滞在中のサー・ハーリー・パークス公使に面会して、物怖じすることなく精一杯の英語力を駆使して、新政府のこれからの外交を論じた。
→パークスとの会見を踏まえて岩倉具視に意見書を提出。
→新政府への足掛かりになった。

1868（慶応4／明治元）年

7月17日：江戸は「東京」（とうけい）と改称された。

9月8日：明治と改元。同時に一世一元の制が定められる。

10月13日：京都を発った天皇の車駕が東京に到着。直ちに江戸城に入ってこれを東京城と改め、爾後皇居とする旨を宣せられた。

26日：天皇から異例の「御酒下され」を仰出される。

11月7日：この両日「東京」市民たちは家業を休んで「天盃」と称する御下賜の土器で酒を喰らい酔った。この二日間で消費した酒は、実に2940樽にのぼった。（江藤淳「漱石とその時代　第一部」33頁）

8日：「お樽返上」と称して町方の花車が次々と府庁に繰り込んだ。

9日：薩州候が上屋敷の稲荷社の祭礼にことよせて、市民に酒を振舞った。

19日：築地に外国人居留地が定められ、「ホテル館」が竣工した。

11月　：父直克の配下で四谷の名主であった塩原昌之助（29歳）・やす夫婦の養子になる。漱石は小さい笊（おはち）の中に入れられて、毎晩四谷の大通りの夜店に曝されていた。
→房（このとき16歳）が見つけて連れて帰る。
→房はどこか締まりのないお人好し、浴衣一枚縫えず、お稽古事もだめ。しかし心根は優しい女。後に父・小兵衛直克の弟で、筑土の名主高田家を継いだ長男・高田庄吉に嫁いだ。従兄妹同士の結婚。この夫婦は『道草』で比田とその妻・お夏として出て来る。
→漱石は一晩中泣き続ける→房は叱られ、漱石は戻される。

12月28日：榎本武揚ら旧幕臣が「北海道共和国」の成立を宣言。首都を函館に置く独立国。

＊この頃、東京では初めて「御養生牛肉」の看板を捧げた牛鍋屋が店を開いた。

1869（明治2）年

1月9日：百姓町人の苗字帯刀を廃する旨の布告が出る。

3月10日：東京市中の名主238人が悉く罷免され「玄関」の撤去を命じられる。夏目小兵衛直克は中年寄兼世話掛となる。

3月　：陸奥宗光に長男広吉が生まれる。

10月頃　：塩原昌之助（30歳）は添年寄となり、責任区域の変動に伴って、妻のやす（30歳）と漱石を連れて、浅草三間町に転居。

1870（明治３）年

３月　　：陸奥宗光は和歌山県藩欧州執事として、藩から渡欧を命じられる。本命は維新政府に負けない最新式の武器弾薬をプロシャから仕入れること。
→渡欧の前に陸奥は同藩の大参事で、戍兵（じゅへい）都督の津田出（いずる）と薩長藩閥で固まった維新政府への不満を話し合う。
→明治4年5月まで、イギリス・ドイツ・フランスを巡って来た。

４月24日：種痘の全国実施が定められる。
→漱石の肉体に「あばた」として痕跡を残す。

９月　　：陸奥宗光に次男潤吉が生まれる。

1871（明治４）年

５月　　：陸奥は帰国すると、津田出を補佐する権大参事に任じられ、戍兵都督心得になる。

８月　　：太政官令で、華族と平民の結婚が許される。
：陸奥宗光は神奈川県知事になる。

10月　　：陸奥宗光は正五位に叙される。

11月　　：陸奥宗光は神奈川県令になる。
：岩倉具視使節団。右大臣岩倉具視が特命全権大使となり、参議の木戸孝允、大蔵卿の大久保利通、工部大輔の伊藤博文、外務少輔の山口尚芳が全権副使となり、一行五十名前後が大使節団を組んで、アメリカからヨーロッパ12ヶ国歴訪する旅に出た。
→二年近くの歳月と驚くほどの巨費をかけたが成果はなし。
→「条約は結びそこない　金は捨て　世間にたいし　何と岩倉」

12月末　：数寄屋橋の米屋からの出火。

＊「ふるアメリカに袖は濡らさじ」

1872（明治５）年

２月11日：陸奥宗光の妻・蓮子が25歳で亡くなる。蓮子は難波新地で米

子の名で芸妓に出ていた。

26日：（太陰暦）午後3時、和田倉御門外の旧会津屋敷の兵部省付属の邸から出火。

→烈風に煽られて京橋に延焼し、銀座、新橋、築地まで焼く。築地の異人居留置の中の築地ホテルも焼失。

→金春でも相模家と吉の家の二軒だけ残して全焼。

→東京府知事の由利公正は火事に強い街づくりを考え、銀座一帯をすべて煉瓦造りに改めることにし、新橋以北を立ち入り禁止の七里結界にする。

春　：陸奥宗光は神奈川県令に租税権頭を兼任する。

5月　：戸籍法が公布され、塩原家の長男として登録された。

3日：陸奥宗光と亮子（1856・11生・17歳）の結婚式。深川清住町の陸奥邸で。

：陸奥宗光は添機（亮子の母）やお幸（亮子の姉）のために、（与力や同心が多く住んだ八丁堀組屋敷に囲まれた）亀島町に住まいを用意し、月々の生活費も与えた。

7日：鉄道仮営業の開通式。「火を吹く百足」と言われた。

6月7日：ペルーの帆船マリア・ルーズ号の乗組員である清国人の苦力（クーリー）二人が虐待に耐えかねて逃走し、イギリスの軍艦に駆け込む。

→外務卿副島種臣・神奈川副県令大江卓が自主裁判を強行。

→江藤新平司法卿は「ペルーや清国と国家間の条約を交してないから、あれこれ言うわけにはいかない」

18日：陸奥宗光は「権」が外されて租税頭に昇進。

夏　：陸奥宗光は横浜を去って、深川清住町に移る。隅田川に近く、大潮のときは庭まで海水が上って来るような埋立地だが、旧関宿藩の老中久世大和守の下屋敷。大蔵省の下っ端官僚になった甥の長坂邦輔が食客。

9月12日：新橋・横浜両ステーション間の鉄道開業式。日比谷錬兵場で近衛砲兵たちが101発の祝砲。花火も。浜離宮の祝賀の宴には2万人が招待される。

13日：マリア・ルーズ号の奴隷事件の苦力たちを解放して清国に引き渡す。

10月2日：娼妓解放令（太政官布告第295号）発布。「牛馬きりほどき令」

と言われる。
→江藤新平司法卿「前金で縛られた者は、牛馬に異ならず、人が牛馬に代金を請求するいわれはないから、無償で解放すべし」
→亮子は「前金で縛られた者は牛や馬か」と江藤新平の名忘れじと思う。
→伊豆橋の遊女屋も店を締める。その管理に塩原昌之助があたる。

12月3日：この日をもって、明治6年1月1日とする。太陰暦から太陽暦へ。
→「ヤソの正月なんざ、糞くらえだ。おいらは徳川の正月の方がいいぜ」
→特に暦を頼りに種蒔きをする農家の混乱はひどかった。

1873（明治6）年

3月　　：塩原昌之助（34歳）は第五大区五小区の戸長に栄転し、浅草諏訪町に転居。漱石を伴っている。
5月5日：新政府は五節句を廃止している。
　　　：川風の強い日で皇居は全焼。両陛下は旧紀州藩上屋敷の赤坂離宮に遷幸。
7月　　：富貴楼が横浜駅に近い尾上町五丁目に再建。
　24日：中島信行・初穂夫婦に長男の久萬吉が誕生。
　30日：陸奥宗光・亮子が娘・清子（さや子）を生む。（旧暦6月10日）
9月13日：岩倉使節団が戻る。富貴楼に泊まる。
10月23日：陸軍大将兼参議の西郷隆盛が病と称して参議退官を申し出る。
→参議の板垣退助・江藤新平・後藤象二郎、外務省事務総裁の副島種臣、陸軍少将の桐野利秋、数百名もの国軍将兵が官を辞した。
11月　　：陸奥宗光は体調を崩し、一日中病臥する。肺労の再発か。
→亮子には「一家の運命が隅田川の川面に漂う寄る辺ない芥のように思われた」（大路和子「相思空しく」123頁）

1874（明治7）年

1月1日：朝から大雪。清住町の住居を「三叉清江楼」（さんさせいこうろう）と呼ぶ。

14日：右大臣岩倉具視が赤坂喰違坂で八、九人の暴徒に襲われる。
襲撃犯は土佐士族たちで「征韓廃止」を怒って。
15日：陸奥宗光は藩閥政府に抗議すると言って退官を申し出る。
：伊勢平こと岡田平蔵が大阪で急死。
→井上馨と謀ってあくどいことをした天罰だと言われる。
春　：江藤新平は征韓党の党首に祭り上げられ、佐賀騒乱の首謀者と見做される。
→鹿児島から土佐へと逃げ回ったが、土佐で捕縛。
→佐賀で斬首の上に梟首。(江藤新平は「娼妓解放令」を発した人)
4月頃　：養父の塩原昌之助（35歳）が旧幕臣の未亡人日根野かつ（26,7歳）と関係が生じ、養父と養母が不仲。一時養母と共に生家に引き取られた。
8月　：「人に、賢きものと愚なるものとあるは、多く学ぶと学ばざるとに、由りてなり。賢きものは、世に用ゐられて、愚なるものは、人に捨てらるること、常の道なれば、幼稚のときより、能く学びて、賢きものとなり、必無用之人と、なることなかれ」(明治7年8月改正・文部省発行『小学読本』巻一)
10月半ば：陸奥宗光が父宗広と母政子を伴って帰京。政子が人力車から降りるときに、その手を取る。
11月20日：小野組が戸締めになる。古河市兵衛も拘禁される。
→陸奥宗光は細々と貯えた貯蓄のほとんどを古河市兵衛の事業に投資する
12月　：養父の元（浅草寿町十番地にあった、かつの家）に戻された。そこでかつとその連れ子のれん（漱石よりも一つ年上、8歳）と同居。浅草寿町の戸田学校下等小学第八級に入学。

1875（明治８）年

3月　：大阪で「徳星会」が開かれる。木戸孝允が山口から、板垣退助が高知から、大久保利通・井上馨・伊藤博文が東京からやってきて、五人が手打ち。
→大久保利通は警察権付きの内務卿になる。密偵も警察権限に取り込む。
：陸奥宗光は元老院入り。

→島津久光と岩倉具視の左右大臣は、この人選に陸奥と後藤象二郎が入っているのが気に入らないと烈しく異議を唱えた。
→しかし、板垣が後藤を、木戸が陸奥を強く支持して騒ぎがおさまった。

8月9日：大塚楠緒子が生まれる。「広田先生の初恋の少女と年齢的に一致する」（小坂晋「漱石の愛と文学」18頁）

11月28日：陸奥は河野敏鎌とともに元老院幹事になる。河野は大恩ある江藤新平を梟首にして、同郷の土佐人からも「人でなし」と言われている。

12月　：陸奥が従四位に叙される。

＊神田中猿楽町に「跡見学校」開校。「バラ学校」と愛称される。

1876（明治9）年

2月　：養父昌之助が戸長を免職された。

26日：黒田正使と井上副使はわずか半月の交渉で「日朝修好条規」を結ぶ。

4月　：養父母が離婚したため、塩原家に在籍のまま生家に戻った。
→市谷学校下等小学第三級に転校。

10月　：卒業する。

＊この年、熊本県で神風連の乱・福岡県で秋月の乱・山口県で萩の乱が起こった。

＊内田康哉（熊本出身）は同志社に入学→2年後に退学し、東京帝国大学法科に入学。

1877（明治10）年

1月　：陸奥は新築までの仮住まいとして京橋区木挽町9丁目に転居。

12日：宗広が御歌会始で三人の召歌詠進の栄をこうむる一人となる。季題は「松」。「ひさかたの天にたたへる君か代をまつは常磐のいろにみせけり」

14日：陸奥の部屋に、土佐に立志社を創立した背の高い板垣退助、後藤象二郎、林有造、大江卓、岩神昴が訪ねて来て、人払いのあと密談をする。

25日：金田蔀はかねてより病臥していたが亡くなる。

→蔀の遺骨は播州龍野の金田家の菩提寺である常照寺に葬る。
2月　：東京女学校（竹橋女学校）廃止。
→東京女子師範学校内に英学科を置き、旧生徒のうち希望者60名を収容した。
：西郷隆盛が挙兵。
19日：鹿児島征伐の詔勅が下される。
5月18日：伊達宗広が息を引き取る。清子は怯え切る。葬儀は木挽町の家が手狭なので、大隈重信邸に隣接した、雉子橋外麹町区飯田町一丁目の由良守応邸で。
→葬儀のあと、陸奥一家は由良邸に住むことになった。
26日：木戸孝允は「憂思此に極」り「肝臓肥大の病」に倒れ京都で客死。45歳。
→三浦安が途方に暮れていた松子夫人のために旧知から七千円を借りて葬儀万端を差配する。
8月20日：陸奥の妹初穂が三男邦彦を産んで産褥で亡くなる。
25日：陸奥は父と妹の死去に90日の忌服を取り、宗広の遺言通りにかって自在庵と称して暮していた天王寺の夕陽岡の千数百坪余の内で数百坪を、新たに伊達家の墓所にして宗広の遺骨を埋葬するために、政子・亮子と共に横浜港を発った→身の丈の倍はある自然石に、千広の歌を刻み、また別の一碑には陸奥自身が宗広の生涯と功績を称えた「夕陽岡阡表」の文を選んで、書記官日下部東作の筆によって刻ませた。
夏　：毎夜八時ごろ東方に光輝く星が出る。西郷星と呼ばれる。
：コロリという腸の病気が流行る。東京でも一日に200人を超える死者。
→陸奥家では生の物は一切食べないで、煮炊きした物に限った。
9月24日：西郷隆盛が城山で自刃。別府晋介に介錯を命じる。51歳だった。
→山県有朋は城山攻撃の指揮を取ったが、西郷隆盛の首級を実検すると、落涙して心境を一首の歌に託した。
「山もさけ海もあせむと見し空のなごりやいづら秋の夜の月」
10月6日：東京大学でS. モースの（日本で最初の）進化論の講義。
半ば：星亨が政府の帰国要請で三年ぶりにイギリスから帰国。日本

人では初めてのイギリス法廷弁護士、バリスターの資格を得ていた。

17日：神田錦町に学習院が開学。華族会館が設立して経営。
→9歳の広吉と8歳の潤吉も入学。4歳の清子は自宅で個人的に教育。

12月　：陸奥は三週間の休暇願いを出す。有馬温泉で病気療養。27日に発つ。

1878（明治11）年

5月14日：参議内務卿大久保利通が馬車で太政官に出勤する途中、赤坂紀尾井坂に近い清水谷にさしかかったとき、石川県士族島田一郎ら六人の壮士に襲われてめった刺しにされて暗殺される。49歳。

15日：大江卓、岡本健三郎が逮捕される。
→大江は小苗との間に四男一女を儲けていて、しかも小苗は懐妊中だった。

？：広吉と潤吉は神田一ツ橋内の学習院を退学する。

6月10日：陸奥宗光は国事犯として捕縛される。

：陸奥の家族は、麹町区下六番町五十一番地の津田出邸に身を寄せる。

8月12日：陸奥は政府転覆計画について大江から聴かされたと白状する。

20日：陸奥宗光への大審院による刑の申し渡し。
→「除族の上、禁獄五年」→八重洲河岸の仮禁獄所へ。
→板垣退助・後藤象二郎の逮捕までは到らず。

23日：竹橋の近衛砲兵第一大隊の兵卒約300人が減棒と西南戦争の行賞への不平で暴動（竹橋事件）。その軍装は西南戦争のときと同じ。（江藤淳「漱石とその時代　第一部」76頁）

：大隈邸も襲撃される。由良守応邸はその隣。亮子や清子たちは由良の家族と共に外濠を隔てた砂土原町の新築中の家に避難する。亮子は引越しの日を早めて津田出の離れに移りたいと思った。

9月1日：陸奥宗光は山形監獄へ。

28日：『猫』（文庫本）の404頁→「伊藤博文、大蔵卿」の新聞記事。

12月12日：亮子や清子たちは津田出の離れに移った。

＊末松謙澄（後に伊藤博文の娘生子と結婚）はM11～12にロンドンに赴任してケンブリッジに学ぶ→『源氏物語』の英訳をする。また卒業論文として『義経＝ジンギスカン説』を書く。これは「黄禍論」への反発であり、「日本が清国の属国ではない」との主張が込められている→M18内田弥八によって『義経再興記』として和訳出版される。

1879（明治12）年

8月某日：陸奥宗光が山形芸者に小雪を産ませる？（「エドの舞踏会」）
9月25日：山形監獄は放火により炎上。
11月30日：宮城監獄へ転獄のため、山形を出発。
12月3日：宮城監獄へ。明治16年1月まで（約三年間）収監される。
→この仙台の刑務所でも陸奥宗光は洗濯婦との間に落とし子を作っている。（岡崎久彦「陸奥宗光とその時代」）
＊淵沢能恵（29歳）はパーセル一家の帰国に伴って、ロサンゼルスに渡米。1年3カ月に渡って、家事手伝いをしながら医師の勉強をする。

1880（明治13）年

2月28日：陸奥潤吉（10歳）は日本橋瀬戸物町の古河家に引き取られた。
3月15日：広吉（11歳）は津田出を証人に立てて、慶応義塾の幼稚舎に入学。
4月　：広吉は一ヶ月で慶応義塾を退める。
8月　：東京で迎え火を焚くのは、新暦の7月13日とされていたが、政子は旧暦の盆月にこだわり、盆は8月15日であった。
＊淵沢能恵（30歳）は柳谷サンフランシスコ領事の好意でサンフランシスコに移住。ミス・プリンス宅に住み、英語と家政を勉学。アメリカ滞在中に洗礼を受ける。

1881（明治14）年

1月　：実母・千枝が54歳で没。（漱石が実母と過ごしたのは5年）
10月11日：参議の大隈重信が御前会議のすえ、政府を追われる。
→佐賀閥は追い払われる。薩長閥がまたも天下を独占か。
18日：板垣退助が自由党を結成。
11月　：二松学舎を退く。
＊神田猿楽町に「高等女子仏英和学校」（後に「女子仏学校」）を聖パウ

ロ修道女会が設立。
→後々「白百合」となる。

1882（明治15）年

＊この頃の漱石の行動は謎。「知性のモラトリアム」か。
＊『道草』の「フラウ門に倚つて待つ」のお縫いさん（れん？）の話はこの頃である。
＊淵沢能恵は養母の強い要請で帰国。船の中で岡部長職（ながとも）・抵子（おかこ）夫婦と一緒だった。
→岡部長職は和泉岸和田藩第13代（最後の）藩主。1855年1月3日生。明治17年に子爵。明治19年公使館参議官。20年12月からイギリス公使館勤務。臨時代理公使。明治22年12月に外務次官。明治23年7月に貴族院議員。明治24年大津事件で辞任。明治30年10月東京府知事。明治41年7月司法大臣。180センチを越す長身。

2月1日：日本立憲政党結成。総理は中島信行。
3月　：大隈重信が立憲改進党を結党。副総理は河野年鎌。慶応義塾出身者が中心。岩崎弥太郎が強力に後援。
4月　：淵沢能恵は京都同志社女学校に入学。新島襄の薫陶を受ける。
7月　：コレラの流行。
8月末　：津田稲子が死ぬ。清子（9歳）は亮子にすがって慟哭した。
　：その初七日は雨で、それから毎日降りしきった。
10月　：大隈重信は岩崎弥太郎の協力もあって、東京専門学校（後の早稲田大学）を開校した。

1883（明治16）年

＊どの政治集会にも、政府に雇われた私服の密偵が入り込んで、弁士が政府に都合が悪いことを演説し始めると、妨害したり、集会条例違反だと言って投獄したりした。
→漱石の「探偵嫌い」も、あながちそのすべてを「被害妄想」とは言えないかも知れない。相手の親が陸奥ならば密偵がついていると思い込んでも、さほど不思議ではない。
＊この頃、広吉（14歳）は夕食を済ませた夜のひとときに、亮子や清子にイギリス語を教える。
1月4日：陸奥宗光は八ヶ月の刑期を残して特赦で放免出獄。

31日：由良守応の音頭とりで、薩長政府が異国人を歓待するために芝に建てた、豪華な和風建築の「紅葉館」で、陸奥の出所祝い。
2月3日：中島・星・竹内や自由党の幹部が、陸奥を精養軒に招いて入党を説得。
15日：陸奥は家族を連れて横浜に出掛け、お倉に礼を述べ、神奈川県令時代の旧知の招宴にも出席する。江ノ島に宿をとる。
4月1日：古河市兵衛の妻鶴子が卒中で亡くなる。41歳。遺骨を麻布区麻布富士見町の光林寺に埋葬する。
5月24日：陸奥は古河市兵衛と正式に潤吉（13歳）の養子縁組をした。
6月22日：板垣と後藤が約七ヶ月の洋行を終えて帰国。
7月20日：岩倉具視が喉頭がんで死去。
8月3日：陸奥の日光滞在中に、一年余渡欧していた伊藤博文が帰国。
9月　：大学予備門受験の目的で英語習得のために成立学舎に入る。
：小石川極楽水の新福寺の二階で、橋本左五郎と自炊生活をした。（『猫』文庫本493頁）
秋　：陸奥宗光は上野山の北東にある下谷区金杉村根岸五十番地に一戸建てを構える。徳川霊廟の東側から鶯谷の方へ下った鶯坂とも根岸坂とも呼ばれる坂の下である。（相思空しく258頁）
→鶯谷駅南口・忍岡中学前の坂下。
11月　：日比谷内山下町の旧薩摩藩の八千坪の別邸跡に、イギリス人ジョシュア・コンコルドという建築家の設計で煉瓦造二階建て「鹿鳴館」が竣工した。三年がかりであった。（相思空しく261頁）
：陸奥宗光はベンサムの『道徳および立法の諸原理序説』を日本語訳して、山東直砥が出版人となり、上下本で出版。「最大多数の最大幸福」を説く。
＊伊藤博文が支持するシュタイン説のドイツ流立憲政治（ビスマルクが応用）と、陸奥宗光や大隈重信が研究に打ち込んだベンサム流の「最大多数の最大幸福」の考え方に、さほどの違いはない。
→実行しようとすると、天皇の権限をめぐって大きな開きが生じる。また伊藤博文はビスマルクの政治手法も真似た。つまり、「鞭と飴」を使って反対勢力を弾圧した。
＊「ロープ・デコルテ」は腰を細く絞り、美しい流れを描いて後に裾を

引く。絹地で仕立てる。中礼服。

1884（明治17）年

1月　：陸奥宗光訳『道徳および立法の諸原理序説』の下巻を発行。
4月　：学習院は宮内省所轄の官立学校となる。
27日：陸奥宗光は自由党の強い勧誘を振り切るために、仏国郵船オセアニック号で横浜港から出航。サンフランシスコに行き、約一ヶ月のアメリカ旅行をして、それから大西洋を渡ってロンドンに行き、一年半ばかりで帰国する予定。富貴楼のお倉の意向があって、伊藤博文の物心両面の支援、井上馨・山形有朋、足尾銅山の共同経営者である渋沢栄一や横浜第一の生糸商の原善三郎も後援していた。
6月13日：鹿鳴館の慈善バザーの二日目。発案者で最高責任者の会頭は捨松で、身重なのに、ひときわ垢抜けたバッスル・スタイルの西洋服を着こなし、きりりとした細面の顔のために、誰よりも目立っていた。
：亮子は清子（10歳）や政子や金田の妻まで動員する。
18日：ロンドンの宗光から亮子への手紙：
「オートミールといって、カラス麦のひき割りのようなものがあります。これをかゆのように煮て牛乳と砂糖を入れて毎日茶碗に一、二杯も食べると、身体がふとって気力も出てきます。私も毎朝食べているので、あなたもお使いになるとよいでしょう。清（さや）にはたいへんよいでしょう。やせすぎているようですから。……」
7月7日：華族令が発布。伊藤博文は伯爵になる。陸奥宗光は除族されたまま。
14日：高等女子仏英和学校を女子仏学校と改名。「赤レンガの学校」との愛称。後の白百合。
8月14日：大江卓と林有造が十年の刑を5年に短縮されて仮出獄。
9月半ば：政子の体調が悪くなる。
→亮子は政子の看護につきっきりになる。
→金田は夫婦泊りがけで来て、家政や広吉・清子の面倒をみる。
9月　：神田一ツ橋の大学予備門予科入学。校長は杉浦重剛（28）。

同期生に橋本左五郎・柴野（後の中村）是公・芳賀矢一・正木直彦・水野錬太郎・正岡常規（子規）・山田武太郎（美妙）・南方熊楠などがいた。

：入学直後に盲腸炎を患い、しばらく実家に戻った。

：森鷗外（5歳年上）が陸軍からドイツに官費留学→日本に恋愛はない。

→漱石が初めての自由恋愛世代。恋愛＝男女平等に付き合う。

10月　：東洋英和が開校。

11月13日：陸奥宗光の母政子死去。76歳。

＊次兄の栄之助に連れられて、神楽坂行願寺内の芸者屋東家に遊びに出掛け、咲松とトランプをする（『硝子戸の中』十七）のはこの頃である（江藤102頁）。やがて咲松は領事館に勤めていた旦那に連れられて渡ったウラジウォストークで23歳で客死。

＊れんも脊髄を病んで何人かの子を残して死ぬ。

→「およそ金之助にとって女性的なもの、美しいものが、その老いた姿しか記憶にとどめなかった母をも含めて、すべてこのように奪われるか姿をかくすかし、その故に渇望されたというのは注目すべき事実である」（江藤104頁）

＊この年の『下野新聞』に「足尾銅山から出る煙が近隣の山々の樹木を枯らす」と鉱毒のことが初めて報道される。

＊古河市兵衛「才槌の川流れ」……頭を上げることも出来ず八方塞がり

＊古河市兵衛「ますます良う鳴る法華の太鼓」

1885（明治18）年

＊原敬（29歳）は外務書記官としてパリに駐在→明治20年まで約三年間パリ公使館に勤務。

：漱石は盲腸炎の予後が癒えると、ふたたび生家を出て、今度は神田猿楽町の末富屋に下宿。柴野（のちの中村）是公・橋本左五郎など約10名と。

：漢作文「観菊花偶記」を執筆。

2月　：尾崎紅葉ら「硯友社」を結成。

3月　：陸奥宗光はドーブルの海峡を渡って、フランスのパリへ。

16日：福沢諭吉が時事新報に「脱亜論」を発表。

4月18日：天津条約締結。
4月～5月：陸奥宗光はベルリンに滞在。
5月　：10人会の仲間と会費10銭で江ノ島に徒歩で遠足。案内役の柴野（中村）是公が渡る所が判らなくなり、海岸で野宿。
6月　：陸奥宗光はオーストリアのウイーンへ。
→6月末～7月末の3週間、汽車で30分のシュタインの別荘へ毎日往復。
：淵沢能恵は京都同志社女学校を中途退学。（3年2ヶ月在籍）
→上京する。
7月　：子規は松山に帰省し、妹律が結婚する。
秋　：子規は四谷の陸羯南（くがかつなん）を訪ねる。帰りに芋の話。
8月　：長谷川辰之助（二葉亭四迷）は外国語学校のロシア語科が東京商業学校に編入されたので「退校届を学校に叩きつけ」る。猿楽町に住んでいた。
9月　：四谷区尾張町に「華族女学校」を創設。
：「明治女学校」が木村熊二によって創立される。
：淵沢能恵（35歳）は東洋英和（麻布区鳥居坂）の舎監となる。
11月　：鹿鳴館で大祝賀パーティー→欧化政策の頂点が到来する。
12月　：伊藤博文は太政官制を廃止。内閣府を発足、初代の内閣総理大臣になる。
＊欧化政策と適合して、東洋英和の生徒は明治18年19年と激増する。

1886（明治19）年

1月　：子規は予備門の友達と「七変人評論」を創る。
2月　：陸奥宗光が帰国。
→渡欧の後援者を考えれば、反政府運動に身を投じる事は出来ないはず。
：場違いな50前後のザンギリ髪の男が訪ねて来る。
→「妹のお梅が不憫でなんねえ」
→出獄後和歌山の歓迎会に出向いた折とか、アメリカに発つまでの一年余りの間に何度か交渉があった。「面倒をみてやる」と言いながら放置。
→亮子が実兄の金田と対処。

18日：高等女学校が文部大臣官房所属となって開校する。
3月上旬：陸奥宗光は大阪に下って、政子の遺骨を夕陽岡の墓所に埋葬する。
3月　：共立女子職業学校が開校。
　：岡部長職（31歳）が公使館参議官となる。
4月　：在学中の大学予備門が、第一高等中学校と改称される。
3日：高等女学校（明治18年男女師範学校の合併に伴い、東京女子師範学校附属高等女学校は東京師範学校の附属校となったが、やがて文部大臣官房所属となっていた）が開校。上野公園地内、音楽取調掛構内。
5月　：陸奥宗光は帰京する。明治16年秋以来の下谷区金杉村根岸五十番地の家で、毎日兵児帯のくつろいだ姿で書斎に籠り、外遊で購入した書物やノート類の整理に没頭する。十畳ばかりの書斎には日本古来の書物を並べた書架があった。また近頃購入した五段に仕切った硝子戸の書架には、外遊中に購入した金文字の背表紙の洋書が並べてあった。洋式の机の上には大小とりどりのノートが並べられていた。（相思空しく290頁）
　：陸奥宗光は木村熊二の訪問を受け、明治女学校に300円を集めて寄付し、「娘の教育も頼む」と言う。（「報知新聞」M39・11・11）
→陸奥と木村は昌平学校の同期。
　：子規の妹律が離婚。
6月　：高等女学校は東京高等女学校と改称。（明治19年6月　伊藤博文、陸奥宗光等新に二十万円の資金を募りて府下に一大女学校を起し、教授寄宿の模様一切純然たる洋風夫人を養成せんとす。（『女学雑誌』明治28年11月・12月）（『明治女学校の研究』481頁）
7月　：勉強を軽侮する風潮に染まり、また腹膜炎を患ったことで、予科一級への進級試験が受けられず、原級に留まり落第するが、これを転機として、以後卒業するまで首席を通す。留年した級に米山保三郎が居る。
　：本科での専攻を悩む→趣味的要素のある仕事に就きたい。自分は偏屈で人づきあいができないから社交せずにすむ仕事がよい→建築家を目指す。
→米山保三郎から「日本で～。それよりまだ文学の方が～」

と言われて、英文学を目指す。(長尾剛「漱石ゴシップ」227頁)
→本書109頁

半ば：陸奥夫婦は避暑がてら日光に行き、峰つづきの足尾銅山に潤吉の仕事ぶりを馬車で観に行く。根岸から40数里。日光にはアーネスト・サトウが避暑に来ていた。サトウはバンコックの総領事になっていて、妻は武田兼、子供は男児二人。→サトウは亮子を見て、双眸にすばらしい眉をしていると手放しの称讃。→「奥様は実に美しいお方だ」

19日：子規は久松定靖に随行して、日光・伊香保と回る。
→この年から3年間ベースボールに熱中。

9月　：自活を決意し、柴野（中村）是公と本所の江東義塾教師となる。(月給5円)
→塾の寄宿舎に移った。

7日：東京高等女学校は上野公園内、音楽取調掛構内より神田一橋通二番地旧体操伝習所跡に移転す。(『明治女学校の研究』545頁)

＊「其の時窓の真下の家の、竹格子の奥に若い娘がぼんやり立つてゐる事があつた。静かな夕暮抔は其の娘の顔も姿も際立つて美しく見えた。折々はあゝ美しいなと思つて、しばらく見下してゐた事もあつた。けれども中村（柴野）是公には何にも言わなかつた。中村も何にも言わなかつた」(『永日小品』－「変化」)

10月24日：イギリス商会の持ち船ノルマントン号が紀州沖で沈没。船長ドレーク以下26人のイギリス人乗組員は全員ボートで脱出したが、日本人乗客23名が全員溺死。
→排外主義的風潮が起こる。
→それでも、井上馨外務大臣は外国人追従の姿勢を変えなかった。

28日：陸奥宗光43歳は弁理公使・高等官三等を拝命した。年棒2300円。外務大臣井上馨の次官格、元駐独公使青木周蔵の配下にすぎない。

11月3日：天長節には鹿鳴館で派手な大夜会。
：淵沢能恵が東洋英和を退職する。(在籍は1年半)〔東洋英和史には1986（M19）～1895（M28）とある〕
：メリー・プリンス（妹）が文部省の招聘（これは箕作校長の骨折り）で、東京（一橋）高等女学校の「英語」教師として

来日。

→淵沢能恵はミス・プリンスの要請で通訳を兼ねた学監となる。

12月　：条約の規定通りイギリス領事館内で行われたノルマントン号の裁判では、船長だけが入獄三ヶ月の判決。

23日：東洋英和の閉校式（クリスマスの祝を兼ねている）で、清子は山尾寿栄子とピアノを合奏する。（『女学雑誌』46号、明治20年1月5日）→「精子」と誤植？される。山尾寿栄子→山尾庸三（法制局長官）、種子の長女として明治4年5月生。東洋英和には明治18年から21年の3月まで足掛け4年在籍。邸が学校の傍らだったが、父に頼んで最後の一年間は寄宿舎に入る。（『東洋英和女学院百年史』41頁）木戸孝允の養子である木戸孝正の後妻になった。山尾の六女亀子も同学院に在籍した。

＊この年まで、欧化政策と適合して、東洋英和の生徒は激増する。

＊プリンス姉妹の来日（M19・11 / M20・1）で一橋高女にはアメリカで生活するのと同様の生活ができる寄宿舎も誕生。後藤新平夫人、文部大臣久保田夫人、目賀田男爵夫人（勝海舟令嬢）などの主婦も西洋の家庭研究の為に入学したり通ったりしている。

1887（明治20）年

1月　：外務大臣官邸で、大夜会。

2月15日：徳富蘇峰は民友社を結成し、「国民之友」を創刊。

2月　：共立女子職業学校が神田一橋に移転。

3月15日：陸奥宗光は褫奪（ちだつ）されていた従四位に復叙する。

3月　：長男の広吉と彼のイギリス留学をめぐって、昨年の暮れから言い争い→広吉はイギリス留学。→「子どもなどいっそいない方がいい」

：陸奥宗光は根岸の家の売却を考え、官庁街に近い麻布区仲之丁十八番地の借家に転居した。（『相思』296頁）

21日：長兄大助（大一）（31歳）が肺結核で死去。

→「文学は職業にはならない、アツコンプリッシメントに過ぎないものだ」（大助談）

4月　：陸奥清子は「高等女学校」に入学することになり、アメリカ人の女性教師イサベラ・プリンスとメリー・プリンス姉妹の

自宅に（一年あまり）住み込む。

：杉浦重剛、小杉寿太郎、高橋健三ら乾坤社同盟設立。

20日：伊藤博文も総理官邸で大掛かりな仮装舞踏会。その折、5年前に逝去した維新の最高殊勲者である岩倉具視の長女で、才色兼備で評判の戸田氏共伯爵夫人の戸田極子（きわこ）を、別室に連れ込んで暴行する。
→新聞にも報道され、極子が髪を振り乱して逃げ去るのを見たという者も。
→壊滅した自由民権運動を再興させ、反政府運動の大きなうねりとなる。
5月　：大助の49日が過ぎた頃、元柳橋の芸者が甲州から訪ねて来て大助の寺の名を訊く。「兄さんは死ぬ迄、奥さんを御持ちになりやしますまいね」（『硝子戸の中』三十六）
：大隈重信・勝海舟・板垣退助・後藤象二郎が伯爵になる。
：後藤象二郎は政府糾弾の壮士たちを地方から潜入させて、各所で政談大演説会を開かせ、旧自由党と改進党を合同させる大同団結運動を展開した。
6月21日：次兄・臼井栄之助直則（28歳）が肺結核で死去。遺言によって妻のかつは旅費22円を持たされて岡山の実家に戻される。
→次兄は漱石に「両蓋の銀側時計」を「是を今に御前に遣らう」と口癖のように言っていた。義姉のかつもそうしようとみんなの前で言ったが、質屋に入っていて、それを出すお金がない。結果塩原が出して、兄の和三郎直矩に上げる→「親身の兄や姉に対して愛想を尽かす事が、彼らにとつて一番非道い刑罰に違なからうと判断した」（『道草』百／江藤122頁）
23日：栄之助の葬儀。
：有楽町3丁目に木造二階建25室の東京ホテルが開業。
7月　：三男直矩が家督を相続する。
夏　：中村是公（よしこと）と江ノ島・富士山に遊ぶ。
：市中は花井お梅（日本橋浜町2丁目の芸者）の箱屋殺しの評判で持ち切り。
→漱石にはこの刃傷沙汰が印象深く残った。（江藤121頁）
：父直克は金之助の籍を塩原家から夏目家へ戻す交渉を行なう（夏→冬）

9月　：土地湿潤のため急性トラホームにかかり、生家に戻った。
：伊藤博文は井上馨外務大臣を解任。伊藤が外務大臣を兼任。

23日：和三郎直矩が結婚。士族朝倉景安の二女・ふじ（1887・明治3年10月14日生の16歳）と。ふじは二度目の結婚だが、同年12月12日に離縁。『行人』第一部「友達」の32・33章の「娘さん」のモデルか。（江藤136頁）

10月4日：東京高等女学校は、官制の改正に伴い、直轄学校になった。同時に、図画取調掛、音楽取調掛も、それぞれ東京美術学校、東京音楽学校と改称し、ともに直轄学校として出発した。

12月　：山県有朋内務大臣は保安条例を発令。→東京警視庁の鬼の警視総監・三島通庸が反政府運動弾圧の全指揮を執ることになった。
→各会場には書生や商人に扮した警部や巡査を潜行させ、弁士が口角泡を飛ばす大演説をし、聴衆が熱狂して気勢を上げる頃を見はからって、突如弁士や過激壮士たちを大勢で取り押さえて拘引した。
→570人が皇居外三里の地に放逐。この中に星と中島も入っていた。
：常磐会寄宿舎開舎。
：岡部長職はイギリス公使館に勤務し、臨時代理公使を務める。

*佐々城豊壽は「婦人文明の働」で「（東京の）中心は如何に。新橋、日本橋、柳橋等、渾（すべ）て芸妓を以って堅めてあります。此の如くにして世の中は開化せり、日本は文明となれりと申したいが、申すことは出来ませぬ」

1888（明治21）年

1月　：塩原家より夏目家に復籍する。塩原家に養育費二百四十円を支払い、「互に不実不人情に相成らざる様致度存候也」の一札を入れる。
→その後直克は塩原昌之助・かつに、今後の付き合いを断る証書を入れる。

2月1日：大隈重信が外務大臣になる。かつて大隈を罷免させた黒田清隆の組閣。改進党対策。また黒田内閣は陸奥宗光に、九鬼隆一と入れ代わって、特命全権公使としてアメリカ合衆国に赴

任しないかと打診してくる。
4月　：陸奥清子は東洋英和に在学している。（「東洋英和女学院七十年誌」野村美智子（談）148頁）→野村は2月に寄宿舎に入寮。
3日：杉浦重剛・志賀重昂・三宅雪嶺が政教社を結成し、雑誌「日本人」を創刊。
30日：和三郎直矩は水田登世（1867・慶応3年4月20日生）と結婚。登世は水田孝畜・和歌の二女として芝愛宕町1丁目14番地に生まれる。直矩は離婚から半年も経っていない。
→夏目家と水田家の交流が始まる。登世の二つ年下の妹・伎武（ぎむ）が遊びに来るようになる。漱石も夏休みに一ヶ月ほど水田家に滞在。水田家では漱石を「芋金」と渾名していた。来るたびに「芋を喰わせて下さい」とねだったから。また水田家には御家人の出で言葉遣いの丁寧なますという婆やがおり、「金さま、金さま」と下にも置かず、漱石に一品料理を多くつけた。（江藤139頁）
＊この頃、漱石は毎日竹の皮に包んだ海苔巻きを弁当に持って通学。これは登世の拵えたものか。（江藤140頁）
＊英語と数学が出来る。器械体操が得意。兵式教練のとき小銃の取り扱いが上手。
5月8日：陸奥宗光が駐米特命全権公使の赴任を承諾すると、勲三等に叙され、旭日中授賞を賜った。
19日：陸奥宗光は赴任の挨拶のために亮子と共に礼服に威儀を正して赤坂の仮皇居に参内した。
20日：陸奥宗光はアメリカ合衆国の首都ワシントンに向けて、横浜港からシドニー号に乗船した。同行したのは、亮子と清子、それに古河家の後継者で次男の潤古、従弟の長坂邦輔、古河の技師近藤隆三郎、書記官の佐藤愛麿、他に随行員二人である。1890（明治23）年1月25日に帰国。1年8ヶ月。
→警察署長上がりの長坂は英語があまりできない。
→清子は一年あまりアメリカ人教師のミス・プリンス姉妹の自宅で起居して、正規の高等女学校の教育を受け、津田の邸内に居た頃から英会話を習っていたので、近頃は難しい言い回しもこなす。
→亮子は流暢ではないが、キングズイングリッシュ。

6月　：サンフランシスコに到着。サンフランシスコ領事の藤井三郎、ワシントンからは外交官補の内田康哉、書記官の野間政一が出迎える。

15日：ワシントンD. C. に到着。この時の大統領は第22代グロー・クリーヴランド（民主党）。翌朝フランシス大統領夫人から真紅のバラの花束。（相思306頁）

：陸奥の片腕としては、元駐日アメリカ公使館書記官で、その後駐米日本公使館の雇いとして井上馨の秘書官を勤め、昨年からワシントンに戻って駐米日本公使館勤めをしていたアメリカ人を、今回名誉参事官格で陸奥の補佐官役とした。名はデュアラム・ホワイト・スティーヴンスで、37歳。ハンサム。→長坂曰く「スティーヴンスは姉上（亮子）に恋をしている」。

：清子は嫌がらずに地元の学校に通う。

7月　：第一高等中学校予科（前々年大学予備門を改称）を卒業。→建築家を目指していたが、「真性変物」の異名がある米山保三郎（禅号天然居士）から「建築よりは文学に長い生命がある」と言われ、英文学専攻を決意する。（ゴシップ227頁）→本書109頁

暑中休暇：子規は友人と鎌倉を旅行し、二度続けて「一塊の鮮血」を吐いた。

→喉の傷から出たのだろうとたかをくくった。（江藤156頁）

：子規は向島長命寺の桜餅屋月香楼に部屋を借りて休暇を過ごした。滞在中不眠症を伴う「脳病」を患った。

：そこでお録という桜餅屋の娘に淡い恋心を感じた。

8月　：学習院は麹町区三年町（虎ノ門）の旧工部大学跡に、神田錦町から移転。

＊子規はのちに、米山保三郎を「高友」と呼び、漱石を「畏友」と呼んだ。

＊老父・小兵衛直克は女中が食事の菜を訊きに来ると、決まって「茄子でも煮とけ」と命じた。義姉の家でも「ぽっくら焼きでたくさんだ」と刺身を遠慮した。ぽっくら焼きは玉子焼きの一種である。食後に出る一個二銭の餅菓子をうまそうに頬張って上機嫌で帰る。（江藤134頁）

9月　：第一高等中学校本科第一部（文科）に進学。英文学専攻は金之助一人。

：子規は常磐会寄宿舎に入る。
8日：森鷗外がドイツから帰国。
11月30日：陸奥宗光は駐米公使兼駐メキシコ公使として、メキシコ合衆国との間に日本最初の平等条約である日墨修好通商条約を締結する。わずか六ヶ月での快挙。
12月　：新しい皇城が宮城内に落成。
＊跡見学校は小石川柳町に新校舎が落成する。
＊巌本善治は「理想之佳人」で「娼妓芸妓の如き下賤卑劣なる女原」と言い、「只だ、欲と金とあるを知つて、正義正道の何者たるを知らず」と書いた。
＊1888（M21）～1891（M24）：ガンジーが19歳でイギリス留学。弁護士免許を取得。

1889（明治22）年

1月　：夏目漱石と正岡子規は落語を介して知り合う→M17年に予科で同期。
2月11日：大日本帝国憲法発布。
→大赦令で政治犯の罪は赦免。
→陸奥の汚点は抹消。
：陸羯南が主筆兼社長として「日本」創刊。
：森有礼が朝面会を求めて来た山口県人西野文太郎に腹部を刺される。
：陸奥はアメリカ政府の高官などを招待して公使館主催の夜会を開く。
→亮子（32歳）は青紫色のシルクのレセプション用の洋装。
→清子（15歳）は美しい日本をシンボリックに表した花々と御所車をあしらった京友禅の長振袖。
→母娘揃って丁寧な英語で招待客をもてなす優雅さに、誰もが驚嘆し、大評判となる。
12日：森有礼が死亡→欧化政策、鹿鳴館時代の終焉。
16日：森有礼の葬儀。（江藤142頁）
→広田先生の初恋の女性（「三四郎」文庫本245～246頁）
→「十二、三のきれいな女だ。顔に黒子がある」
20日：陸奥宗光はアメリカとの改正通商条約に調印。

3月4日：第23代アメリカ大統領に共和党のベンジャミン・ハリソン就任。
→アメリカ人としては背が低い方で、陸奥の方が高い。人嫌いで高慢な男。民主党からは「リットル・ベン」（曾祖父も第9代大統領でもあったから）と呼ばれていた。

3月　　：第一高等中学校は神田一ツ橋から駒込東片町に新築移転。

4月　　：子規は水戸を旅行。

　19日：「ロンドン・タイムス」に大隈条約改正案が掲載される。

5月9日：正岡子規、夜喀血。時鳥の句を創り、子規と号す。
卯の花をめがけて来たか時鳥
卯の花の散るまで鳴くか子規

　13日：漱石は子規を見舞いに、米山保三郎・竜口了信と共に本郷真砂町の常盤会宿舎に出向く。（江藤149頁）

　25日：子規の詩文集『七艸集』を漢文で批評、九篇の七言絶句を添えた。この第九に以下の詩がある。→初めて「漱石」の雅号を用いた。
長命寺中、餅を鬻（ひさ）ぐ
家壚に当たる少女、美しきこと花の如し
芳姿一段憐れむべき処
別後君を思ふて紅涙加わる（江藤159頁）

6月　　：子規の妹律が再婚。

7月1日：東海道線が東京・神戸間の全線で開通。
　　　：華族女学校は麹町区永田町に移転。
　　　：子規は郷里松山に帰省。神戸から汽船で三津浜に着いてみると、三津浜・松山間にもドイツ製の軽便鉄道が開通していた。

夏　　　：転地療養を命じられた兄直矩に付き添って、興津に10日間ほど逗留する。（江藤160頁）
　　　：学友と汽船で房州に約一ヶ月旅行。→『門』で小六の旅行となる（新潮文庫54頁）。

8月半ば：陸奥は家族や内田を連れて、NYへ出掛け、ブロードウエーでミュージカルを観た。
　　　：ニュージャージーのケープ・メイに避暑に行く前に、セントラル・パークの東縁を南下した五番街ホテルの四階に滞在中の山形有朋を訪問した。

→家族はメトロポリタン美術館の見学。

8 月19日：南方熊楠が「珍事評論」で同郷の先輩である長坂邦輔を痛烈に批判。

→長坂邦輔はミシガン大学学長エンジェルの言を受けて、アンナーバーの日本人留学生たちが貧しいのに大酒を飲むので禁酒しようと提言。

→これを南方は長坂が陸奥の衣を借りて留学生たちを手中に収めようとしている行動の一つだと大反対する。

26日：東京の開府300年祭。上野公園内の東照宮では祭典が挙行され観世・梅若の能楽、榊原の撃剣などの催しがあり、不忍池の馬場では火消しの梯子乗りや吉原と新橋の芸者各20人による手古舞がなされた。万世橋、日本橋、京橋には大国旗が交叉し、市中には軒提灯と国旗が掲げられ、鍵屋の花火は昼は30本、夜は80本も打ち上げられた。江戸が帰って来たようなお祭騒ぎだった。(江藤145頁)

9 月 9 日：房州旅行の紀行漢詩文「木屑録」を脱稿。→子規に送り批評を求めた。

：子規が上京。本科2年へ進級。

11日：陸奥宗光は先の日墨条約の批准によって、叙勲二等、瑞宝章を賜った。

10月　：岡倉天心、高橋健三が美術研究誌「国華」を創刊。

18日：外務大臣大隈重信は、福岡県士族来島恒喜から爆裂弾を投げられる。

→大隈重信は両足を失う。

→米に続いて独・露との調印が実現したが、日本に不利な中味が和訳されて、日本の新聞に載ったからだった。

→大隈外務大臣を除いて、黒田内閣は総辞職し、条約改正は一時頓挫する。欧化派は後退し、国粋派が時代の主導権を握る。

→三条実美内大臣が首相を兼任して暫定内閣を成立。

＊河田鏻は「日本女子進化論」で「嗚呼女子の卑劣なる芸妓たり、将(はたま)た妾たるに至て実に其極に達せりと謂ふ可し。日本の女子は何故に斯く卑劣の心を存するや」と芸者や遊女を排除する。

12月　：岡部長職は外務次官となる。

24日：大隈外務大臣が免官になり、山県有朋が内大臣を兼ねた総理大臣になり、外務次官であった青木周蔵が外務大臣になった。

27日：陸奥宗光の一行（亮子と清子、長坂邦輔、内田康哉）がワシントンからロッキー山脈を越えて帰国の途につく。ラッセル車を先頭に編成された列車だが、サンフランシスコまでわずか百数十マイルとなって、スペイン語で雪の山脈を意味するシエラネバダ山脈に差し掛かったときに、猛吹雪に見舞われ、ついにトンネルの中で立往生した。車両の窓には二重のガラスが張り巡らされていたが、多量の雪が張り付いてその寒さたるや暗澹たる思いにさせられた。来る夜も来る夜も漆黒の闇に取り囲まれた凍夜の恐ろしさに、長坂でさえ恐怖の声を上げた。陸奥は亮子と清子を腕の中にしっかりと抱き締めて、火炉の傍に坐っていたが、三日目の夜に食糧のストックがつきると、「日本人の名に恥じないようにしよう」と悲愴な覚悟を口にした。（「相思空しく」321頁）

1890（明治23）年

1月　：森鷗外が『舞姫』（「国民之友」）を発表。

23日：中江兆民・大井憲太郎ら自由党を結成。

25日：陸奥宗光一家が帰国する。

2月1日：徳富蘇峰は「国民新聞」を創刊。

3月25日：東京高等女学校を女子高等師範学校（本校）の附属とする。

27日：陸奥宗光は従三位に叙された。

4月　：陸奥は亮子、清子、長坂を連れて伊藤博文を小田原の別荘滄浪閣に訪ねた。→陸奥一家は箱根で休養する
→その後、関西に向かい、摂津の須磨浦で湯治した。

：子規が碧梧桐の句を添削→文通を始める。

：子規の妹律が離婚。

4日：東洋英和でいわゆる「ラージ事件」が起こる。

5月初め：陸奥一家は葉桜の季節の京に行き、馬車で三条小橋を渡った。三条通りを下った一筋目の南の通りに酢屋嘉兵衛の二階家がある。京の海援隊の屯所。

5月17日：陸奥宗光は農務省大臣に就任する。

5月　：淵沢能恵は麹町上六番町に女子教育の家塾を開く→9月まで。

6月12日：陸奥宗光は従二位に叙された。
7月1日：第一回衆議院議員の総選挙。陸奥は大臣のまま、和歌山第一区から立候補して当選する。（選挙人も被選挙人も、直接15円以上の国税を納めた、25歳以上の男子）
7月　：農商務省庁は京橋区木挽町に移っていた。陸奥の官舎は麹町区富士見町にあったが手狭→三井家から「客の接待用に使用されたい」と、以前住んでいた金杉町の家にも近い根岸に、アメリカ産の松材で建てたバルコニー付きの二階建ての洋館を提供された。一階は各十畳ほどの応接室と書斎、二階は二十畳ほどの大広間があった。敷地は千坪くらいだが、家族が生活する部屋の余裕がないので、接待用だけに使用。二階の階段の手すりに、家紋の蟹牡丹の彫刻を刻ませた。（相思328頁）
：岡部長職は貴族院議員になる。
8日：第一高等中学校本科卒業。（子規は式を欠席して帰省）
：陸羯南が下谷区根岸金杉村197に居住。
夏　：子規と虚子が知り合う。
：約二十日間箱根に遊び、漢詩十数篇創る。
：トラホームに罹る。（3年越しの眼病）（宮井一郎「夏目漱石の恋」6頁）
→「何の因果か女の祟りか」（漱石）
→「笑わしやがらア」（子規）（江藤190頁）
8月　：6月に長崎で発生したコレラが東京全市にも広がる。
→9月下旬には東京市中の罹病者3465人死者2800人。
9日：子規宛「この頃は何となく浮き世がいやになり、どう考え直してもいやでいやで立ち切れず、去りとて自殺する程の勇気もなきは矢張り人間らしき所が幾分あるせいならんか。「ファウスト」が自ら毒薬を調合しながら口の辺まで持ち行きて、遂に飲み得なんだといふ「ゲーテ」の作を思い出して、自ら苦笑ひ被致候。～」（江藤171頁）
9月　：東京帝国大学英文科に入学。→文部省貸費生となった（年額85円）。
：狩野亨吉・米山保三郎と親密になり、小屋保治・立花銑三郎・斎藤阿具・正岡常規（子規）・菊池謙二郎・藤代禎輔・菅虎雄らが加わり「紀元会」を組織する。

：学習院は四谷区尾張町（華族女学校が前年7月まであった場所）に移転。

：淵沢能恵は下関洗心女学校の教鞭をとる。

15日：立憲自由党結成。

20日：津田出の長女品子は、きわだつ美貌の上に、異国語を三ヶ国語こなしたが、肝臓に腫瘍があって半年ばかり臥していたが死亡。清子よりも三つ年上の、享年20歳。

10月 6 日：従二位夫人の亮子に、24年度の東京慈恵委員の幹事任命通知が届く。

30日：山県有朋が「教育勅語」を発布。

11月25日：日比谷の議事堂で第一回帝国議会が開かれた。
→初代の貴族院議長は、伊藤博文。
→初代の衆議院議長は、中島信行。民党。

12月　　：版権条令が設定される。

15日：陸奥宗光は神戸で梅子という女性に女児冬子を産ませた。

＊翌年にかけて：厭世主義に陥る。

＊浅草に日本パノラマ館が開業。活動写真の台頭であえなく沈没。
→明治43年9月、その跡地にルナ・パークが開業する。

1891（明治24）年

1 月20日：新築したばかりの議事堂が火事で焼失。両院ともに、仮議場に移る。

2 月　　：子規は国文科に転科。

3 月　　：陸奥宗光は伊香保に家族旅行。秘書官の原敬、その妻の貞子（滋賀県知事から元老院議官になった中井弘の長女、中井と陸奥は若い頃から同輩として相知る間柄）、津田珠子（津田出の次女）も同行。前年9月20日に津田家の長女品子は20歳で亡くなっている。（『相思』330頁）

＊内田康哉→1865（慶応元年）生。26歳。陸奥の第二秘書、庶務課長を兼任。アメリカのシエラネバダ山中で、雪のために車内に三日間閉じ込められた。そのときに清子を励ました。肥後生まれで男らしい。

＊木内重四郎→1865（慶応元年）生。千葉の豪農の息子で、陸奥の農商務省内で貴族院書記官と農商務省参事官を兼務。陸奥「性格も好ましい」。

＊どうやら陸奥が、清子を内田よりも木村にというのは、内田だと将来海外の公使館勤務を命じられて、清子を遠い異国に長期に渡って行かせることになるのを心配してのこと。

：子規は鬱のため房総地方を旅行。

19日：立憲自由党は自由党と改称、総理に板垣退助。

4月　：ミス・プリンスは明治女学校の教員として英学を教える。
「明治女学校教員　此学期より元高等女学校の教師ミス・プリンス。」（『女学雑誌』262号（24・4・25））（『明治女学校の研究』588・655・827頁）

5月6日：第一次松方正義内閣が成立。

：陸奥は引き続き農商務大臣。原敬が農商務省の参事官。内田康哉が第二秘書として庶務課長を兼任。

11日：ロシア皇太子ニコライ・アレクサンドロヴィッチが、滋賀県大津の遊覧を終えて京の常盤ホテルに帰る途中、護衛の巡査津田三蔵に斬られ、頭部を負傷する。

5月　：子規と虚子が文通を始める。

6月　：陸羯南が下谷区根岸金杉村117に居住。（自著奥付）

：子規は鬱のため試験を放棄→木曽路を経て松山へ帰省。

7月　：特待生となる。

：トラホームに罹る（M20・23年に続いて。いつも夏）

17日：駿河台の井上眼科で初恋とされている女性に会った。
「背がすらりと高く、きりりと締った細面で茶の棒縞の着物に、はやりかけた唐縮緬の帯をお太鼓に結んだ恰好」が「如何にも新鮮」で、「声が又銀鈴のよう」（木村毅『樗牛・鷗外・漱石』）（小坂愛21頁）清子は17歳（7月30日で18歳）。
→「たつた一つ自分の為に作り上げられた顔」
→「百年の昔から／百年の後迄自分を従へて何処迄も行く顔」
「男は女を未来の細君にすると言明したさうである。尤も是は女から申し出た条件でも何でもなかつたので、唯男の口から勢ひに駆られて、おのづと迸しつた、誠ではあるが実行しにくい感情的な言葉にすぎなかつた」（「行人」）

18日：「ゑゝともう何か書く事はないかしら、あゝそうゝ、昨日眼医者へいつた所が、いつか君に話した可愛らしい女の子を見たね、――銀杏返しにたけながをかけて、――天気予報なし

の突然の邂逅だからひやつと驚いて顔に紅葉を散らしたね丸で夕日に映ずる嵐山の大火の如し其代り君が羨ましがつた海気屋で買つた蝙蝠傘をとられた、夫故今日は炎天を冒してこれから行く」（子規宛書簡）→追伸で記述→追伸には本音？

：「漱石の初恋の対象は、外務省某局長の娘で、漱石が眼病のため井上病院にかかっていた時、彼女は毎日、片眼不自由な老婦人の手を引いて通院、看病していた。漱石はその情深いやさしさを愛した。彼女が美人であったことは言うまでもない。だが、この初恋は実を結ばなかった。」（崔萬秋「『三四郎』訳」（北京・中華書局・1935）序文）（小坂研究120・136頁）

＊「百合は夏の花」

＊「百合は女の象徴」

＊「花が男女を結びつける性を象徴」（いずれも江藤177頁）

＊「「柳枝」は漢詩の慣用によって恋人を象徴する」（江藤178頁）

＊「「百合の花」は作品の重要なモチーフ」→『薤露行』『夢十夜「第一夜」』『それから』

＊「百合は晩春初夏の花」（宮井16頁）

＊「小品『心』に描かれた女と、「此の細く薄暗く、しかもずつと続いてゐる露次」と、また「鳥の心」と、さらに『それから』の「軒下の守宮」を一線に貫いて、そこに有機的なつながりを示しえた人が、おそらく始めて十全に漱石の恋を理解した」（宮井25頁）

＊『幻影の盾』は漱石が「一心不乱」にならなかったために、恋人と二人での地方脱出も、また女が熱心に主張した心中も果たし得ないで、ついに「未了の恋」に終わり、「化石」の世界という夢幻のなかで始めて唇を合わす。（宮井39頁）

＊「逝ける日は追えども帰らざるに逝ける事は長しへに暗きに葬むる能はず。」（『薤露行』の「罪」）→散文化すると「世の中に片付くなんてものは殆どありやしない。一遍起つた事は何時迄も続くのさ。ただ色々な形に変るから他にも自分にも解らなくなる丈の事さ」（『道草』）（宮井42頁）

＊「エレーンは明治二十四年井上眼科で出会った十七八歳の可憐な少女であり、ギニヰアは二十七年再会した、すでにパトロンのある気の強い豊潤な二十歳を過ぎたその同じ女である。」（宮井42頁）

＊「『虞美人草』の小夜子、『三四郎』のよし子、『明暗』の清子は、い

ずれもエレーンの系譜を引いており、同じ順で藤尾、美弥子、お延はギニヰアの系統の女である。そして越智治雄氏も『漱石私論』に書いているように、漱石はエレーンの系譜の女に、より好意をもったけれど、作品の主人公が実際に恋愛関係にはいったのはすべてギニヰアの系統の女である。」(宮井43頁)

23日：子規宛書簡「吾恋は闇夜に似たる月夜かな」
→「「女の子」の名も知らない。住所もわからない。だから「闇夜に似たる」暗さはあるが、しかし基本的には「月夜かな」で明るいのである。おそらく「女」との間で暗黙の愛の交感があったのであろう」(宮井36頁)

7月：前年11月に開業した浅草公園の高塔「凌雲閣」は「浅草12階」とも称され、二階から八階までが売店（休憩室や眺望室もあった）で、「凌雲閣百美人」なる催しが行なわれた。日本初のミスコン。百人の芸者の写真を展示して、人気投票で順位を決める。漱石が机上に飾っておいた、新橋小松屋「おゑん」(写真1・2参照) は次点（六等）であった。

7月28日：敬愛していた嫂登世（直矩の妻25歳）が悪阻のため死去。

8月3日：子規宛「子は闇から闇へ母は浮き世の夢二十五年を見残して冥土へまかり越し申候」「夫に対する妻として完全無欠」「性情の公平正直なる胸懐の洒々落々として細事に頓着せざる」「悟道の老僧の如き見識を有したる」「かかる聖人も長生きは勝手に出来ぬ者」「社会の一分子たる人間としてはまことに敬服すべき婦人」「節操の毅然たるは申すに不及」「一片の霊もし宇宙に存するならば二世と契りし夫の傍か平生親しみ暮せし義弟の影に髣髴たらんか」→嫂登世の死を知らせる手紙。(宮井9　10頁)

夏：中村是公・山川信次郎と富士登山→丸木利陽写真館で写真を撮る。

9月：子規は上京して、国文科2年に進級。

12日：陸奥宗光は衆議院議員を辞めて、農商務大臣に専念する。

30日：陸羯南が上根岸町86に居住。(自著奥付）→終の住家。

10月：子規は陸羯南に下宿を相談。

：坪内逍遥が「早稲田文学」を創刊。

26日：第二回帝国議会が開かれる。

28日：朝、美濃、尾張に大地震。7300人近い死者。

11月7日：「小子は賢愚無差別、高下平等の主義を奉持するものにあらず。己より賢なるものを賢とし、己より高きものを高しとするに於ては敢て人に遜（ゆづ）らず」（子規宛）（江藤204頁）
→文壇における平等主義の代表者ウォルト・ホイットマンの影響か。（本書208頁）

11日：「…僕前年も厭世主義、今年もまだ厭世主義なり。嘗て思ふ様、世に立つには世を容るゝの量あるか、世に容れられるの才なかるべからず。御存の如く、僕は世を容るゝの量なく、世に容れらるゝの才にも乏しけれど、どうかこうか食ふ位の才はあるなり。どうかこうか食ふの才を頼んで此浮世にあるは、説明すべからざる一道の愛気隠々として、或人と我とを結び付るが為なり。此或人の数に定限なく、又此愛気に定限なく、双方共に増加するの見込あり。此増加につれて漸々慈憐主義に傾かんとす。然し大体より差引勘定を立つれば、矢張り厭世主義なり。唯極端ならざるのみ。之を撞着と評されては仕方なく候」（子規宛）（江藤217頁）

12月初旬：子規は常盤会寄宿舎を出て、本郷駒込追分町30番地奥井邸内に転居。旧藩主久松伯爵の給費生を返上。小説「月の都」執筆。
「朝に在ては太政大臣、野に在りては国会議長たらん」の夢破れる。母八重の兄・大原恒徳の怒りは激しかった。（江藤206頁）

12月　：J. M. ディクソン教授の依頼で「方丈記」を英訳解説した。

25日：松方正義は解散権を行使して議会を解散した。

1892（明治25）年

＊淵沢能恵は福岡英和女学校へ移る。

1月11日：私立熊本英学校の校長に蔵原惟郭が就任する際に、同校の教員奥村禎次郎が演説をし国際的な博愛平和主義を述べた。
→教育勅語の趣旨に反する発言として、九州日日新聞が叩く。

25日：熊本県知事松平正直は英学校に奥村の解雇を命じる
→蔵原校長は奥村を弁護、評議会も知事に解雇命令の撤回を要求
→しかし、生徒会が知事命令を支持したために、評議会もこ

れに同調した
→柏木義円ら11名の教員は声明文を出し、学校側に知事命令の撤回を要求
→聞き入れられなかったので辞職。
以上を「熊本英学校事件」と呼ぶ。

＊淵沢能恵が熊本女学校に勤務するのは　一年後の1893（明治26）年1月～翌年9月

1月半ば：金森家の美津穂が病死した。

2月初め：津田出夫人のちせ子が亡くなった。

2月　　：『月の都』を谷中天王寺町の幸田露伴（慶応3年生・同い年）に持参。露伴は「国会」の新聞記者として60円の月給。また『五重塔』を連載中。
→「拙著はまづ、世に出る事。なかるべし
(以上の一行、覚えず俳句の調をなす。呵々)」
(河東碧梧桐・高浜虚子宛、3月1日付)（江藤213頁）

：漱石に「露伴に『月の都』を見せたら、眉山、漣の比ではないと激賞していた。どうだえらいもんだろう」

：一方で人を介して二葉亭四迷（長谷川辰之助）にも評を仰ぐが冷淡な返事。（江藤214頁）

15日：第二回総選挙。自由・改進両党の民党側の勝利。

：品川弥太郎内務大臣の選挙干渉→「無政府以上の極悪政治」と悪名をほしいままにした。清とその後の英国の外圧に対抗するために国論統一をはかろうとした。

29日：子規が下谷区上根岸88番地へ転居。谷中の墓地から一丁ほど離れた線路際。陸羯南宅の西隣。下宿の主婦は不親切。汽車が通るたびに家が震動するのが耐えがたかった。孤独感が募って、翌朝も寝床の中で頭痛をこらえながら泣いた。その後も「頭痛」は執拗に続き、時々「精神昏乱」の徴候。学業は事実上放棄された。家系に狂気の遺伝があって、叔父の一人と従弟の藤野潔（古白）に現れていると信じていたので、発狂の不安に脅えていた。

3月14日：陸奥宗光は、品川弥太郎内務大臣を議会政治にあるまじき行為と猛烈に非難して、農商務大臣を辞任。→早急に富士見町の大臣官邸を引き払わないといけない。

：続いて品川弥太郎内務大臣も辞任。

3月　：亮子たち家族は、植木屋仁兵衛から購入した、隅田川の右岸にある北豊島郡滝野川村西ヶ原の屋敷（旧古河庭園）に移った。高台に建っている平屋建ての家屋で、八畳が二間と四畳半が一間あるだけ。（相思335頁）

→隅田川には両岸に柳の並木が千本くらいあった。

→「柳のイメージ」（宮井一郎「夏目漱石の恋」232頁）

：陸奥宗光は月極めで帝国ホテルを利用。

下旬：陸奥宗光は大阪・和歌山、日高・田辺・熊野を二ヶ月ほど訪ねる。

春　：漱石を訪れた子規が、机上に井上眼科の少女によく似た新橋の芸者お艶の絵葉書を見つけて「あれはもうお嫁に行ったんだよ」とからかった漢詩。

題漱石書屋壁上所貼阿艶小照

誰摸穠艶筆伝神　　誰か摸せる穠艶　筆　神を伝ふ。

半面鏡中別有春　　半面鏡中　別に春あり。

可恨海棠紅一朶　　恨むべし　海棠の紅一朶、

東風昨夜嫁詩人　　東風　昨夜　詩人に嫁す。（宮井171頁）

4月5日：徴兵の関係で分家届けを出し、北海道後志（しりべし）国岩内（いわない）郡吹上町17番地浅岡仁三郎方に転居し、北海道平民となる。（半藤一利「漱石先生ぞな、もし」156頁）

→丸谷才一はこの徴兵忌避の自責が、漱石最初の神経衰弱原因とみなす。

→兄直矩の配慮で三井物産の御用商人の浅岡仁三郎に依頼し送籍。（ぞな、もし158頁）

15日：和三郎直矩が登世の一周忌前に婚姻入籍する。相手は山口みよ（明治9年8月14日生・15歳）本郷区湯島切通坂町38番地平民山口寅次郎の長女。

→「教育も身分もない」（『道草』／江藤197頁）

5月6日：東京専門学校（早稲田大学）講師となる。大西祝（はじめ）の推薦による。

5月　：陸奥宗光は帰京の折に、和歌山に住んでいた宗興の長男や、陸奥には姪にあたる行蔵の長女・梅尾（11歳）や、親族の娘で女医を希望している成田安恵（16歳）を引き受けて連れて

帰る。（『相思』337頁）

：「哲学会雑誌」にアーネスト・ハートの『催眠術』を記載。

6月　：東洋哲学科目論文として「老子の哲学」執筆。

7月　：「哲学雑誌」（「哲学会雑誌」改題）の編集委員になる。

：子規と京都・堺に遊ぶ。京都では麩屋町の柊屋という旅館に泊まる。夜街を見物に出ると、所々の軒下に大きな小田原提灯がぶら下がっていて、赤い肉太な字で「ぜんざい」と書いてあった。漱石はなぜかその赤い字を下品だと感じた。子規が買って来た夏みかんを食べながら、人通りの多い街を行くうちに、二人は遊郭の中に紛れ込んだ。漱石は幅一間ほどの小路の左右に並んだ家の覗き窓から、女が声をかけているのがなにを意味するのか気が付かずにいた。子規を顧みて「なんだこれは」と言うと、子規は事も無げに「妓楼だ」と答えた。当惑した漱石は「目分量で一間幅の道路を中央から等分して、其の等分した線の上を、綱渡りをする気分で、不偏不党に」歩いて行った。制服の裾を捕まえられたら一大事だと思ったのである。そんな漱石を子規は苦笑いをして見ていた。（江藤223頁）

：別れて一人岡山の片岡家（次兄臼井栄之助の妻かつ（小勝30歳）の実家）に滞在。初対面のかつの老父片岡機（はずみ）に制服の膝を折って四角張った挨拶をし、土産に持って来た銚子織りの木綿の反物に水引をかけたのを恭しく差し出した。この反物に「贈呈」と記してあった。「粗品」と書くところである。片岡家では後に至るまで話題にした。（江藤224頁）

23〜24日：岡山地方に大雨。旭川が氾濫して、河畔にある片岡家でも床上五尺の浸水。漱石は「大変だ」と一声叫んで、本を入れた自分の小さな柳行李を担ぎ、県庁のある小高い丘にいち早く走り、ひとり難を避けた。片岡家ではそうとは知らず、漱石が流されてしまったのではと心配した。漱石は丘の上で一夜を明かす。

：「一方小勝は吉井川の氾濫によって土蔵の二階に取り残され、「助けて」と金切声をあげて手を振っていたという。」

→「肺患にかかり、明治27年12月、32歳で早世した。」（小坂愛23頁）

25日～ 1 日：片岡家と親交のある財産家光藤亀吉の離れ座敷に厄介になった。八日目に片岡家に戻るが、片岡の細君は「ちっとも片づけの手伝いもしないで、その上ひとに心配させて、金ちゃんは本当にひどい人だ。でもまあ生きていてくれてよかったけれど」と文句を言った。（江藤225頁）

8 月　：松山市湊町4丁目16番戸に子規の生家を訪ねる。また中学生の高浜虚子・河東碧梧桐と初めて会う。（江藤227頁に詳しい）

8 日：第二次伊藤博文内閣発足。
→陸奥宗光は第8代外務大臣に就任。
→文武の官僚から給料の一割を「建艦費」として徴収する。

26日：漱石・子規の他2名と松山出発、神戸・大阪・京都・静岡を経て帰京。子規は神戸から激しい下痢。上根岸の借家に帰宅してからもなかなか止まらない。下痢が止まると、再び肺患が昂進して痰に血痕が混じり始めた。（江藤228頁）

9 月20日：子規は陸羯南邸で昼食。

26日：子規は漱石と坪内逍遥を訪問。→この後「早稲田文学」に俳壇が創られる。

10月 3 日：子規に常盤会が「特別の御憐愍」として10月分まで給費をだしてくれたので、神奈川県大磯の松林館に転地保養。

：この朝西隣に住む陸羯南を訪ねて、今後の身の振り方を相談する。（江藤228頁）
→陸羯南は陸奥の人で、官報局属から出て明治22年に「日本」を創刊し、国権主義の立場から大隈重信外務大臣の条約改正案を「売国案」と罵倒して一世を震撼させた人。子規の叔父で拓川と号した加藤恒忠と司法省学校の同級生だった関係で、加藤が欧州に赴任するにあたって子規を託された。

10月　：「文壇に於ける平等主義の代表者『ウォルト・ホイットマン』の詩について」を「哲学雑誌」に発表。→坪内逍遥に賞讃される。（本書214頁の子規への手紙）

22日：子規は陸羯南を訪問。昼食。家族を呼ぶように勧められる。この時の子規は半社員状態。

11月 3 日：天長節。外務大臣主催のお祝いの夜会が恒例。陸奥は埋立地の地盤沈下で二階の舞踏室に大勢が入るとかなり揺れる鹿鳴館をやめて、帝国ホテルの大ホールを利用する。（相思341頁）

→招待状は一千通を超し、人数にして2000人余。

→次官の林董、秘書の中田敬義、書記官の内田康哉、通商局長の原敬など総動員して、あらゆる点に留意して準備する。

→陸奥は黒ラシャのダブルのフロックコートの正装。

→亮子は光沢あるビロードのレセプション・ドレス。

→清子は松竹梅や御所車が描かれた長振袖。安恵や梅尾も。

→清子は着物姿で代わる代わる大臣の方々のお相手をして踊った。

→安恵は清子を「お姉さま」と呼んだ。(『相思』342～343頁)

5日：子規はなにを思ったのか「文科大学遠足会」に参加して、妙義に旅する。

→「世人に俳諧師視」される身分に転落していた。

10日：子規は京都麩屋町姉小路上ルの柊屋に投宿して、郷里松山を引き払って上京する母の八重子と妹律を待った。

：律は3歳年下で、明治22年に結婚したがほどなく離婚。その原因は不明。

17日：正午に子規一家三人が新橋ステーションに帰着。この旅行中、子規は母と妹とともに京都・神戸を遊覧。中等の汽車を奮発して、無謀な浪費をする。

→叔父大原恒徳に「身分不相応」と叱責される。

→「～母様に対しての寸志にして、前途又花さかぬ此身の上を相考へ候て黯然たりしことも屡々に御座候」(江藤230頁)

27日：伊藤博文総理の乗った人力車が首相官邸を出たところで、小松宮妃殿下の馬車と接触し、伊藤は車から投げ出されて、顔面を強打して失神。執務不能になった。

28日：フランスから回航中であった水雷砲艦千鳥が、瀬戸内海で英国の汽船と衝突して沈没。しかし英国側の裁判所で審議されるので、結果は明白。

29日：第四回帝国議会が開院。議長は星亨。

12月：妙に暖かい日が続いた。

10日：清子は顔面蒼白で嘔吐と下痢、四十度の高熱。腸チブス。(相思345頁)

15日：子規から東京専門学校の生徒の間に「夏目講師排斥運動が起こっている」という話を聴いて愕然とする。子規は従弟の藤

野潔（生徒の一人）から。

→「無論生徒が生徒なれば、辞職勧告を受けてもあながち小生の名誉に関するとは思はねど、学校の委託を受けながら生徒を満足せしめ能はずと有ては、責任の上又良心の上より云ふも心よからずと存候間、此際断然と出講を断はる決心に御座候」（子規宛）→「排斥運動」は雲散霧消。

：教育論文「中學改良策」を書く。

12月　：子規が「日本」入社。月俸15円。

＊池辺三山は、旧藩主細川護久から世子の護成の巴里留学の補導役を頼まれて渡仏する。

→仕事の傍ら、西欧における日清戦争観を取材した『巴里通信』を執筆し、『日本新聞』に連載する。（こぼれ話156頁）

＊輪島聞声が小石川傳通院境内に「淑徳女学校」を設置→S20戦火により校舎全焼。

→「進みゆく世におくれるな、有為な人間になれ」

→『猫』の「10」「淑徳婦人会」（新潮文庫417頁）

→翌年の明治26年には「淑徳女学校」の構内に「淑徳婦人会」が結成される。

1893（明治26）年

1月　：北村透谷ら「文学界」を創刊。

3日：午前零時25分、陸奥清子は肺炎を併発して死去。19歳。

6日：午後一時に清子出棺。浅草松葉町の海禅寺で葬儀。延々五百余名が葬儀の列に加わった。（相思347頁）

29日：日曜日で（25日の水曜日に続いて）14センチの大雪。帝国大学文学談話会で「英国詩人の天地山川に対する観念」を講演。

→「族籍に貴賤なく貧富に貴賤なく、之有れば只人間たるの点に於て存す」という「平等主義」に共鳴。「人は如何に云ふとも勝手次第」という「独立の精神」を強調して、「manly love of comrades」を説く。

→好評。大塚保治・藤代禎輔ら哲学会の書記をしている級友たちの薦めで「哲学雑誌」3月～6月号に連載。

→「愛には相手なかるべからず。～知己なく朋友なきに、己れ独り愉快の声を挙げん事余に在つては思ひも寄らずと。

かゝる親友を求むるに切なるは云ふ迄もなし」（江藤236頁）
→「自然のために自然を愛する者は、是非共之を活動せしめざるべからず。之を活動せしむるに二方あり。一は「バーンス」の如く外界の死物を個々別々に活動せしめ、一は凡百の死物と活物を貫くに無形の霊気を以てす。後者は玄の玄なるもの、万化と冥合し宇宙を包含して余りあり。「ウオーヅウオース」の自然主義是なり。」（江藤237頁）
→江藤「彼の語調に、へだてられた友人を惜しむというにとどまらぬ深い寂寥がひそんでいることは否定しがたい」（237頁）

：漱石は子規が聞きに来るものと期待していた。（江藤232頁）
：子規は大雪の中談話会を聴きに行くつもりで家を出たが、十銭の会費を持たないことに気が付いて途中で引き返した。
：子規の「日本」での月給が5円上って20円になる。
：淵沢能恵は熊本女学校の教鞭をとる。

2月　：アメリカ系白人による変乱が起こり、アメリカの海兵隊が武器を持ってハワイに上陸して、女王を廃して臨時政府を設ける。
15日：子規は朝血を吐く。陸羯南の紹介で往診した医師宮本仲は「この病気は今根絶しておかないと大患になるから用心するように」と忠告した。（江藤233頁）
25日：大原恒徳宛「用心とは何事にやと問へば、葡萄酒飲むことと滋養物くふことと余り勉強せぬことと長く服薬することといふに、当り前の事ながら今更に驚きたる心地に御座候」
春　：佐藤治六（19歳）が、陸羯南邸の書生（玄関番）になる。
→翌27年「日本新聞社」に入社→子規に俳句を学び、紅緑の号をもらう。
5月　：子規は『獺祭書屋俳話』を日本叢書の一巻として処女出版。
：同じ頃、インフルエンザをこじらせ、執拗な不眠症と脳痛に苦しめられる。
6月中旬：7月中旬まで鎌倉円覚寺で参禅する。（菅虎雄が釈宗活を紹介）（宮井105頁）
7月　：文科大学英文科第二回卒業。大学院へ進む。
下旬：馬場下の夏目家を出て、帝大寄宿舎に籠居する。

～８月：子規は東北旅行をする。俳諧宗匠を歴訪する。
夏休み中　：芝将監橋の高橋の伯母へ卒業の挨拶に行く。
「金ちゃん、あんたになにかお祝いをしてあげたいんだけれど、なにがいいかね」と訊いた。「それなら牛肉を腹いっぱい食べてみたいな」と金之助は答えた。しかし彼は、伯母が大枚一円を投じて買った牛肉をついに食べ切れず、ほとんど半分ほども残した。（江藤242頁）
：芸者「おゑん」の写真を机上に飾らなくなる→清子が亡くなったから？
：保治と同室→「私は夏目君が其頃、どんな場合だったか忘れたが、
魂帰冥寞魄帰泉　只住人間十五年
昨日施僧薫苔上　断腸猶繋琵琶弦
といふ三体詩にある哭亡妓といふ詩を微吟愛唱してゐたのを今でも覚えてゐる。」（大正6・1『新小説』増刊『文豪夏目漱石』）
「『三体詩』の中の「哭亡妓」」（宮井49頁）
：英文学研究に対する不安に囚われた。
：帝大文科の寄宿生は数えるほどで、二、三室のみ使用。
：保治とは同室になったり、向かいの部屋だったりした。
：斉藤阿具や山川信次郎と一緒。（宮井43頁）
25日：陸奥夫婦は秘書官の中田敬義夫婦を随行させて、清子の骨を大阪の夕陽岡に葬った。（相思348頁）→「漱石は東京の帝大寄宿舎に籠居していて、興津はもとよりどこへも旅行していない。」（宮井45頁）
：百合の季節→「百合が夏の花～」（江藤177頁）
26日：「斎藤阿具氏が小屋氏の消息をたずねたのにたいして答えたもの」→書簡「小屋君は其後何等の報知も無之、同氏の宿所は静岡駿州興津清見寺と申す寺院にて御座候」（宮井45頁）
８月頃　：釈宗演が九月にシカゴで開かれる世界宗教会議で講演する原稿「仏教小史」を鈴木大拙が英訳。大拙に頼まれて補筆訂正。
８月30日：子規日記「漱石来」→「蕣（あさがお）や君いかめしき文学士」（宮井115頁）
９月頃　：学習院に就職する話が来る。モーニングまで作った。
→米国帰りの重見周吉（イェール大学医学部卒）に決まる。

10月　：高等学校からも口がかかり、迷ったが、外山正一の推薦で東京高等師範学校の英語教師に就任。(年棒450円)。

→「肴屋が菓子屋へ手伝いに行つたやうなもの」(江藤246頁)

→「私は丁度霧の中に閉じ込められた孤独の人間のやうに立ち竦んでしまつたのです」(『私の個人主義』)(江藤247頁)

秋　：子規は紅緑を知る。

11月28日：第五回帝国議会が開院。星議長の不信任案が通り、星が除名となる。

12月29日：陸奥は議会で後世歴史に残る大演説。

→高く評価したのは、日本人記者や外国人記者がほとんど。(相思352頁)

＊学生時代の親友は、小屋保治・正岡子規・米山保三郎・大田達人・中村是公・菅虎雄・狩野享吉

＊清水舎監は前橋出身で、楠緒子の婿養子として、初め漱石と保治の二人を選んだ。

→大塚家（土佐士族出身）に同郷の保治を紹介した。(小坂愛10頁)

1894（明治27）年

1月　：陸羯南邸でカルタ会。子規、紅緑、古島一雄らと。

5日：広吉がインナー・テンプルでバリスターの資格を取得して、英国から帰国。

7日：広吉がパッシングハム・エセルというイギリス人の恋人が居ると告白。

2月1日：子規が上根岸82（陸羯南宅東隣）へ転居、紅緑が引越し手伝う。

初め：血痰を出し、医師から「肺結核の初期」と診断されて、専心療養に努め、弓道を習った→軽症の結核患者には弓の稽古が効果があるとの通説。

11日：「小日本」創刊。子規は編集責任者となり、月給30円。

3月9日：菊池謙二郎宛書簡。

「人間は此世に出づるよりして日々死出の用意を致す者なれば別に喀血して即席に死んだとて驚く事もなけれど先ず二つとなき命故使へる丈使ふが徳用と心得医師の忠告を容れ精々摂政致居候　何となう死に来た世の惜まる、

一度び此病にかゝる以上は功名心も情慾も皆消え失せて恬淡寡慾の君子にならんかと少しは希望を抱き居候にも係らず身体は其後愈壮健に相成医師も左程差当りての心配はなし抔申し聞け候に就ても性来の俗気は依然不改旧観実に自らもあきれ果候そこで君の漫興に次韻して蕪句一首

閑却花紅柳緑春　　閑却す花紅柳緑の春
江楼何暇酔芳醇　　江楼何んぞ芳醇に酔うに暇あらん
猶憐病子多情意　　猶お憐れむ病子多情の意
独倚禅牀夢美人　　独り禅床に倚りて美人を夢む

御一笑可被下候この頃は雨のふる日にも散歩致す位に御座候
春雨や柳の中を濡れて行く
大弓大流行にて小生も過日より加盟致候処的は矢の行く先と心得候へば何時でも仇矢は無之真に名人と自ら誇り居り候
大弓やひらりひらりと梅の花
矢響の只聞ゆなり梅の中」

→この手紙の漢詩は重要（宮井71頁）

→相手は清子にそっくりな「おゑん」？

：この日はちょうど明治天皇大婚25年の祝典日。あいにくの小雨だが市中はお祭気分。柳橋の料理屋・船宿・芸妓連中は大川に数十艘の伝馬船を浮かべ、力持ちにその上で軽業を披露させ、終日花火を打ち上げた。しかし、漱石は市中のお祭騒ぎをよそに、大学の寄宿舎にほど近い上野池ノ端をひとりで雨に打たれながら散歩した。

春雨や柳の下を濡れて行く（江藤249頁）→三日後の子規宛書簡。

梅の季節：漱石は女と再会して喜ぶ？（宮井214頁）

３月　　：子規は浅井忠の仲介で中村不折を知る。

→小屋保治と弓の稽古。（「漱石の愛と文学」16～17頁）

３月12日：「其後以前よりは一層丈夫の様な心持が致し医者も心配する事はなし抔申ものから俗慾再燃正に下界人の本性をあらわし候是丈が不都合に御座候へどもどうせ人間は欲のテンションで生て居る者と悟れば夫も左程苦にも相成不申先ず斯様に慾がある上は当分命に別条は有之間敷かと存候
春雨や柳の下を濡れて行く

弦音にほたりと落る椿かな
弦音になれて来て鳴く小鳥かな
弦音の只聞ゆなり梅の中
春雨や寝ながら横に梅を見る」（子規宛手紙）（宮井73頁）
→相手は清子にそっくりな「おゑん」？

5月31日：菊池謙二郎宛「昨年は御存じの如く夏中寄宿舎に蟄居致居候故、今年は休暇に相成次第何れにか高飛を仕る積りの御座候」（宮井45頁）

：笹森儀助が「南島探検」を発刊。

6月20日：午前2時に強い地震が起こり、倒壊4800戸に及んだ。煉瓦造りの西洋建築の被害が甚だしく、華族会館（旧鹿鳴館）のバルコニーも崩壊。（江藤250頁）

7月　：佐藤紅緑が「日本」入社。

15日：「小日本」は廃刊。子規は「日本」に戻る。

16日：陸奥宗光は外務大臣として新日英通商航海条約を締結。領事裁判権は全面的に撤廃。発効は5年後。また関税自主権は三割の回復にすぎないが、内容的には大きく前進。
→陸奥の強い信念は「屈従するなかれ。理屈を持って堂々と争うべし」
→「政治というのは『術』、すなわち『アート』であり、『サイエンス』のような『学』ではない。政治は、広く世勢に練熟する『巧拙』すなわち『スキール』が重要だ」

25日（水曜日）：日清両国間の戦端を開いた朝鮮西海岸、仁川近海の豊島沖海戦が始まる。
→日本軍三隻と清国の軍艦二隻が突然烈しい砲撃戦。
→東郷平八郎「浪速」艦長は多数の清国水兵を乗せて逃げる輸送船を撃沈。

：一度帰京するが9月3日まで、北は松島から南は興津まで放浪の旅に出る。

：漱石は早朝に上野を発って、午後6時頃に伊香保温泉に到着。宿泊予定だった土地一番の旅館小暮武太夫方が満員で、小暮の番頭の案内で古ぼけた安宿である萩原重朔の宿を漸くとった。避暑は前年あたりからの流行で、次の目的地は松島だった。「暑中休暇には…充分保養を加ふる積り」の実践。→「金

之助にとっては、地震も戦争も、彼を閉じ込めている「霧」のかなたでぼんやりと進行する事件にすぎなかった。むしろ戦争は彼の内部でおこっていた。」(江藤250頁)

：笂井（うつぼい）に帰省中の保治に手紙を出す。
「大兄御出被下候はば聊か不平を慰しべきかと存じ夫のみ待上候願くは至急御出立当地へ向け御出発被下度願上候也余は後便に譲る」(小坂愛16頁)

：「譲る」を裏付ける書簡が不明。
→「そういう書簡がある筈はない」(宮井51頁)
→「小坂氏に残された道は伊香保体験を何らかの方法で実証することだけである。」(宮井56頁)

：楠緒子は「笑くぼ」と「八重歯」が魅力。(川田順『遺稿集・香魂』)
→漱石はヒロインに応用していない。(宮井61頁)

：伊香保は百合の香り→訣別の思い出。(小坂「愛」92頁)
百合の季節：「百合が夏の花～」(江藤177頁)

＊「清子は高貴であるとともに質実である。」
＊「糸織」とは普通の絹糸にさらによりをかけた糸で織ったものである。だから普通のお召などより高貴で丈夫で質実なのである。」(宮井59頁)
＊内田康哉は倫敦の公使館に転任中。(相思356頁)
→亮子は「内田と結婚させていれば、清子は死なずに済んだのではないか」と思う。(『相思』356頁)
→「猫」の師匠のうちの「みけ」と語り手の「猫」の関係。

8月1日（水曜日）：日本は清国に対して開戦の詔勅を発表する。日清戦争勃発。

某日：漱石は松島の瑞巌寺に詣でる。

29日：陸奥宗光は「子爵」を叙爵する。

31日（金曜日）：日影茶屋逗留。9月3日まで。漱石は二百十日の荒天の下、湘南海岸の荒れ狂う海に突進し、手足をばたつかせて煩悩を払おうとする。→効果なし。(宮井75頁)

9月4日（火曜日）：正岡子規宛に狂風のような苦悩を訴える手紙。菅虎雄宅に滞在中。(小坂愛16頁)
「小生の旅行を評して健羨々々と仰せらるゝ段情なき事に御座候元来小生の漂泊は此三四年来沸騰せる脳漿を冷却して尺寸の勉強心を振興せん為のみに御座候去すれば風流韻事抔は

愚か只落付かぬ尻に帆を挙げて歩ける丈歩く外他に能事無之願くば到る処に不平の塊まりを分配して成し崩しに心の穏やかならざるを慰め度と存じ候へども何分其甲斐なく理性と感情の戦争益劇しく恰も虚空につるし上げられたる人間の如くにて天上に登るか奈落に沈むか運命の定まるまでは安身立命到底無覚束候俊鶻一搏起てば将に蒼穹を摩すべく只此頸頭の鉄鎖を断ずるの斧なきを如何せん抔と愚痴をこぼし居候も必竟驀向に直前するの勇気なくなり候為と深く慚愧に不堪」

→「細く、薄暗く」「身を窄め」るようにはいった恋愛と、高等の学府の教師としての社会的地位との、抜きさしならぬギャップから起ってくる苦悶である。」（宮井74頁）

→「天上に登るか奈落に沈むか」＝「天上の清子か花柳界のおゑんか」最後に「近日中下宿致すやも計りがたく候」とある。（小坂愛17頁）

→「学問の府たる大学院に在つて、勉強すべき時間はありながら勉強の出来ぬは実心苦しき限に御座候。此三四年来勉強といふほど勉強をした事なく、常に良心に譴責せらるゝ小生の心事は、傍で見る程気楽な者には無之候。」（江藤252頁）

→「死んだ気で生きて行かうと決心しました」（『こゝろ』新潮文庫54頁）

某日：寄宿舎を出て、新婚一年目の菅虎雄のもと（小石川の指ヶ谷町）に寄寓する。

→「そこで最初に菅君を驚かすやうなことがあつた」（狩野亨吉『漱石と自分』）（江藤253頁）

→漢詩の置手紙（全集から除外）を残して、転々と住所を変える。

→女が家出して来た？　駆け落ちの誘い？　心中の誘い？

→恋に「一心不乱」にならなかった悔いと、そのために「未了の恋」に終わった痛恨。（宮井140頁）

：淵沢能恵は熊本女学校を病で辞し、養母と共に兵庫県下の武田貞吉宅に寄留、同家の子女の教育にあたり、その後上京する。

15日：大本営を広島に進めるために、天皇が行幸された。

10月16日（火曜日）：小石川傳通院側法蔵院（小石川区表町73）に菅虎雄

の紹介で居住。

→住持が「易断人相見抔に有名な人豊田立本といふ」(子規宛)

→『こゝろ』の先生が下宿した軍人の未亡人の家は、この法蔵院。(玉井啓之『法蔵院時代の漱石私註』(「同志社国文学第七号」)(宮井142)

：閉じこもり、正岡子規・狩野享吉・大塚保治・斎藤阿具・山川信次郎に大同小異の内容の転居通知を出す→菅虎雄には出していない？　それとも発表不能の内容なのか？

→保治がこの手紙を発表しなかったのは意識的に、か。

：斎藤順衛は小屋右兵衛(保治の兄)から、漱石の保治宛書簡に「君の方に意があるようだ。身を引く。幸せを祈る」があったと聴いている。また楠緒子からの保治宛書簡を直接見たと言う。

→「自分の気持はあなた(保治)以外に動かない。信じてくれ」(小坂愛14頁)

：漱石は結婚の決意をして法蔵院に下宿し、「女」の母親も一応同意した、そういう僅か二ヶ月くらいの短い蜜月があった(宮井39頁)

：漱石は正岡子規宛書簡で被害意識を訴える。

→「塵界茫々毀誉の耳朶を撲(う)つに堪ず」(江藤253頁)

＊時期不明：「あの女なら大変な美人で君なんかとは月とスッポン」で「不つりあいも甚だしい」と友人たち(斎藤阿具・山川信次郎？)に言われた。

→「そんなことをいうんなら絶対に貰わない」(小坂愛15頁)

17日：陸奥宗光が広島に着く。

31日(水曜日)：漱石は再び正岡子規宛書簡で被害意識を訴える。「隣房に尼数人あり、少しも殊勝ならず。女は何時までもうるさき物なり。尼寺に有髪の僧を尋ね来よ」(11月1日？)(小坂愛17頁)(江藤253頁)

→有髪の僧＝勝手に坊主になったつもり＝沙弥(しゃみ)

＊山県有朋の戦陣訓を知らない者はない。

→「敵の生捕りになるなら、男児の名誉を守って、一死を遂げよ」

＊山県有朋が作詞したと言われた歌が流行った。

→「♪雨やあられの弾の中／命を惜しむ人ぞなき／砦の数をかぞえると／これぞ名高き九連城／渡れや　渡れ　鴨緑江」

＊『征清壮烈談』なる色刷りの小雑誌が飛ぶように売れる。

＊「♪敵は幾万ありとても／すべて烏合の勢なるぞ」は流行り歌になった軍歌。

11月下旬：由良守応が和歌山で死亡。

22日：日米通商航海条約締結。（木曜日）

12月下旬？：丁度その事件の最中で頭の変になつていた時でありませう。突然或る日喜久井町の実家へかへつて来て、兄さん（和三郎直矩）に、「私のところへ縁談の申込みがあつたでせう」と尋ねます。そんなものの申し込みに心当りはなし、第一目の色がただならぬので、「そんなものはなかったやうだよ」と簡単にかたづけますと、「私にだまつて断るなんて、親でもない、兄でもない」つてえらい剣幕です。

兄さんも辟易して、「一体どこから申込んで来たのだい」となだめながら訊ねましても、それには一言も答えないで、ただ無闇と血相をかへて怒つたまま、ぷいと出て行つてしまつた。兄さんも（中略）ともかく法蔵院へ行つてゆつくり尋ねてみたら仔細もわかることだらう。こう思つてお寺へ行かれた。が、てんで寄りつけもしない剣幕で、そんな不人情者は親でもない兄でもないを繰り返して、親爺は没義道のことをしても、それは親だから子として何ともいふことは出来ないが、兄は怪しからんと食つてかかる始末に、その申込みの当の相手のことをたずねても、それは不相変一言も洩らさないので、手がつけられないのでそれなりに帰られたそうです。

（『漱石の思い出』）（宮井79頁）（江藤255頁）

→「これが漱石のおかしくなる最初のことである。」（小島信夫）

→「神経衰弱の際、漱石には外罰的傾向が強まり、他者のせいにする傾向があった。」（小坂・研究11頁）

・しかし柳橋の芸者（宮井説）ならば、芸者の家から夏目家へ結婚の打診なんてするだろうか？

少なくとも漱石自身がそう疑問を持つだろう。

12月30日：極度の厭世思想に陥った。菅虎雄の薦めによって翌年8日までの約10日間を鎌倉円覚寺塔頭帰源院に入り、釈宗演のもと

に参禅し、宗活を知った。
たまたま鈴木大拙も同宿。彼は漱石に対して特別な印象はなし。
→楠緒子をあきらめるため？（小坂晋）
→「細る恋」？（宮井49頁）
→亡くなった清子への思い！「天上の恋」の心境はいつ得られるだろう？

末：陸奥夫婦は大磯の東小磯にある松林の砂丘を六千坪ほど購入し、百坪ばかりの数寄屋造りの別荘を建てる。東側に隣接して富貴楼のお倉と山県有朋の別荘も。伊藤博文総理も陸奥家の西側、鍋島家の西隣に滄浪閣を移す。後藤象二郎・岩崎弥之助の別荘も。

1895（明治28）年

1月8日：漱石は帰京して法蔵院に戻る。

某日：新春カルタ会。

：横浜の英字新聞「ジャパン・メール」の記者を志願して、菅虎雄に仲介を依頼するが不採用となる。

2月頃？：これは後で当人の口からきいたのですが、そこには尼さんがいくたりも居たものとみえまして、その中の一人に眼科で会うその婦人にまことによく似た尼さんがありました。背丈の具合といい、顔かたちと言い、瓜二つとはゆかないまでも、なんとなく俤を彷彿とさせる尼さんでした。尼さんの名を祐本（多分こう書くのだろうと思って字をあてました）さんと申しました。
或る日祐本さんが風邪をひいて熱を出しました。尼さん同志のことで手当てもゆきとどかなかったのでしょう。それを見て気の毒に思ったとみえて、一服解熱剤を盛ってやったそうです。するとほかの尼さんたちがよりよりに夏目の方を指して、
「まだあの人のことを思ってるんだよ」と口さがなく、祐本さんがその婦人ににているから深切にするのだとばかりにほのめかしました。それを小耳に挟んで、一層尼さんたちが女の母親に頼まれて、探偵の役をしているのだと思い込んだも

のだとかいうことです。そうして家はいや、法蔵院もいや、結局東京全体がいやになったのではないかと思われるのです。(『漱石の思い出』)

→「まだあの人のことを思ってるんだよ」に「まだ」があるのは、「あの人」はすでに過去の人となってしまったから。(宮井81頁)

→祐本への看病は「それはかつてやはり病に臥していたひとりの女、そして彼が「深切」に看病したいと願いながら果たせなかった女の「俤」以外のものではあり得ない。」(江藤256頁)

2月13日：保治と楠緒子——多額の結納が交わされる。

3月2日：子規は従軍のため新調の洋服を着込んで、新橋ステーションから大本営所在地の広島に向かう。翌3日到着。

16日：保治と楠緒子が星岡茶寮で披露宴を行なう。

→漱石は兄の仙台平の袴を借りて列席。

→芳賀矢一・立花銑三郎・斎藤阿具夫妻らの学友も列席。

17日：井上毅が死去。

18日：漱石は法蔵院から、遠く山口に居る菊地謙二郎宛に、松山落ちの費用として50円ほどを申し込む。→兄和三郎直矩は反対。しかし「滅茶苦茶な駄々っ子振りで、手がつけられなかった」

19日：山口県馬関（下関）の門司港に清国の講和使節の一行を迎える。

?：陸奥宗光は日清戦争の功により「伯爵」を陞爵する。

24日：李鴻章が外浜町の引接寺の手前まで来たとき、群衆の中から鳥打帽を被った小山豊太郎が飛び出し、拳銃を発射。銃弾は李鴻章の左顔面を直撃。

→来関中だった東京衛生試験所の中浜東一郎博士が早速診断治療。互いに英語が話せたので心が通じた。

→天皇は慰問の勅使と石黒忠悳軍医総監と佐藤進博士（大隈重信が襲撃されたときの執刀医）を派遣して治療に当たらせた。

→皇后は包帯を下賜し、日本赤十字社が養成した英会話ができる看護婦二名を派遣して看護させた。

4月　：淵沢能恵は東京麹町3番町に女塾を開設、その後四谷・小石川

と転寓。

7日：高等師範学校と東京専門学校を辞し、菅虎雄の世話で、愛媛県尋常中学校（松山中学）の教諭に就任（月給80円）。→校長よりも20円高い。その校長は住田昇、教頭は横地石太郎（中根鏡子とは縁続き）。

：東京を出発。→松山中学の生徒には松根東洋城・真鍋嘉一郎が居た。

：子規の従弟である藤野潔（古白）がピストル自殺。二年前に隣家の娘に失恋。それ以来、狂人じみた挙動が多かった。12日に死亡。

9日：漱石は三津－松山間6,8キロを5分ばかりで連絡する軽便鉄道に乗った。下等料金は三銭五厘。午後二時に松山着任。市内三番町の城戸屋に宿泊。

→やがて一番町の裁判所裏手の城山にある津田安五郎方（愛松亭）に下宿。津田は骨董屋を業としていた。

10日：新調の紺サージの背広を着込み、赤革の靴をキュッと鳴らして教壇に。

：子規が日清戦争の近衛連隊つき記者として従軍。宇品出港→金州・旅順を回る。

11日：日清戦争終了。

13日：お倉は夫の斉藤亀次郎を胃がんで亡くす。陸奥は金田言を代理として葬儀に出させる。

17日：清国を撃破して、調印式。

18日：陸奥は兵庫県舞子の万亀楼で治療。

19日：ベルツと橋本常綱（日本赤十字病院の院長）が診察治療に来る。

23日：露仏独の三国干渉。

24日：子規は待遇の悪さに憤激して帰国を決意。

27日：亮子は付き添いの女中と警備の者二人を従えて、新橋から官有鉄道（東海道）の汽車に乗り、一昼夜車中で過ごして、神戸駅に着く。

：亮子は陸奥から、新聞発表はまだだが、「独・仏・露の三国から、遼東半島を返せ」と言われていることを知る。いわゆる「三国干渉」である。

→ビスマルクが新皇のヴィルヘルム二世とうまくいかず辞めた影響か？
→青木周蔵公使はドイツ貴族の娘と結婚していてドイツ人からの信頼が厚いはずなのに、ぎりぎりまで状況を知らなかった。

5月4日：子規が金州で森鷗外を訪問。
：御前会議で遼東半島放棄を決定。
15日：子規は出港。
17日：子規は帰国途上の船内で喀血。
23日：子規は県立神戸病院に入院。重態。
27日：陸羯南からの電報で京都の虚子が看病に来る。入院後も喀血は続く。
28日：松山から子規に漢詩五首を送る。
→「才子の群の中に只だ拙を守り、小人の囲みの裏（うち）に独り頑を持す」→「守拙持頑」（宮井98～99頁）
：子規は寝たままの排便を指示され癇癪を起こす。
6月7日：日本軍は台北を占領。
7月頃　：二番町八番戸上野老夫婦の離れに引っ越した。
23日：子規は退院する。虚子の付き添いで須磨保養院へ移る。
26日：「去年以来海水浴場温泉場杯は嫌いに相成候」
斎藤阿具宛「小生当地に参り候目的は金をためて洋行の旅費を作る所存に有之候処夫所ではなく月給は十五日位にてなくなり申候
近頃女房が貰ひ度相成候故田舎ものを一匹生擒る積りに御座候」
8月20日：子規は退院し、25日に松山に戻る。
27日：子規が松山中学教員の漱石の下宿に寄寓。約二ヶ月間。
9月初め：広吉が外交官試験を受ける。外務大臣の息子であっても情状酌量はない。試験は第一次から第四次まであって、英作文や英会話、憲法・行政・国際法・刑法、それに身体検査や口頭試問まである。
→この年の受験生は17人。
21日：新聞紙上に外交官試験の合格者5名の氏名が載り、広吉の名前があった。

10月８日：朝鮮京城で親露派の「京城事件（閔妃殺害事件）」勃発。（相思394頁）

某日：漱石は見合写真を撮る。

21日：日本軍は台湾を占領。

末：「淋しいな　妻ありてこそ　冬籠」

11月14日：子規宛「小生四五日風気にて矢張臥褥
行秋や消えなんとして残る雲
二十九年骨に徹する秋や此風」

12月１日：子規は出社。

９日：子規は道灌山で虚子に文学上の後継者になることを要請するも断られる。

18日：子規宛「小生家族と折合あしき為外に欲しき女があるのに夫が貰えぬ故夫ですねて居る抔と勘違をされては甚だ困る今迄も小生の沈黙し居たる為め友人抔に誤解された事も多からんと思う家族につかわしたる手紙にも少々存意あって心になき事迄も書た事あり今となっては少々困却して居るなり是非雲煙の如し善悪亦一時只守拙持頑で通すのみに御座候此頃は人に悪口されると却って愉快に相成候呵々」（江藤192頁）（小坂愛33頁）

28日：中根鏡子（貴族院書記官長・中根重一の長女）と見合いのため、フロックコートを着て虎ノ門の中根家へ。婚約成立。

1896（明治29）年

１月３日：子規庵で句会。虚子・碧梧桐・五百木瓢亭・河東可全などの俳句会の巨匠に、漱石と鷗外が同席する。漱石は初めて鷗外に会う。（もし49頁）

４日：虎ノ門にある中根の豪邸の新年会に招待される。福引で漱石は絹のみすぼらしい帯〆、キヨは男物のハンカチーフ1ダースが当たった。キヨが言い出して取り替える。（もし57頁）

７日：松山に帰る漱石を見送りに、キヨは母に連れられて新橋駅に行く。
→子規は見送ると約束したが姿がなかった。

２月11日：陸奥宗光は『蹇蹇録』を出版。

３月27日：子規はカリエスと診断されて、手術を受ける。以後、臥床の

日が多くなる。

4 月　：松山中学を辞任。五高の教授の菅虎雄の斡旋で、熊本の第五高等学校講師に就任（月給100円）。→熊本に赴き菅虎雄の家に同居。

20日：「春の雪山を離れて流れけり」
「捲きあげし御簾斜なり春の月」（「日本人」20号）
→「香爐峯雪撥簾看」（清少納言）の故事を借りている。（小坂下184頁）

6 月 9 日：熊本市光琳寺町に家を借り、鏡子（20歳）と結婚する。
：新婚早々に宣告する。「俺は学者で勉強しなければならないのだから、おまえなんかにかまってはいられない。それは承知していてもらいたい」

7 月　：教授（高等官六等）に昇任。

9 月初め：鏡子と一週間北九州を旅行。
：熊本市合羽町237に転居。

10月　：教師を辞めて上京しようかと思い、義父中根重一に相談。

1897（明治30）年

2 月　：「人に死し　鶴に生まれて　冴え返る」

18日：子規と鳴雪が激論。

3 月　：「トリストラム・シャンデー」を「江湖文学」に発表。

27日：子規は腰部手術。

春休み　：病気の菅虎雄を久留米に見舞い、高良山に登り、山越えをして発心の桜を観た。→「草枕」の素材になる。

4 月下旬：子規は腰部再手術。

5 月　：米山保三郎が急性腹膜炎で亡くなる。（28歳）
：子規の病状が悪化。重態。

29日：子規は一合余の膿を取る。

6 月　：虚子が結婚。子規への報告は11月28日の手紙。

3 日：拓川の援助で子規に看護婦を付ける。

25日：秋山真之、米に留学する。

29日：父直克（79歳）死去。

7 月初め：鏡子を伴って上京。麹町区内幸町貴族院書記官長官舎に泊まる。着京いくばくもなく鏡子が流産し、実家の家族が行って

いた鎌倉材木座の大木伯爵の別荘へ転地療養した。
→漱石はこの間、東京と鎌倉を往復、宗活や子規に会った。
：子規からその愛人（俳人・蕪？）が受胎した事実を告白されて、同時にその善後処置を依頼された。「ボンヤリ流産」（河東碧梧桐『子規の回想』続編「意外なる秘事」）（宮井213〜214頁）
→人工流産の処置の手筈を整えた。（菅虎雄の助力もあった？）（宮井293・542頁）
→堕胎罪は厳重に取り締まられていた。
18日：句会に漱石が出席。
22日：句会に漱石が出席。
8月4日：後藤象二郎が60歳で死去。
19日：拓川が結婚。
24日：陸奥宗光は西ヶ原の本邸（旧古河庭園）で死去。肺結核。53歳。
28日：陸奥宗光の棺は西ヶ原の自宅を出て、旗幟に「故正二位勲一等伯爵陸奥宗光」と書いてあり、浅草松葉町の海禅寺に向かった。
9月4日：子規の句会に、漱石・紅緑が出席する。
10日：流産した鏡子を東京に残して、単身で熊本に戻り、環境に恵まれた飽託郡大江村401（漢詩人・落合東郭の留守宅）に転居。
12日：陸奥宗光の法要を浅草海禅寺で営んだ。
20日：子規は臀部に2箇所の穴があき膿が出始める。
10月9日：子規の愛人の人工流産の処置が無事に終わる。
→子規は「流産」と題して詠む。
「水の月　物かたまらで　流れけり」
「手のものを　取落としけり　水の月」
：「月に行く漱石妻を忘れたり」
10月末　：鏡子が東京から帰った。
11月15日：ロシア軍は遼東半島を占拠する。
18日：亮子と広吉と潤吉は陸奥の遺骨を夕陽岡に葬るために大阪に向かった。
冬　：亮子が大磯に居たときに伊藤博文から電話が掛かり、「陸奥には梅子という神戸の女に産ませた、冬子という明治23年12

月15日生まれで現在6歳の娘が居て、織田純一郎という寄稿家（ジャーナリスト）に託し、織田の長女として養育してもらっている」ことが告げられた。
→亮子の手元に引き取り、広吉の養女とする。
12月　：池辺三山が東京朝日新聞の主筆兼務となり上京。
末：山川信次郎と小天（おあま）温泉に旅行する。
→前田覚之助（案山子）の別荘に逗留し年越す（3·4日まで）。
→覚之助の娘卓子（つなこ）が接待をする→「草枕」の素材。

1898（明治31）年

：漢詩を長尾雨山に添削してもらう→翌年4月頃まで。
3月　：久米由太郎（上田市の）小学校校長は、火事で御真影を焼失した責任を負って割腹自殺した。久米正雄が満6歳の時。
末　：熊本市井川淵町8に転居。ここは部屋数が足りなかった。
：この頃、鏡子にヒステリー症状が出る。
4月　：山川信次郎らの小天温泉行きには同行せず。
5月　：狩野亨吉・山川信次郎・奥太一郎らと小天温泉に行き、前田案山子・卓子と会う。
6月末　：鏡子が早暁に梅雨のために増水していた白川に身を投げる。
→「彼の過去に繰り返された「突然喪失される女」の主題が、まさに彼のただなかに刻印されていることを知った。」（江藤II 9頁）
→事件後、句作を廃していた。（江藤II 11頁）
7月　：熊本市内坪井町78番地の角屋敷（狩野亨吉が住んでいた家。その後、富士銀行熊本支店長宅。現「夏目漱石内坪井旧居」）に転居。
夏休み　：浅井栄熙のもとで打坐。
夏～11月　：鏡子大人の重い悪阻と猛烈なヒステリー症に悩まされた。
9月頃～：寺田寅彦ら五高生に俳句を教えた。
10月10日：「ホトトギス」第一号発刊。
11～12月：「不言之言」を糸瓜先生の名で「ホトトギス」に発表。

1899（明治32）年

1月1日：同僚の奥太一郎と共に、博多・小倉を経て、宇佐八幡宮・羅漢寺・耶馬渓・日田・吉井・久留米追分と旅行し、歩いて帰った。

2月　　：「寒徹骨梅を娶ると夢みけり」

3月20日：子規は漱石に原稿依頼。

4月　　：「英国の文人と新聞雑誌」を「ホトトギス」に発表。

5月31日：長女筆子出生。「安々と海鼠の如き子を生めり」「もう十七年たつと、これが十八になっておれが五十になるんだ」と独り言のように呟く。（江藤下23）

6月21日：高等官五等に叙せられ、英語科主任となる。

8月　　：「小説『エイルヰン』の批評」を「ホトトギス」に発表。

～9月初旬：一高に転任する山川信次郎と阿蘇山に登った。→「二百十日」の素材。

この頃：「心ハ喜怒哀楽ノ舞台、舞台ノ裏ニ何物カアル」との断片あり。（江藤II 34）

＊マハトマ・ガンディー（30歳）が「ボーア戦争」（南アフリカ戦争）に従軍。

＊著作権法が制定される。

＊内田康哉が林業王の土倉庄三郎（「同志社」の創立に出資）の娘政子と結婚。

1900（明治33）年

4月　　：熊本市北千反畑の旧文学精舎跡に転居。

4月24日：教頭心得となる。

5月12日：文部省より英語研究の留学を命ぜられた（年額1800円）。

7月　　：熊本を引き払って上京。妻子を妻の実家の中根家（牛込区矢来町三中ノ丸）の離れに預けた。

8月15日：亮子は市ヶ谷佐土原の家で死去。43歳。

19日：亮子の葬儀は浅草松葉町海禅寺で行なわれる。
→大阪の夕陽岡に埋葬される。

8月26日：漱石は留学前に子規を訪ねる。

9月　　：淵沢能恵は東京駿河台鈴木町お茶の水橋畔に文具店「梅屋」

を開業。
→熊本英語学校で教えた青年たちの集合所の観を呈す。
9月8日：ドイツ汽船プロイセン号で横浜港から出港。芳賀矢一・藤代禎輔が同行。
10月21日：朝、パリに到着。一週間ほど滞在して開催中の万国博覧会を見物。
：浅井忠を訪ねた。
28日：朝パリを発って、夜ロンドン着。→76 Gower Street に下宿。
11月1日：ケンブリッジに行き、翌日ロンドンに帰り、留学地をロンドンに決める。
7日：12月頃までユニヴァシティ・カレッジのケア教授の講義を聴講。
12日：市内85 Priory Road, West Hampstead に転居。
22日：翌年10月までシェークスピア研究家のクレイグ博士の私宅に通い、個人教授を受ける。
11月頃　：6 Flodden Road, Comberwell New Road のブレッド夫人家に転居。
＊内田康哉が清国公使となる。

1901（明治34）年

1月26日～7月2日：子規は「日本」に『墨汁一滴』を連載（164回）。
1月27日：留守宅で、次女恒子出生。
2月9日：狩野享吉・大塚保治・菅虎雄・山川信次郎へ連名宛の手紙。
→「留学期間を延期してフランスに行きたい」
→「東京で勤めたい」
→「大塚くんの指輪は到着したかね安達から手紙が行ったろう」
10日：日露戦争（～翌年9月5日）
4月25日：ブレッド一家と共に、市内　Tooting に転居。
5月5日：科学者の池田菊苗（「味の素」）がベルリンより来て一ヶ月半の同居。
→大いに刺激を受け、「文学論」の著述を思いつく。
5月下旬：子規の病状悪化。
7月20日：市内81 The Chase, Clapham Common の Miss Leale方へ引っ越す。
→以後、帰国までの約一年半をこの家で過ごした。

8月　　：池田菊苗とカーライル博物館を訪れる。
：土井晩翠が来る。
：下宿にこもって「文学論」に専念する。
→留学費の不足、不自由、不快感、孤独感に襲われて神経衰弱が深まる。
→英詩を創り始める。

＊淵沢能恵の養母が永眠する。

9月2日：子規は『仰臥漫録』を書き始める。

10月13日：子規は母と妹の不在中に自殺を思い詰める。時々絶叫号泣する。

11月16日：ロンドンの漱石に「僕ハモーダメニナッテシマッタ」と書簡を送る。

1902（明治35）年

1月中旬：子規の容態悪化、麻痺剤を常用する。

3月　　：中根重一宛に文学論の構想について書く。
→引き続き「文学論」の著述に熱中するが、神経衰弱が昂じる。

5月5日～9月17日：『病状六尺』を「日本」に連載する（127回）。

9月　　：夏目発狂の噂が、他の留学生を通じて文部省に届く。
→気分転換のため自転車を稽古する。
18日：子規は朝から容態悪化。午前中に絶筆三句。
「糸瓜咲いて痰のつまりし仏かな」
「をととひのへちまの水も取らざりき」
「痰一斗糸瓜の水も間に合はず」
19日：子規は午前1時ごろに絶息。

10月　　：スコットランドを旅行。日本では「夏目狂セリ」の噂が流れる。
藤代禎輔に文部省から「夏目精神ニ異常アリ……保護シテ帰朝セラルベシ」との命令→漱石に会うが異常を認めず、藤代のみ帰国。

11月　　：高浜虚子からの手紙で、正岡子規が9月15日に死亡したと知る。

12月5日：日本郵船会社の博多丸でロンドンを出発し、帰国の途に。

1903（明治36）年

1月24日：漱石、帰京。中根家の離れに居住。

→帰国前から東京での働き口を求めた。

→狩野享吉（一高校長）と大塚保治（帝大教授）が援助。

：帰朝して間もなく子規の墓に詣でる。

→「淡き水の泡よ消えて何物をか蔵む　汝は嘗て三十六年の泡を有ちぬ生けるその泡よ　愛ある泡なりき　信ある泡なりき　憎悪多き泡なりき　皮肉なる泡なりき／罪業の風烈しく浮世を吹きまくりて愁人の夢を破るとき　随所に声ありて死々と叫ぶ　／罪業の影ちらつきて定かならず　死の影は静なれども土臭し　汝は罪業と死とを合せ得たるものなり」（宮井542頁）

3月3日：本郷区駒込千駄木町57に転居。

→斉藤阿具の持ち家で、十年前森鷗外が借りていた。

3月　：第五高等学校教授を辞任。

4月　：狩野亨吉・大塚保治の尽力で、第一高等学校講師（年棒700円）と東京帝国大学文科嘱託講師（年棒800円）に就任。小泉八雲の後任。

→帝大では2ヶ月間「英文学概説」「サイラス・マーナー」を一般講義のテキストにするが、文法上の誤りを理詰めで徹底的に直すので不評。

5月　：大塚家の三女が亡くなる。

→葬儀費用として、借金返済を迫られる。

→斎藤阿具・山川信次郎などの友人間を奔走。

→神経衰弱が悪化して？見舞いに「鯛」を贈る。（小坂愛208頁）

22日：藤村操が華厳の滝へ投身自殺。那珂通世の甥（実子？）（小坂愛60頁）

→「万有の真相は唯一言に悉す、曰『不可解』我この恨を懐（いだき）て煩悶終に死を決す」の遺書から「人生不可解」は流行語になる。

→この藤村操の自殺の二日前に漱石は彼を「勉強する気がないならもう教室に来るな」と怒鳴りつけている。

→後に安倍能成は藤村操の妹恭子と結婚している。

→漱石も披露宴に出席している。（ゴシップ240頁）

6月　　：「自転車日記」を「ホトトギス」に発表。

　　　　：大塚楠緒子が「清子」（『心の華』1903・M36・6）を発表。

6月〜翌年：神経衰弱再発。不眠と幻聴。

6月11日：帝大の進級試験でハーンの留任運動の先鋒であった小山内薫他数名が落第。

14日：菅虎雄宛「大塚ノ三女ガ先達テ病気デ死ンダ僕ハ見舞ニ鯛ヲヤッテ笑ハレタ」（小坂愛58頁）

15日：「英文学概説」の試験も揃って不成績。

→帝大の文科大学長の井上哲次郎に辞意を洩らす。

→「まあ、あまり堅苦しくお考えなさるな」

7月頃　：神経衰弱が昂じて妻鏡子と不和。しばしば離婚を考えて、挙句の果てに約二ヶ月妻子と別居。

夏休み　：「お松はチフス菌をばらまいていたから暇をやった」（「漱石の妻」166頁）

9月某日：文科大学の一般講義で、「文学論」と「マクベス」をテキストに使って、「シェークスピア作品論」を展開する。

→最も大きな第二〇番教室が満杯になる。

10月　　：川上音二郎が浅草で「ハムレット」の芝居をうって大好評。

→漱石はこの芝居に関心を示さなかった。（ゴシップ241頁）

11月3日：三女栄子出生。

この頃　：水彩画・書を始め出した。

11月　　：翌年4・5月頃まで神経衰弱が再び昂じる。

＊漱石の書簡は留学後から楠緒子没年まで「文学的・理想的な楠緒子」VS「世俗的な鏡子」の図式が如実になる。（小坂晋）

1904（明治37）年

1月　　：大塚楠緒子が「密会」を発表。

2月8日：寺田寅彦宛ハガキに「藤村操女子」と署名して『水底の感』を書く。

「水ノ底、水の底。住まば水の底。深き契り、深く沈みて、永く住まん、君と我。黒髪の、長き乱れ。藻屑もつれて、ゆるく漾ふ。夢ならぬ夢の命か。暗からぬ暗きあたり。うれし水底。清き吾等に、譏（そし）り遠く憂透らず。有耶無耶の心

ゆらぎて　愛の影ほの見ゆ」

→嫂登世への思慕からなる恋の詩？？？→江藤淳はそう推理するが、疑問。

→「死の世界における永遠の愛を夢見ている。それは「永く住まん、君と我」「清き吾等に、譏り遠く憂透らず」といった表現から明白」(小坂愛60頁)

＊大塚楠緒子は漱石の恋人の名を保治から聴いて知っていたのではないか。

:「門の俥のおかみさんが始終がみがみ言っているのは、実は自分の悪口なのだ」

:「向かいの下宿屋の二階の書生が、自分の噂や陰口を叩いている」

→「おい、探偵君、きょうは何時に学校へ行くかね？」

16日：一般講義の「マクベス」が好評のうちに終わる。

23日：「リア王」開講する→「マクベス」以上の人気。

?：書斎の机上に一枚の半紙がこれ見よがしに置いてあった。

→「予の周囲のもの悉く皆狂人なり。それがため予もまた人の真似をせざるべからず。故に周囲の狂人の全快をまつて、予も佯狂（ようきょう）をやめるもおそからず」

6月3日：楠緒子の「進撃の歌」を「太陽にある大塚夫人の戦争の新体詩を見よ。無学の老卒が一杯気嫌で作れる阿呆陀羅経の如し、女のくせによせばいゝのに。それを思ふと僕の従軍行杯はうみものだ。」(野村伝四宛)(宮井48頁)

梅雨　：野良猫（一見黒猫に見えるが、よく見ると、全身が黒っぽい灰色で中に虎班がある）が迷い込む。

7月頃　：橋口五葉との交流が始まる。

9月　：明治大学予科の講師に決まる。週4時間（月俸30円）。

12月　：しばしば離婚を考える。

:1906（明治39）年8月まで一年八ヶ月ほど『吾輩は猫である』の執筆。

→初め「山会」(碧梧桐・虚子・四万太らの文章会）で虚子が朗読し、好評を得た。

→「「吾輩は猫である」には、漱石の青春時代の原体験を茶化した形で使っているところがあり、「漱石の思い出」にあ

る芸者上がりの性悪な母親に対する反感、敵意が富子の母親鼻子に向かって描かれ、貫一のお宮に対するようなアンヴィヴァレンツな気持が富子に向けられている。」（小坂研14）

1905（明治38）年

1月　　：『吾輩は猫である』を「ホトトギス」に発表。
→好評で翌年の八月まで書き続ける。
：『倫敦塔』を「帝国文学」に発表。
4月7日：楠緒子が夫の漱石への便りに添えて、猫の絵を送る。
→「自分が画の才能を持っていたら、楠緒子を捕まえてたかも知れない」
5月　　：日露戦争の日本海海戦があり、日本海軍はバルチック艦隊をうち破る。
：淵沢能恵は岡部長職夫人の抵子（おかこ）の誘いで韓国に渡る。
7月　　：『吾輩は猫である』の原稿料として15円を貰い、それをそっくり使って、パナマ帽を買う。
9月　　：帝大で「十八世紀英文学」（「文学評論」）を開講。評判。
→教師を辞めて、文学者になりたい気持ちが高まる。
6日：戒厳令。同時に言論取締りに関する緊急勅令を公布。
12月15日：四女愛子出生。助産婦が着く前に生まれてしまい、漱石があわてて脱脂綿を押入れから取り出すと、ありったけの量で赤ん坊を包んだ。（こぼ222頁）
年末頃～：小宮豊隆・森田草平・鈴木三重吉・菅虎雄・寺田寅彦などが出入りし、身辺賑やかになる。

1906（明治39）年

1月10日：漱石から森田草平宛て書簡。

「其時今の大塚君が新しい鞄を買って帰って来て、明日から興津へ行くんだと吹聴に及ばれたのは羨ましかった」

「やがて先生は旅行先で美人に惚れられたと云う話を聞いたら猶うらやましかった」

2月13日：漱石から森田草平宛て書簡。

「死ぬより、美しい女の同情でも得て死ぬ気がなくなる方が

よかろう」

4月　：『坊ちゃん』を「ホトトギス」に発表。

春～夏　：久保より江が訪れ、鏡子とも親交する。→『猫』の「十」雪江。

7月　：狩野亨吉から京都帝国大学に新設される文科大学の英文学講座担当を依頼されるが辞退する。

9月　：『草枕』を「新小説」に発表。

：東京帝国大学英文科に入った志賀直哉は、武者小路実篤に勧められ、漱石の講義を聴講する。

9月16日：岳父中根重一死去。

10月　：『二百十日』を「中央公論」に発表。

10月頃　：正宗白鳥が讀賣新聞の使者として訪ねて来る。
→白鳥の述懐によれば、「学生時代に鏡花訪問を試みた時のような純な気持は失っていて、お役目に訪ねて来たという感じを露骨に現した」(ゴシ120)

10月11日：ここから約九年、1916（大正5）年11月まで、三重吉の提案で毎週木曜日午後三時以後を門下生と談話する「木曜会」と定めた。
→赤い唐紙で「面会は木曜日の午後三時から」と書いて玄関に貼る。

23日：漱石から狩野亨吉宛て書簡。(小坂愛25頁下段)
→京都帝国大学教授招聘を断り（7月)、東京に残って「千駄木の豚」と戦う決意をする。
「当時僕をして東京を去らしめたる理由のうちに下の事がある。――世の中は下等である。人を馬鹿にしている。汚ない奴が他と云う事顧慮せずして衆を恃み勢に乗じて失礼千万な事をしている。こんな所には居りたくない。だから田舎へ行ってもっと美しく生活しよう――是が大なる目的であった。然るに田舎に行って見れば東京同様の不愉快な事を同程度に於て受ける。」末尾に「余の性行は以上述べる所に於て山川信次郎氏と絶対的に反対なり。余の攻撃しつゝあるは暗に山川氏の如き人物かも知れず」(小坂愛28頁上段)

26日：漱石から鈴木三重吉宛ての書簡。(後者は（ぞな18頁))
「僕は小供のうちから青年になる迄世の中は結構なものと思

っていた。旨いものが食えると思っていた。（中略）詩的に生活が出来てうつくしい細君が持てて。うつくしい家庭が出来ると思っていた。」
「いやしくも文学を以て生命とするものならば…維新の当時勤王家が困苦をなめた様な了見にならなくては駄目だろうと思う。間違ったら神経衰弱でも気違でも入牢でも何でもする了見でなくては文学者になれまいと思う」

11月　：家主の斉藤阿具が第一高等学校の教授として東京に戻る。
→栄子が赤痢になったので、水道を引いたばかりだが、借家探しをする。

7日：森田草平（郷里に妻子と母を残し、下宿の女性との板挟みで苦悩する）宛
「子を生ませたつていゝさ。僕なんか何人も製造して嫁にやるのに窮してゐる。然も細君にさう惚れてる訳でもないんだから出来て見ると少々汗顔の至りだ。大方向うでもさうだろう」（小坂研究156頁）

11日：木村熊二「陸奥伯の奇智」（報知新聞）が掲載される。

20日：讀賣新聞の社告「我社、幸いに、同君に請ふて特別寄書家たるの約諾を得たる」（長尾ゴシップ121頁）

12月27日：本郷区西片町十ろの七に転居。

1907（明治40）年

1月　：「野分」を「ホトトギス」に発表。

2月4〜7日：足尾銅山で坑夫が暴動。ダイナマイトを使用。軍隊を派遣して鎮圧。

3月15日：池辺三山（東京朝日新聞主筆）が来訪→入社を決意。

3月　：大塚保治から「教授になってはどうか」と言われる。
→朝日新聞入社を決めていたので断る。
→東京帝国大学と一高を辞職。明治大学を辞職。

28日：京都・大阪を数日間旅行。

4月　：朝日新聞入社（月給200円）。同僚に二葉亭四迷。

24日：姦通罪制定。「有夫の婦姦通シタルトキハ、二年以下ノ懲役に処ス。其相姦シタル者亦同ジ」（刑法183条）

6月5日：長男純一出生。小宮豊隆と鈴木三重吉がお祝いに大きな鯛を

くれる。漱石は大いに喜んで初め名前を「鯛一」にしようかと思う。(184頁)
→神教葬儀。

17日：西園寺公望総理大臣の「雨声会」。この日から三日間、神田駿河台の私邸に、ときの文人を招待した。
→漱石は葉書を一枚出して断る。
「ほととぎす厠（かわや）半ばに出かねたり」(ぞな268頁)

23日～10月29日：「虞美人草」を「朝日新聞」に発表。

24日：漱石から松根東洋城宛て書簡。
「心中は美である由御尤（ごもっとも）に存候小生は無言の業が一番美である様に思う」

7月8日：野上豊一郎宛て書簡。(『虞美人草』執筆時)
「僕ハウチノモノガ読マヌウチニ切抜帳へ張込ンデシマウ。ワカラナイ人ニ読ンデモラウノガイヤダカラデアル」

12日：楠緒子の『露』が「万朝報」に載る一週間前。
：漱石は「『露』を「朝日新聞」に載せないか」と使いに手紙を持たせてやる。

8月3日：小宮豊隆宛て書簡。
「僕の妻が赤門前の大道易者に僕の八卦を見てもらったら女難があると云ったそうだ。しかも逃れられない女難だそうだ。早くくればいいと思って夜渇望している。大旱（たいかん）の雲霓（うんげい）を望むが如し。」(132頁)

20日：松根東洋城宛て書簡。
「漱石子筆ヲ枕頭ニ竪立（じゅりつ）シテ良久（ややひさしくして）曰ク日々是好日（にちにちこれこうにち）讃日花落チテ砕ケシ影ト流レケリ」
「日々是好日」→「娘の眼が潰れても動じない心境」

9月14日：楠緒子が文淵堂から出版する『露』の表紙の意匠を、わざわざ橋口清宛に依頼した。

29日：本郷西片町の家賃値上げで、腹いせに八畳の客間に放尿する。(ぞな75頁)
→この家には魯迅が明治41年4月に弟の周作人らと引っ越す。
→牛込区早稲田南町七へ引っ越す。
→神経衰弱はおさまっていたが、胃病に悩み始めた。

11月４日：内田康哉が男爵を受け賜わる。
11月　　：荒井某が書生として住み込み、『坑夫』の素材を提供する。
12月　　：鈴木三重吉に勧められて「文鳥」を飼うが死なせてしまう。
→『文鳥』

1908（明治41）年

１月１日～４月６日：『坑夫』を「朝日新聞」に連載。
３月　　：長谷川天渓から「余裕派」と言われる。
３月26日：森田草平と平塚らいてうが塩原温泉尾花峠で心中未遂。
→「煤煙事件」を起こす→森田草平を約二週間自宅に引き取った。
６月13日～６月21日：『文鳥』を「大阪朝日新聞」に連載。
７月25日～８月5日：『夢十夜』を「朝日新聞」に連載。
９月１日～12月29日：『三四郎』を「朝日新聞」に連載。
９月13日：「猫」のモデルになった猫の死亡通知を友人に出す。
12月　　：自宅に泥棒が入る。
16日：次男伸六出生する。
＊『三四郎』の中で、与二郎の口を借りて、小さん（当時52歳）師匠の評。
→「小さんのやる太鼓持ちは小さんを離れた太鼓持ちだから面白い。」
→「つまり、たんに役になりきるだけでなく、演じている間その役を演じている自分が消える、役が主体になる、ということ」（ゴシップ101頁）
→「則天去私」とはこのことだろう！

1909（明治42）年

１月14日～３月12日：『永日小品』を「大阪朝日新聞」に連載。
３月　　：石川啄木が東京朝日に校正係で入社。（ぞな232頁）
３月頃：～11月頃、養父塩原昌之助から度々金を無心される。
３月14日：『鰹節屋のおかみさん事件』（43歳のとき・榎町）
→うりざね顔・ほっそり
：日記「今日も曇。きのう鰹節屋の御上さんが新しい半襟と新しい羽織を着ていた。派出に見えた。歌麿のかいた女はくすんだ色をしている方が感じがよい」

4月2日：日記「散歩の時、鰹節屋の御神さんの後姿を久し振に見る」
11日：日記「今日散歩の帰りに鰹節屋を見たら、亭主と覚しきもの妙な顔をして小生を眺め居候。果して然らば甚だ気の毒な感を起し候。その顔に何だか憐れ有之候。定めて女房に惚れていることと存じ、これからは御神さんを余り見ぬことに取極め申候」（ぞな277頁）
5月：二葉亭四迷が客死。
6月：「太陽」の名家投票に最高点当選したが、受賞を断る。
6月27日〜10月14日：『それから』を「朝日新聞」に連載。
8月：急性胃カタルを起こす。
9月2日〜10月17日：中村是公（満鉄総裁）に招待された満韓旅行が急性胃カタルの発作で延期になっていたが、やっと満州・朝鮮に出発し、帰りは大阪・京都を廻り、帰京。
10月21日〜12月30日：『満韓ところどころ』を「朝日新聞」に連載。
10月25日：「朝日新聞文芸欄」が設けられ、その主宰となって、文芸欄に執筆した。
11月：塩原家養父と断絶の誓約書を結び百円を支払う。

1910（明治43）年

1月：『それから』を「春陽堂」から出版。
3月1日〜6月12日：『門』を「朝日新聞」に連載。
2日：五女ひな子出生。
16日：楠緒子からの訴え。→「『それから』を読んだ保治が神経衰弱」
漱石から楠緒子宛ての返事の書簡。
「大塚氏神経衰弱未だ回復なき由神経衰弱は現代人の一般に罹る普通のもの故御心配なき様冀（こいねが）い候。逢って話をする男は悉く神経衰弱に候。是は金病とともに只今の流行病に候右御返事迄」（176頁）
4月18日：「私は禅の事を尋ねられたつて真実に知らん。況して禅と文学との関係なんぞ。併し明治二十六年の猫も軒端に恋する春頃であつた。私も色気が出て態々相州鎌倉の円覚寺迄出掛けた事がある。」（『色気を去れよ』）
5月20日：地球にハレー彗星が大接近した年で、日本でも肉眼で見え始

めた。
22日：朝日新聞では伯林発の電報を載せた。
「地球の滅亡近きに在りとなして法皇に救いを求め」（イタリア）
「李朝滅亡の時至れりとなして人民は殊更に遊逸に耽りつつある」（朝鮮）
「巴里付近では何がなんだかわからなくなって「カーニバル祭を行はんと」した」（フランス）
→その後、さすがにぶつかりはしないと判る。
→「彗星の尾が地球に掛かったときに大気が化学変化をおこしてあらゆる生物は窒息するか発狂する」という妙に科学的なデマが流れた。（ゴシ135頁）
6月9日：「長塚節氏が小説『土』」を「朝日新聞」に発表。
18日：～7月31日まで胃潰瘍のため内幸町の長与胃腸病院に入院。
：糖尿病で入院。
7月19日：糖尿病で入院中に病院の外へ散歩に出て、近くの床屋に入ると、「髪を刈った男余の頭を刈りながら「好い毛ですね。鏝手を使って曲げた様だ」と云って何返もほめる」と日記に記し、代金12銭のところを20銭も奮発して渡す。（こぼれ話192頁）
8月5日：修善寺温泉の菊屋旅館に転地療養に赴く（松根東洋城が勧めて同行する）。
6日：病状悪化→修善寺の大患。
17日：吐血する。
19日：吐血する。
24日：夜大量の吐血で、人事不肖になり、危篤状態に陥った（修善寺の大患）。
→急報で東京から見舞客が詰め掛ける。
10月11日：舟形の寝台に寝たまま帰京。
→すぐに長与胃腸病院に入院。
→翌年2月26日：退院。
29日～翌年2月26日：『思い出す事など』を「朝日新聞」に連載。
11月5日：日記「森成さん（医師）が越後の笹飴をくれる。雅なものなれど旨からず」
9日：楠緒子「父上によろしく、子等をたのむ、最後にさようなら」

と遺言。死。

13日：漱石は長与胃腸病院で、新聞から楠緒子の死を知る。
→「大塚から楠緒さんの死んだ報知と広告に友人総代として余の名を用いて可（よ）いかという照会が電話でくる。」

15日：「〇晴。床の中で楠緒子さんの為に手向の句を作る
棺には菊抛（な）げ入れよ有らん程
有る程の菊抛げ入れよ棺の中
〇ひたすらに石を除くれば春の水」（小坂愛189頁）

＊柳田國男『遠野物語』が出版される。

1911（明治44）年

２月20日：文部省より文学博士授与の通知を受けたが辞退する。

24日：『博士問題』を「朝日新聞」に掲載。
→博士号とは「僅かな学者的貴族が、学権を掌握し尽くすに至ると共に、選に漏れたる他は全く一般から閑却される」（ゴシップ245頁）

４月15日：『博士問題の成行』を「朝日新聞」に掲載。

６月17日：長野県教育委員会の依頼で長野に赴く。

18日：「教育と文芸」を講演。

：夫婦が手を繋ぎ本堂の暗い床下のトンネルをくぐれば、天国に行くと言われる〈偕老同穴〉のお寺である善光寺に鏡子夫人と。ただし門前で松崎天民とばったり出会う。
→「白チョッキに麦藁帽で、細君を連れてにこにこやってくる人がある。誰が笑ってるのかと思ったら夏目漱石だった」（「思い出」268頁）
→「それ見ろ、こう書かれるとみっともよくないだろう」

21日：高田と諏訪でも講演して帰京。

８月13日：明石で「道楽と職業」を講演。大阪朝日新聞主催。

15日：和歌山で「現代日本の開化」を講演。

17日：堺で「中味と形式」を講演。

18日：大阪で「文芸と道徳」を講演。

18日：胃潰瘍が再発して、今橋三丁目の湯川胃腸病院に入院。

９月14日：帰京。間もなく痔を病み、神田区錦町の佐藤病院で手術。→翌春まで通院。

10月頃　：高浜虚子に誘われて、九段の能楽堂に行くと、20年ぶりに偶然「昔の女」に出会う。（思い出12頁・宮井36頁）
→20年前は井上眼科事件。
→清子が生きていたら、38歳になっている。

10月24日：池辺三山が森田草平の「自叙伝」が原因で弓削田精一政治部長と対立して辞職。文芸欄が廃止され、森田草平も解任。

29日：最愛の五女ひな子が急死。「生きて居るときはひな子がほかの子よりも大切だとも思わなかつた。死んで見るとあれが一番可愛い様に思ふ」（日記）
→供養の意を込めて『彼岸過迄』を書く。

1912（明治45／大正元）年

1月1日～4月29日：『彼岸過迄』を「朝日新聞」に連載。

2月　：池辺三山急死。

3月1日：追悼文『三山居士』を「朝日新聞」に掲載。

4月13日：石川啄木、死す。

15日：石川啄木の葬儀が浅草松清町の等光寺で営まれ、漱石は森田草平と列席。

5月2日：日記に「妻　小猫を踏み潰す。」

7月30日：明治天皇崩御。大正に改元。

8月2日～4日：家族と鎌倉旅行。

17日～31日：中村是公に誘われて塩原・日光・軽井沢・上林に旅。

9月13日：明治天皇葬儀。乃木希典殉死する。

26日～10月2日：痔の再手術のために佐藤病院に入院。
→気分転換のため書を嗜み、南画風の水彩画を描いたが孤独感が強まった。

12月6日～翌年4月7日：『行人』を「朝日新聞」に連載。

1913（大正2）年

1月頃～6月頃：強度の神経衰弱が再発。

3月末～5月中旬：胃潰瘍が再々発。三度目。自宅で病臥し、「行人」を中絶。

9月15日：「『行人』続稿について」の断り書きを掲載。

16日～11月15日：『行人』を「朝日新聞」に連載。

９月頃　：北海道より籍を戻し、東京府平民となる。

1914（大正３）年

３月29日：漱石から津田青楓宛て書簡。「世の中に好きな人は段段なくなります」

４月20日～８月11日：『心』を「朝日新聞」に連載。

６月　　：本籍を北海道岩内郡岩内町大字鷹台町から東京市牛込区早稲田南町へ移す。

９月中旬：四度目の胃潰瘍が発病。自宅で一ヶ月病臥した。

10月31日～：『伏せられていた日記』→神経衰弱（被害意識＆妻・下女に対する不信）

11月25日：学習院で「私の個人主義」を講演。

12月初旬：佐々木信綱と共に、保治と大塚家の仲裁に奔走。

＊第一次世界大戦で日本がドイツに宣戦布告する→カイザル髭の流行が終わる。（もし38）

1915（大正４）年

１月頃　：保治は大塚家に踏みとどまる。死せる楠緒子の魅力か。

１月13日～２月23日：『硝子戸の中』を「朝日新聞」に連載。

２月　　：長塚節が九州帝国大学附属病院（福岡）で亡くなる。

３月19日：京都への旅行中に胃潰瘍で倒れる。

４月16日：鏡子夫人が迎えに来て、17日に一緒に帰京。

６月３日～９月10日：『道草』を「朝日新聞」に連載。

10月９日～10月17日：中村是公と湯河原に遊ぶ。

12月　　：林原耕三の紹介で芥川龍之介・久米正雄などが門下生となる。

1916（大正５）年

１月28日～２月16日：リューマチの療養で、湯河原温泉や中村是公の別荘に滞在。

４月19日～７月上旬：真鍋嘉一郎にリューマチではなく「糖尿病」と診断され治療。

５月上旬：胃の具合が悪く病臥した。

５月26日～12月14日：『明暗』を「朝日新聞」に連載。（中絶）

７月　　：上田敏が亡くなる。

8月以降：午前中は『明暗』を執筆し、午後は書画・漢詩を創作した。
8月24日：芥川・久米宛書簡に「牛になる事はどうしても必要です」
10月下旬：雲水が二人宿泊する。
：豊隆・草平・三重吉は遠くなり、龍之介等に期待をかけた。
11月　：訊ねて来た芥川・久米・松岡に「悟り」の境地について語る。
16日：最後の「木曜会」で「則天去私」が語られる。
18日：大谷正信から贈られた「鶇（つぐみ）の粕漬け」を骨ごとバリバリ食べる。
21日：辰野隆の結婚披露宴で箸休めに出された南京豆の油揚げを食べ過ぎた。鏡子夫人の席が離れていて止める者がいなかった。この結婚披露宴には、漱石が大ファンだった落語の三代目柳家小さんが余興に呼ばれ、これまた漱石が大好きだった「うどんや」を演じたので、大満足だった。（ゴシップ202頁）

＊漱石は普段から南京豆・塩豆が大好物で、散歩の途中に仕入れてはポリポリやっていた。

22日：胃潰瘍が再発して病臥。
23日：真鍋嘉一郎の診察を受け、「重態」と診断される。
28日：大内出血をして、人事不省に陥る。絶対安静、面会謝絶となる。
11月頃　：万年筆の記事を書いたお礼──→丸善からオノトG万年筆。
12月2日：再度の大内出血があり、危篤状態に陥る。
8日：絶望状態に陥る。
→四女のアイちゃん（当時11歳）が漱石の枕元で泣き出す。
→鏡子夫人「泣くんじゃない」とたしなめる。
→漱石は微かに目をあけ優しい口調で「（もう）泣いてもいいんだよ」
9日：午後6時45分死去。森田草平の提案でデスマスクが取られる。
10日：鏡子の発案で帝国大学医科大学において長与又郎の執刀により解剖。
朝日新聞の漱石死亡記事の中に、漱石が容態悪化の中で、「死ぬと困るから」と呟いたという話が掲載される。
→主治医の真淵嘉一郎が看護婦と居たときに耳にした。
→弟子の林原耕三は「本当に先生が言ったかどうか怪しいものだ」とカンカンに怒る。

12日：青山斎場で葬儀。導師は釈宗演。
：戒名は「文献院古道漱石居士」
28日：雑司谷墓地に埋葬。

＊漱石の命日が12月9日だったことに因んで、毎月9日に漱石門下生が集まって親睦を深める会が開かれていた。これは漱石没の翌年の大正6年1月9日が第一回で、昭和に入って夏目家が池上に移ってからも行なわれていた。（こぼれ話80頁）

夏目漱石／エピソード

・漱石は痘痕（あばた）を気にしていた。
→弟子の一人が漱石に質問した。「先生のような方でも女に惚れるようなことがありますか」先生はしばらく無言でその人をにらめつけていたが、「あばただと思って馬鹿にするな」と言った。（芥川が書き留めている）
・漱石の髪の毛は柔かい。
・若き日の座右銘は「守拙持頑」
・かつて弟子たちが漱石を楽しませようと、笑い話に女にフラれた男のことを話をしたとき、漱石は真顔になり、失恋した者を道化あつかいすることはいけない、と注意した。（弟子の林原耕三）（ゴシップ171頁）
・「朝日」と「敷島」を吸う。酒は下戸。（こぼれ話190頁）
・近代日本の「洋学隊長」をめざす。（ぞな73頁）
・「因縁」「運命」「テレパシー」「幽霊」といった「超現実世界」に脅えていた。
・「霊の感応」
・「命のやりとりをする様な維新の志士の如き烈しい精神で文学をやってみたい」
・手紙のカタカナ書きのところは、胸奥を自由に吐露した部分。
・有島武郎は現実にぶつかって破滅するも、漱石は小説の中のみ。
・漱石には現実と夢を平衡操作するしぶとさがある→『永日小品』『夢十夜』（芥川が羨望）
・漱石は、鷗外の如く妻子を見下しあやすことができず、対等に扱う生一本なところがあった。（167頁）
・娘の筆子曰く「どんなにすぐれた天才的な夫より、平凡で優しい夫を

と思い、松岡は私が選んだ」(167頁)
・娘の筆子曰く「(父漱石が) 神経衰弱の時、井上眼科の女（ひと）が現れていじめる」
・「太平の逸民」の幻想愛→背後に日露戦争→天下国家・経世済民のためという儒教的倫理観。
・漱石は自分の娘たちに、自分の作品にせよ他人の作品にせよ、小説を読むことを禁じていた→『土』だけはぜひ読んでみるように。(ぞな226頁)
・漱石はロセッティの英詩『在天の処女』や、ダンテの『神曲』を参照して、楠緒子を幻想化しつつ、『創造の夜明け』などの一連の英詩を作り、さらにそれを発展させて、『夢十夜』の「一夜」を書いた→天上の乙女と地上の男。(小坂説)
・幼馴染で瓜実顔の植物的女性「れん」と、楠緒子が重なる。
・凡人から理解されない淋しさのあまり、なんとか凡人と手を繋ぎたいという愛情飢餓。
・「おれは学者で勉強しなければならないのだから、おまえにかまってはいられない。それは承知しておいてもらいたい」
・倫理的にして初めて芸術的なり (228頁)
・倫理を至上目的として、人間愛より上位に置いた。(228頁)
・良寛に傾倒していく→人間臭を遠ざけた禅僧と美しい自然を愛す→「人間より自然が好きになる」(津田青楓宛て書簡) →「憎人厭世」「自然愛好」
・「死んだら皆に柩の前で万才を唱えてもらいたいと本当に思っている」
「本来の自分には死んで始めて還れる」
「生よりも死を選ぶ」
→人間のエゴを完全に滅却する死を賛美。(林原耕三宛て書簡) (228頁)
・「死につつそうして生きる」
・妻子ある草平の「煤煙事件」→漱石は、草平の純心さを愛したが、ラフな面を嫌悪
→草平はその漱石の気持ちを知っていた？
・ヒゲのある男
・「二人して一人の女を思う。一人は消極、sad, noble, shy, religious, 一人はactive, social, 後者ついに女を得。前者女をとられて急に淋しさを強

く感ずる。居たたまれなくなる。lifeのmeaningを疑う。遂に女を口説く。女（実は其人をひそかに愛している事を発見して戦慄しながら）時期後れたるを諭す。男聴かず。生活の本当の意義を論ず。女は貫通か。自殺か。男を排斥するかの三方法を有つ。女自殺すると仮定す。男茫然として自殺せんとして能わず。僧になる。また還俗す。或所で彼女の夫と会す。」（『明暗』執筆直前のメモ）
・恋につきまとうエゴと罪を重視→恋愛に懐疑的→愛より倫理
・修善寺の大患→鏡子夫人から「雀の子か烏の子」のように口移しで食べさせてもらう→鏡子の母性愛を知る。
・漱石は女性にあてた手紙では自分のことを「私」と書く。（悩む49頁）
・漱石はビスケットが好き→タカジアスターゼを飲む。（悩む58頁）
・「仇な深川、いなせは神田、人の悪いは飯田町」というざれ歌がある。
・娘たちにピアノを習わせていた。『三四郎』の印税でピアノを買った。（こぼれ話88頁）
・子供たちには西欧式の礼儀作法を厳しく躾け、ピアノを習わせたりした漱石だったが、教育に関してはおおむね放任主義を貫いた。
・しかし、ただ一つ、娘たちが小説を読むことだけはかたく禁じていた。→「半可通の文学好きの女というのはどうもいかんね。自分の娘にあんなふうになられたら、たまらない」と漱石は口癖のように言い、「小説なんて読んではいかん。たとえおれの小説でも読んではいかん」と命じた。（こぼれ話199頁）

夏目漱石の女性関係

［井上眼科の少女］
・1891（明治24）年：7月17日：井上眼科で「天気予報なしの突然の邂逅」
・銀杏返しに竹なわ（たけなが）をかけて。
・しんから親切。
・「見ず知らずの不案内なお婆さんなんかが入って」来ると、「手を引いて診療室へ連れて行ったり、いろんな面倒を見て上げるという風」
・背がすらりと高い
・きりりと締まった細面
・茶の棒縞の着物にはやりかけた唐縮緬の帯をお太鼓に結んでいる（宮

井）
・「父が神経衰弱の時、母と自分をいじめるのは井上眼科の女を思い出すから」（筆子）

［竹なわの娘］
・漱石が亡くなる4、5年前、高浜虚子と能見物に九段の能楽堂に出掛けると、20年ぶりに出会う→「亭主が聞いたらいやな気がするだろうな」
・「吾恋は闇夜に似たる月夜かな」
・漱石の兄和三郎はその女の名前を知っているが、自分は忘れてしまった。（鏡子）

［近所の鰹節屋の御神］
・『それから』の三千代のモデル？
・「歌麿の書いた女」

［新橋の名妓おゑん］
・写真を机の上に置く。
・瓜実顔の、何処かに理知の影が仄見えるような、きりっとした面差し。

［日根野れん］
・東京高女（お茶の水女子大の前身）卒業。
・陸軍少尉平岡周造と結婚。入り婿。日根野周造となる。
・1904・05（明治37・38）年の日露戦争の折に、三人の娘を姉に託して、従軍看護婦を志願。→この勤務の過労が元で結核→1908年（明治41年）6月2日に亡くなる。→漱石はこの直後の6月14日に『文鳥』を書く。
・翌年の1909年（明治42年）に入り婿の日根野周造が死亡。彼は旅順攻撃にも加わり、高崎の連隊長まで昇進した。
・塩原昌之助は名主であった父を幼少の頃喪い、15歳で父の跡目を継いで名主になるまで、漱石の父直克が後見人として世話をした。
→直克の仲人で、夏目家に奉公していた榎本やすと結婚。
→子どもができないので、二歳の金之助を養子に。
→1874年（明治7年）浅草の戸長時代、旧旗本の未亡人日根野かつの土地問題・財産問題の相談にのる。
→1875（明治8）年　やすと離縁して、かつと家を持つ。

→1888（明治21）年1月、240円の養育料を納め、漱石は夏目家に復籍。
・1908（明治41）年11月、完全に縁を絶つという意味の誓約書を書かせて、百円の手切金を支払い決着。（前年？れんが死亡して、その夫周造の金鵄勲章の年金が来なくなる）
・もし日根野れんが『文鳥』のモデルならば、うなじを刷くなどは、『草枕』の風呂場のシーンよりも、よっぽど官能的だと思う。

［前田卓子］
・前田案山子の娘
・「草枕」の那美さんのモデル→実際の風呂場へ行ってみたが、いくら暗くても、脱衣所で人が入浴しているかどうか判ると思った。卓子は漱石か山川信次郎か、どちらか一人が入浴していると勘違いして、浴槽までの階段を降りたのではないか。
・後年東京に来て、辛亥革命の青年革命家たちを手助けした。
・晩年の卓子は、漱石とホテルで一晩過ごしたのが一番の思い出と語っていた。（『『草枕』の那美と辛亥革命』（安住恭子・白水社）

夏目筆子の人物評

小宮豊隆　＝「一番可愛がってくれましたが、でも嫌いです。あの人はズルイから」
鈴木三重吉＝「子供嫌いで、酔っぱらうと、子供はうるさい、しばらく風呂敷に包んで押入れに入れとけと怒鳴ったりで、変った人でしたが、あの人は好き。ズルクないから。」
内田百閒　＝「問題外です。母からの金の借り出しっぷりなどすごかったですね。要領マンですよ。おとぼけ上手の」
森田草平　＝「いい人だったと思います。子供なんか無視してましたが、ともかく純情な人でしたね」（もし27頁）

大塚（小屋）保治

1865（慶応元）年生まれる。漱石よりも二歳年上。
1891（M24）年7月：哲学科を卒業。銀時計を恩賜される。
1893（M26）年　夏：保治（29歳）と漱石（27歳）は親しくなる。

1893（M26）年8月7日：斎藤阿具は夏休みを利用して、保治を追って興津の清見寺へ。
→保治は清見寺龍沢院に止宿していた。
→楠緒子母娘は清見寺別坊に避暑に来ていた。
→保治を誘って龍華寺へ。（清水の段取りによる見合いか？）
→保治は楠緒子母娘と龍華寺へ出遊中。
1893（M26）年8月20日：保治は阿具と別れ、大塚家一行（楠緒子・母伸・弟豊）の後を追い、五龍館に立ち寄る。
→楠緒子一行はすでに出発していた。
→漱石は金もなく、一人寄宿舎に閉じこもっていた。
1894（M27）年7月25日～：伊香保温泉。
1895（M28）年2月13日：保治・楠緒子、結納を交わす。
3月4日：保治は「大塚」姓に。
3月16日：保治・楠緒子、披露宴を開く。
→保治夫婦が、駒形駅から二台の人力車で、笂井（うつぼい）に向かう様子を、村人たちは行列をなして迎え、楠緒子の美しさに目を見張った。
7月26日：漱石は松山から阿具に宛てて書簡。
→「去年以来海水浴場温泉場杯は嫌いに相成候」
1900（M33）年：ドイツから帰国。
1901（M34）年：文学博士の学位を授かる。
1917（T6）年冬：松根東洋城が大塚家を亡き漱石の思い出を聴きに訪ねる。
→今どき電燈がなくランプ。（177頁）

・幼少時代は「天童様」の出現と言われた。
・泣かない子供だった。
・カルタの名人。
・泳げない。
・鷹揚・誠実
・得意の記憶力
・学問の上で保治の方が漱石よりも高く評価されていた。
・漱石がこんなに偉くなるとは学生時代には思っていなかった。
・ヒゲのない男。

・邦人教授として初めて、東京帝国大学で「美術史」と「美学」を担当する。
・講義準備のために著作の暇も惜しむ→一冊も著作を出さず。
→学問は日進月歩する故に旧（ふる）くなった講義内容を本にする気がせず。
→教室は聴講生で溢れた。芥川を始め、多くの学生を惹きつけた。
→名刺大の紙切れに書いた簡単なメモを持つ。
・カントの影響から次第にディルタイの方法に重きを置き、さらに現象学的方法を加えて類型学（Typologie）としての美学。
・大西祝（はじめ）・岡倉天心に師事。
・大西祝らの路線を発展したともみられる自然科学的・心理学的・社会学的美学の必要を説く。
・保治が明治33年にドイツから帰国するまでは、鷗外のハルトマンの観念論的美学が盛んだった。これを演繹的すぎると批判。心理学的・社会歴史学的考察を加え、帰納的に美学の法則を見出すべきと主張。
・銀時計を恩賜されている。
・文展（後の日展）生みの親。
・晩年は酒を嗜むようになる。厭世・厭人的になる。
・漱石・保治ともに、恋は学問・求道に反する恥ずべきことと考えていた。
・保治の姪静江は、画家・俳人の磯部草丘（松根東洋城の弟子）の妻となった。
・楠緒子が後年、家庭的不和の際、若き日の保治を戯画化した。
→「道学先生を以て任ずる彼が、今のこの細君、即ちその時の某家の令嬢と始めての会見の際にも、いざお見合いとあって妙に媒介人が周章てたるが、そが中にも、泰然として事にたずさわり、さながら白昼黒白を弁ずるが如くに処して以て許し娶ったる夫人なり。」

陸奥宗光

・伊達小次郎。陸奥陽之助。雅号は「福堂」。亮子への手紙には「福助」。
・痩せ型。六尺近い上背がある。断髪を七三に分けている。
・着物を着ている方が珍しい。
・浅黒く面長な顔。鼻梁が高く、彫りの深い顔立ちは端正。

・亮子とは兄と妹と言っていいほど似通った二重瞼。
・伊藤博文は三歳年上だが、「俊輔」「小次郎」と呼び合う仲。
・金集めの能力を坂本竜馬に高く評価されていた。
・蓮子の遺骨は横浜三ッ沢の豊顕寺（ぶげんじ）に預けてある。
　→明治7年の秋に大阪の夕陽岡の墓に移す。
・独特の甲高い声。
・旧紀州藩主・徳川茂承が、一年近く京の藩邸に人質同然になっていたが、維新政府と交渉して解放する。また15万両の上納金と18万石の領土召し上げの沙汰まで出ていたが、藩政改革を条件にそれらをとりやめさせた。（相思85頁）
　→突然通達された徴兵制度を藩士の誰一人反対もせず受け入れたのはこのためであった。
・陸奥の渡欧の結果、和歌山藩は最新のプロシャ式装備を持ち、連日厳しい訓練を施しても誰一人嫌がる者も出ないで、精鋭兵数万を擁するようになった。
　→遂には薩長の軍隊さえ凌駕しかねない軍事力を密かに自負するようになる。
　→「この和歌山から今一度天下を覆してやろう」と藩兵の誰もが内心思っていた。
　→旧長州藩士の島尾小弥太が和歌山藩の軍事教育を学びたいとやって来る。
　→政府のお目付け役。
　→陸奥と津田は話し合ってすべてを公開する。（相思86頁）
・清住町の家の近くに本所松坂町があり、赤穂藩主浅野内匠頭の刃傷沙汰のあと、屋敷替えになった吉良上野介の屋敷があった。本懐を遂げた赤穂浪士47人は仇討ちを果たした報告のために白い布に包んだ吉良上野介の御首を槍先に掲げ、陸奥邸のすぐ近くの深川御船蔵の裏通りを行って永代橋を渡り、泉岳寺に向かった。この縁で、陸奥家に出入りする者はなにかと赤穂浪士を話の引き合いに出した。
・陸奥の理想は、坂本竜馬の「船中八策」で、みんなんで合議して政治を行なうこと。

陸奥亮子

・安政3年11月9日：大店の老舗が多い日本橋北の本石町で生まれる。
・父は龍野藩五万一千石の藩主脇坂淡路守安斐に仕える、江戸常勤でお留守居役を勤めている二百石取りの「金田蔀昌武」。
・妾腹の子。
・母は「添機」、父親違いの姉は「お幸」
・金春芸妓
土橋から新橋にいたる川を挟んで南側は花街で、紅殻格子の芸者屋が軒を連ねている。ここには幕府の御能師・金春太夫の拝領屋敷があったから、ここの芸妓を「金春芸妓」と呼ぶ。しかし近頃は「新橋芸妓」と呼ぶことが多い。御一新以降は薩長の頭目連や土肥の巨頭連など新政府の歴々に気に入られて、深川や柳橋を凌ぐ勢い。（相思7頁）
・芸名は小鈴（こかね）
・黒目勝ち。肌が白い。見かけは華奢。椀を伏せたような形のいい乳房。（相思15頁）
・根の高い島田を好んで結う。
・「柏屋」（女将はおこん）で下働きを三年したあと、12歳で半玉になり、明治5年の正月にお披露目を先延ばしにして、17歳で芸妓に出た。
・新橋の西方の久保町に旧幕府時代には御留守居茶屋で名高い、会席料理の「伊勢勘」がある。維新後は政府の高位高官が芸妓を侍らせて酒盃を交す。
・「伊勢勘」は門口から玄関まで長い敷石が続く。主人の伊勢屋勘兵衛は「敷石の上は芸者衆の通る所ではない」
・若者を「二才」（にせ）と呼ぶ。
・母「添機」は、二十石取りの軽輩山岸家の娘。町娘に踊りを教えたり、賃仕事の縫い物をして、生計を立てていた。
・添機が病に倒れる→父金田は芝口一丁目の藩知事になった脇坂の上屋敷の邸内にある長屋に住んでいた→小鈴とお幸は何度も窮状を訴えに行く→援助なし。
・見かねた近所の人が、小鈴の美貌を見込んで、金春の芸妓屋柏屋に年季奉公を勧めた。
・緋鹿子の帯をお太鼓に結ぶと、良家のお嬢様にもひけをとらない。
・若妻らしく丸髷を結い、五つ紋の紫鼠色のお召縮緬の着物に金通しの丸帯をしていた。（明治5年5月6日）

・若妻ながら眉も剃らず鉄漿（かね）で歯も染めていない。
・暗い話はご法度の金春芸者。
・日本人離れした魅惑的な目。彫りの深い目鼻立ち。陸奥にそっくり。妹か。（相思287頁）

陸奥清子

・明治6年7月30日：明け方に生まれる。
・柔かく波打つ髪。
・明治7年頃、人見知り。指舐めを始めて、叱っても直らない。
・明治10年10月17日：学習院が開学。
→広吉と潤吉は入学するも、4歳の清子は自宅で個人的に教育。（相思200頁）
・6歳の清子は、正月など友禅の着物を着せるときには、稚児髷に結って簪を挿すこともあるが、普段は肩先に髪を下ろしていた。柔かい髪。
・両親に似た黒目勝ちの大きな眸で微笑むと愛らしく、うっとりと惹き寄せられる。
・二重瞼の張りのある眸。まるで風に揺れる蔓のようにはかない、か細さ。
・「お父さま」「お母さま」と呼ぶ。（相思251頁）
・白魚のような指先で、美しい袱紗『ふくさ』さばきのお点前をする。（相思268頁）
・「お清」と政子から呼ばれる。
・明治17年、数えで13歳の清子は、痩せぎすで、年齢よりも子供っぽく見えるが、それでも乳房が丸く膨らんでいる。うなじにも若い娘の香が匂いたっている。（相思279頁）
・倫敦の陸奥宗光の依頼に応じて、亮子・広吉・清子の西洋服で立ち姿の写真を送るが、清子の写りがよくないと言うことで、友禅の長袖を着て撮り直し、それを送り直す。
→陸奥が周りに見せて、それとなく相応しい夫を探しているのか。（相思279頁）
・陸奥宗光は、清子を太らせる算段を異国から指示。
→「まあ西欧の粥でしょうか。印東先生に相談して、オートミルを清子に食べさせよ」

・「頬を上気させた清子は美しい」（相思300頁）
・陸奥のイギリス仕込みの紳士的な礼儀正しさ、亮子の美しさ、清子の可憐さ、そしてこの母娘は英語でたいていの受け答えが出来たので、国務長官のバイアード・トーマス・フランシスや政財界の名のある家からも、母娘揃ってホームパーティに招待された。

陸奥家関係者一覧

・亮子の実母は「添機」（そえき）。旧姓は「山岸添機」
・父親違いの姉は「お幸」
・添機とお幸は亀島町に住む。
・金田言（かたる）は蔀の息子で、小鈴の異母兄。
・陸奥宗光の父伊達宗広はかつて御三家紀州藩の勘定奉行として八百石を賜る。
・母は後添いで政子。政子の実家の渥美家は紀州藩主の御側御用取次を勤めて千石を賜る。
・政子は宗光がどんなに勧めても、昔風に眉を剃り、歯を黒く染めている。
・政子は紀州では毎朝、香ばしい茶の香がする茶粥を食べていた。
・宗広と政子は大阪に住んでいた。大阪は四天王寺、通称天王寺さんに近く、新古今集の選者である藤原家隆卿の墳墓という塚を含めた1500坪余りを購入し、その北西部分に住居を建て、この地を「夕陽岡」と名付けた。（相思136頁）
・陸奥宗光の義兄は伊達宗興で、広島県権令。
・父宗広は嘉永元年6月47歳の時に『大勢三転考』を著わす。
・宗広が政子の前の奥方との間に長女五百子を生んでいるが、慶応3年に死去。
・宗広は雅号を「千広」と言って、近くに家を借りて「和歌禅堂」という歌塾を開く。
・義兄の宗興が、勝海舟が神戸に開設した海軍操練所に付属する海軍塾に、義弟の小次郎が入塾できるように頼んでくれた。奇遇にもそこに坂本竜馬が入塾していた。（相思114）
・宗興の末子多仲はサンフランシスコの英語学校を卒業したが、そのままアメリカに居る。

・長坂邦輔は、陸奥宗光の母政子の妹（叔母）の落穂が、長坂学弥（四百石の紀州徳川家で勘定奉行や町奉行を勤める）に嫁いで産んだ息子。従弟にあたる。広島の義兄宗興の下で働いていた。
・長坂邦輔の母落穂は明治18年3月に亡くなる。
・長坂邦輔の兄梯助は明治19年1月に亡くなる。
・長坂邦輔は和歌山警察署長だったが辞めさせられる。新宮署長時代に投獄されて来た博徒が大病になったので、医師に治療させてから服役させた。お礼に兵児帯一筋を貰ったが、栄転後に暴露されて収賄罪でクビにされた。
・長坂邦輔は渡米に同伴するとき、和歌山に内縁の妻北島たかを残して来た。北島たかは和歌山東廓で神高楼を営む者の娘であった。
・父・伊達宗広の先妻・綾子が産んだ、陸奥宗光の異母姉に当たる長女の五百子に婿養子の伊達五郎宗興（「五郎さん」と呼ぶ）を迎えた。陸奥宗光よりも21歳年上。
・父・伊達宗広は「千広」という雅号で、旅の見聞記を書き、和歌を詠んだ。
・異母姉の次女と四女は早世した。異母姉の三女の道子は水野正従に嫁ぐ。
・同腹の妹で五女の美津穂は金森仲に嫁いで三重県の伊勢に住む。
・同腹の妹で六女の初穂は横浜税関長官の中島信行の妻。
・中島信行は土佐郷士の息子。陸奥宗光と一緒に勝海舟の神戸海軍操練所で学び、閉鎖のあと、坂本竜馬が長崎で創立した土佐海援隊に加わる。海援隊が大洲藩から借りて航行していた「伊呂波丸」に、紀州藩の「明光丸」が衝突して沈められる。その後、賠償問題で紛糾。宗光の父宗広が紀州藩の重役であったことから、宗光は仲間うちからあらぬ疑いを掛けられて命を狙われる。それを命懸けで防止したのが中島信行。宗光は「作太郎」などと呼ぶ。
・中島信行・初穂夫婦に、長男久萬吉が誕生。明治8年3月には次男多嘉吉を生んだ。明治10年8月20日初穂が三男邦彦を産んで、その後産褥で亡くなる。
・中島信行の再婚相手は、婦人民権家の岸田俊子（中島湘煙）
・中島信行は明治14年10月に元老院議官を依願退職して、板垣退助を総理とする自由党に副総理として迎えられた。
・後藤象二郎も常議員として自由党に入党。

・竹内剛も新潟監獄で一年の刑を終えると、自由党に入党。
・陸奥宗光の先妻からの乳母はきわ、奥（の取り締り）女中のさと。
　→いずれも明治5年で40半ば（明治24年ならば60代半ば）。
・陸奥宗光の先妻からの小女はいと。
・長男の広吉は気管が弱い。青山北町の私塾青山学校に通い始めてから、英国留学をして、星亨のように英国の法廷弁護士バリスターの資格を取ろうと考え始めた。
・明治11年6月に金田言が蔀の遺骨を持って播州龍野に帰り、母喜代を連れて帰る。
・明治17年4月頃、陸奥は洋行する前に、亡き父の宗広の本家に当たる宇佐美家の豊子に、亮子と清子の読み書きの指導を頼んだ。豊子は三十路過ぎて婚期が遅れているが、能筆家であった。毎日訪ねて来て、亮子には古今の歌集を読ませたり、歌詠みの仕方を教えたり、『南総里見八犬伝』で読書力を上げたり、漢字に仮名交じりの手紙の書き方などを教えた。（相思264頁）

明治維新関係者一覧

・勝海舟は陸奥宗光を「浅薄な男」と嘲った。
・伊藤博文が竜馬に次いで、陸奥の算勘や経済にも強い能力を高く認めていた。
・伊藤博文は「箒の御前」「半玉の鬼門」と言われ、箒で掃くように手当たり次第女に手をつけるが、その寵愛は二、三ヶ月しか続かない。
・伊藤博文は大井の伊皿子に自宅。父親の十蔵は同居。娘生子。伊藤俊輔と名乗っていた。
・伊藤博文は富貴楼の内芸妓のおあきに文子を生ませる。亀次郎とお倉の娘となっている。
・伊藤博文の妻は梅子で、馬関の芸妓小梅だった。しかし、夫の代筆や英字で手紙も書くようになる。
・伊藤博文は今太閤と言われた。長州の百姓の出で、父が中間の家の養子になって伊藤姓を名乗ったお陰で、松下村塾に入れ、主宰者の吉田松陰から尊皇攘夷を教えられた。
・井上馨は志道聞多と名乗っていたが「刀傷のモンタ」と呼ばれ、大隈重信邸（『築地の梁山泊』と呼ばれる）内の長屋に住んでいた。小柄。

容貌は悪くない。
・井上馨は豪商の三井の邸から役所に通い、利権を狙って集まる者たちから、金や高価な書画、骨董の類を手に入れていた。
・井上馨は西郷隆盛に『三井の番頭』と言われる。
・井上馨は麻布区龍土町に住み、妻は武子で、共に再婚。武子は薩摩藩士中井弘の権妻だったが、中井に頼んで譲り受け、結婚にまでこぎつけた。(相思252頁)
・大隈重信は登庁するとき、ナポレオン3世が徳川慶喜に贈った白馬に乗って来る。太陽暦を採用。徴兵制を整備。国立銀行の条例を定め、(各藩の責務の)処分法を公布。妻の綾子はおいらんだった。
・陸奥宗光は大隈重信にはいつも批判的だった。
・岩倉具視は「公武合体」を強力に推して「宮中の三奸」の一人と言われる。うまく時流に乗って勤皇に寝返った。
・西郷・大久保・木戸は、世に「維新の三功臣」と言われる。
・太政大臣三条実美は小柄で女のようにやさしい感じ。
・後藤象二郎は左院議長。大柄で筋骨逞しく、堅い直毛の断髪で、傲岸不遜に見える、土佐の「異骨相」(いごつそう)。後添えの雪子は、元は京の先斗町の芸者お雪。先妻との間に出来た、長女の早苗、次女の小苗、長男の猛太郎の三人を、マダム・サラベルというフランス人の三人姉妹が経営する私塾に入れている。
・木戸孝允(桂小五郎)は、幕末には尊皇攘夷の志士。京の三本木の芸妓幾松(松子)と結婚して、九段坂上に住んでいた。維新前には「逃げの小五郎」と呼ばれていた。どこか神経質だが、大柄なために堂々としているように見える。
・松子は下町風に島田髷を結い、言葉遣いもまるで「根生(ねお)いの江戸っ子」さながら歯切れがいい。
・捨松は旧会津藩郡奉行の山川尚江重固の末娘。9歳の時に官軍を敵にした会津戦争があり、母や姉たちと会津城に籠城した。降伏後、旧会津藩は本州最北の不毛の荒野、斗南の地に追いやられ、辛酸の道を歩んだ。が、その六ヵ月後、捨松は12歳で岩倉使節団一行に従って渡米し、10年の留学を果たした。仇敵の薩摩藩出身の18歳年上の参議兼陸軍卿・大山巌の後添い。
・大江卓は元土佐陸援隊で、陸奥宗光の古くからの友人。二人は兄弟と言ってもいいほどの間柄。海援隊長の坂本竜馬と陸援隊長の中岡慎太

郎が刺客によって絶命したときに、仇討ちをしようと誓い合った仲。陸奥の配下の参事官内海忠勝が米欧回覧の岩倉一行に従ったので、その代わりに参事官に起用した。大江と中島は同郷、土佐の生まれ。

・陸奥宗光が京にいる紀州藩の用人三浦休太郎を竜馬の敵討ちとして襲撃しようと誘う。

→大江卓は即座に賛成。

→中島信行は「王政復古が目前なのに、私闘で命をおとしてはならん。三浦が殺害したという証拠はあるのか」と冷静に反対する。

・星亨（とおる）は明治5年4月から大蔵省租税寮御雇に引き上げられた。明治5年に陸奥が深川清住町に越すと、そこへ和歌山から義父の星泰順、母松子を呼んで邸内の長屋で同居。

・星亨は津奈子という、江戸城にも出入りを許されていた畳職の棟梁伊阿弥（いあみ）一雄の長女と結婚。

・星亨は明治10年10月半ばに三年ぶりにイギリスから帰国。イギリス法廷弁護士バリスターの資格を得る。新婚一年だった妻津奈子は、日本で舅の泰順の臨終を看取り、姑の松子にもよく仕えていた。

・陸奥宗光は、大江卓と星亨と中島信行を「三人はわたしの横浜一家だ」と言う。

・駒形町の富貴楼のお倉→「お職女郎上がり」「横浜のやり手婆あ」と悪口。亭主は亀次郎。お倉は目鼻立ちの派手な美人。歯切れのいい言葉は生粋の江戸っ子か。

・富貴楼の料理は、山谷の八百善の向こうをはる浜町の常盤屋から来た板前が造った。

・津田出は大蔵少輔のときに「征韓論」を唱えていた。

・津田出のはからいで王政復古の勲功として、賞賜米と称する功労金が年金で与えられた。

→津田出と伊達宗興は明治2年に17年分の一括払いを受けた。

→旧藩の米を私した由々しき不正行為として取り上げられる。

→陸奥たち海援隊士に竜馬の仇と襲撃された三浦休太郎こと三浦安が恨みに思って、大蔵省に密告した。

→太政官令で年金は明治4年までに限る、に変更された。

→多く支払った分は返納せよ。

・津田家は南朝の忠臣義士、楠木家の末裔。

・津田出の明治11年暮の家族は、いせ子夫人と三男四女。二十歳の長男

道太郎は慶応義塾に席を置いたこともあるが、近くアメリカミシガン州ランシング市の農業学校へ留学予定。今は千葉の農家に住み込み。次男は安麿16歳で日本橋の寄席に夢中、三男の藤麿12歳は学校の成績がずば抜けて優秀。長女は品子8歳で英語だけではなくフランス語もドイツ語もかなりのもの。次女は珠子7歳で控えめな性格、伏目勝ちにものを言う。心優しい娘で茫然としている清子に声を掛けてくれる。その下に、静子と才子という幼い子供がいる。明治14年に八番目の稲子を産んだ。このとき出62歳、いせ子45歳。

- 古河市兵衛は築地入舟町の小野組の大番頭で、丁髷に木綿縞のくたびれた着物姿。
- 古河市兵衛は鶴子夫人が亡くなった後、三番目の妻として為子を迎えた。しかし、女道楽は一向にやまず、常に外に囲った女が七、八人は居る。柳橋の芸妓が一番多いが、吉原仲の町の引手茶屋の抱えッ子も居る。しかし、どの女にも子供を産ませることができないでいた。ところが新しく囲った長谷川清子との間に、明治20年1月1日の56歳の時に第一子になる虎之助が生まれた。潤吉には義弟にあたる。
- 伊勢平（岡田平蔵）は尾去沢銅山事件で井上馨の下で働いて悪名を轟かせ「飛将軍」と言われた。小野組の資金が伊勢平の生糸の買付けに。またお倉の亭主の亀次郎と懇意。
- 渋沢栄一大蔵少輔が日本最初の国立銀行を起草立案する。
- 小野組本家が本拠を東京に移すべく京都府庁に願い出た。
  →京都府の大参事槇村正直（長州閥）が猛反対し、転籍届けを握り潰す。
  →小野組は京都裁判所に槇村正直を訴えて勝訴する。
- 京都府知事は堂上公家の長谷信篤なので、大参事の槇村正直が実権を握っている。また槇村正直は木戸孝允の腹心。
- 由良守応（もりまさ）は紀州日高郡由良町の出で旧紀州藩の二分口惣元締の役人。明治3年に通商司権大佑となる。木戸のお供として大蔵省勧農寮助の身分で米欧回覧に随行。
- 由良守応は三味線も弾けば、女舞でさえ玄人はだし。紀州田辺の六太夫梅を持参したりする。
- 由良守応は明治19年に妻のたきを喪い、明治21年2月には慶応義塾を卒業した自慢の長男清麿が25歳で病死して、気落ちしたまま和歌山に帰る。

・後藤象二郎の長女は早苗といい、緑の乗馬服で葦毛に跨って、陸奥家に来る。
・後藤早苗（17歳）は岩崎弥太郎の弟弥之助（24歳）と結婚。（相思138頁）
・後藤小苗（次女）と大江卓が結婚。大江は大蔵省を辞めて、後藤が作った蓬莱社に入社。
・岩崎弥之助は嘉永4年生まれで、ニューヨークに留学。
・岩崎家では明治18年に創業者の岩崎弥太郎が亡くなった。長男の久弥は二十歳を過ぎたばかりなので、それまで弥太郎の補佐をしていた弟の弥之助が経営に乗り出し、政府が後援する運輸会社に敵対して値引き合戦をしていた状況を解決して、郵便汽船三菱会社の社長に就いた。両社の仲立ちをしたのはお倉。
・岩崎弥之助の妻になった（乗馬服姿の）早苗は三男一女の母。
・早苗の妹の小苗は大江が入獄したときに父の後藤に無理やり引き離されたが、復縁したのか？
・岡本柳之助は肩をそびやかし、体をゆすって歩く。新政府になって間もなくの和歌山藩で砲兵連隊長。明治9年1月6日に陸軍大尉として朝鮮使節団に加わる。
・岡本柳之助は旧紀州藩時代、お雇い外人のカール・カッペン少尉からプロシャ式の教練を受けてカッペンの軍服が垂涎の的だった。陸奥は欧州視察で土産にドイツの陸軍中将の軍服を買って来て渡す。岡本は得意げに着て「芋を討て」と張り切っていた。（相思186頁）
・林直康は政府が放った密偵だった。立志社に深く入り込み信用させて秘密事項を集めた。同じ元老院議官の佐々木高行、陸軍中佐の北村重頼も土佐人でありながら密偵。
・榎本武揚は賊軍の総大将で函館の五稜郭に籠ったが、妻の多津は慈善バザーの名誉委員。
・森有礼（駐米大使）が妻の阿常と明治17年4月に5年ぶりに帰国→その年の第一回慈善バザーで阿常は懐妊していたが、青い目の子供を産む→明治19年に森から離別。→倫敦での不行跡が噂された。

漱石・清子　住居関連時空表

1883（明治16）年9月　漱石は成立学舎に入る。

秋　陸奥家は下谷区根岸金杉村50（鶯坂の下）の一戸建てに住む。

1884（明治17）年　漱石は小石川極楽水の「新福寺」の二階で、橋本左五郎と自炊。

9月　漱石は神田一ツ橋の大学予備門予科入学。

→入学直後に盲腸炎で、しばらく実家に帰る。

→神楽坂「行願寺」内の芸者屋「東屋」で、咲松とトランプ。

1885（明治18）年　漱石は神田猿楽町の「末富屋」に下宿する。（年表15頁）

淵沢能恵が東洋英和（麻布鳥居坂→現・六本木）の舎監になる。

1886（明治19）年9月　中村是公と本所の「江東義塾」の教師になり、塾の寄宿舎に移る。

→『永日小品』の「変化」

11月　淵沢能恵が東洋英和を辞める。

　　メリー・プリンス（妹）がまず来日。

12月　東洋英和の閉校式で、清子が山尾栄子とピアノを弾く。

1887（明治20）年1月　イサベラ・プリンス（姉）が一橋高等女学校教師として来日。

→淵沢能恵が通訳兼舎監になる。岡部長職（ながもと）と懇意。

→清子はミス・プリンスの自宅に起居し正規の高等女学校教育を。

3月15日　陸奥家は麻布区仲之丁18（現・六本木）に転居。

夏　漱石は土地湿潤のためかトラホームに罹り、実家に帰る。

1888（明治21）年春　清子は東洋英和に在籍。

5月20日　陸奥家が訪米（～1890（明治23））年1月25日まで一年八ヶ月もの間）。

7月　漱石は第一高等中学校予科（改称）を卒業。

夏　子規は向島長命寺の桜餅屋「月香楼」の娘「お録」に恋をする。

→後で、漱石と互いの初恋を語る。

9月　漱石は第一高等中学校本科一部（文科）に進学する。

1889（明治22）年1月　子規と落語を介して知り合う。

2月　森有礼が暗殺される。

3月　第一高等中学校は神田一ツ橋から駒込東方町に移転する。

1890（明治23）年1月25日　陸奥家が帰国する。

5月　陸奥宗光は農商務省大臣になる。

7月　陸奥家は麹町区富士見町（現・九段南富士見町7丁目の）官舎に移住。

7月　三井家から根岸の家を無償で借りる。
　　　漱石は第一高等中学校本科を卒業する。
　　　陸羯南が下谷区根岸金杉村197に移住する。
夏　　漱石は約20日間を箱根で遊ぶ。
夏　　漱石はトラホームに罹る→「何の因果か女の祟りか」(年表28頁)
9月　漱石は東京帝国大学英文科に入学する。
1891（明治24）年2月　子規は国文科に転科する。
6月　陸羯南が下谷区根岸金杉村117に移住する。
7月　漱石はM20・23に続いてトラホームに罹る。

おぎはら ゆういち

学歴：学習院大学文学部国文学科卒業
埼玉大学教養学部教養学科アメリカ研究コース卒業
学習院大学大学院人文科学研究科国文学専攻修士課程修了
職歴：東京学芸大学講師などを経て、現・名古屋芸術大学教授。
俳優座特別研究員を兼任。
著書（論文）：『バネ仕掛けの夢想』（昧爽社、1978／教育出版センター、1981）
『文学の危機』（高文堂出版社、1985）
『サンタクロース学入門』（高文堂出版社、1997）
『児童文学におけるサンタクロースの研究』（高文堂出版社、1998）
『サンタクロース学』（夏目書房、2001）
『「舞姫」——エリス、ユダヤ人論』（編著　至文堂、2001）
『サンタ・マニア』（のべる出版、2008）
（小説）『魂極る』（オレンジ・ポコ、1983）
『消えたモーテルジャック』（立風書房、1986）
『楽園の腐ったリンゴ』（立風書房、1988）
『小説　鷗外の恋　永遠の今』（立風書房、1991）
『北京のスカート』（高文堂出版社、1995／のべる出版、2011）
『もうひとつの憂國』（夏目書房、2000）
『靖国炎上』（夏目書房、2006）
（翻訳）『ニューヨークは泣かない』（夏目書房、2004／のべる出版、2008）
『マリアナ・バケーション』（未知谷、2009）
（写真集）『ゴーギャンへの誘惑』（高文堂出版社、1990）

改訂 漱石《そうせき》の初恋《はつこい》

2015年 1 月25日初版印刷
2015年 2 月 9 日初版発行

著者　荻原雄一
発行者　飯島徹
発行所　未知谷
東京都千代田区猿楽町2丁目5-9　〒101-0064
Tel. 03-5281-3751 / Fax. 03-5281-3752
［振替］　00130-4-653627
組版　柏木薫
印刷所　ディグ
製本所　難波製本

Publisher Michitani Co. Ltd., Tokyo
Printed in Japan
ISBN978-4-89642-466-9　C0095